JO LENDLE

Mein letzter Versuch die Welt zu retten

JO LENDLE

Mein letzter Versuch die Welt zu retten

ROMAN

Deutsche Verlags-Anstalt

für Xenia

Hinfahrt

1

Dies ist meine Geschichte, die Geschichte von mir selbst, Florian Beutler, und meinem dunkelbraunen Anzug, einem Dreiviertelanzug, um genau zu sein, ein kleinwüchsiger Onkel hat ihn getragen, als er heiratete, dann trug ihn mein Vater, der kaum größer war, und später ein Cousin beim Abschlussball, nachdem wir die Ärmel hatten kürzen lassen. Am Ende sollte ich ihn tragen, zur Konfirmation, gegen meinen Willen, aber ich weigerte mich, was meiner Mutter das Fest verdarb, dabei war es doch meine eigene Konfirmation, und so trug ich ihn zum ersten Mal am Morgen dieses 28. April, es war ein Dreiviertelanzug aus dunkelbrauner Schurwolle, und die Geschichte, die ich erzähle, ist die Geschichte der letzten Tage dieses Anzugs und zugleich meine eigene Geschichte, die Geschichte von Florian Beutler, den sie Flo nannten, und wie wir beide am Ende doch noch zusammenkamen, der Anzug und ich, an diesem Morgen des 28. April, einem Sonnabend, am Tag, bevor ich starb.

Wir waren zu siebt. Vorne links saß Wolf, über das riesige Lenkrad gebeugt, der Einzige von uns, der damals einen Führerschein besaß. Eben mit der Schule fertig, schmal und hochgewachsen, eigentlich hatte er Locken, aber er bekam schon eine Glatze und hatte sich die Haare abrasiert. Ich habe ihn nie gefragt, ob ihm das etwas ausmachte. Er wollte nach Holland auf die Glasbläserschule, aber irgendetwas stimmte mit den Formularen noch nicht. Ich bin nie richtig warm geworden mit ihm, vielleicht war es auch meine eigene Schuld. Neben ihm Bernd, ein kühler, strähniger Typ, keiner riss sich darum, näher mit ihm zu tun zu haben, Lehrerliebling, groß in alten Sprachen, überhaupt Geschichte und Vergangenes, fast konservativ, was damals aus irgendeinem Missverständnis heraus nicht weiter auffiel. Bernd konnte stundenlang Vorträge halten, im Nachhinein betrachtet, haben wir ziemlich viel von ihm gelernt, auch politisch, aber währenddessen war es kaum zu ertragen. Einmal, als wir abends zusammensaßen, fragte ich nach, was denn das Wort rational eigentlich bedeute, und er sah mich mit diesen kleinen, leeren Augen an und sagte dann, wobei er auf den Plattenspieler neben sich zeigte, auf dem eine seiner amerikanischen Jazzplatten lief, wenn er da mit der Faust draufschlagen würde, das wäre nicht rational. Ich weiß nicht mehr, ob er jemals eine Freundin hatte, geschweige denn, ob er traurig darüber war.

Neben Bernd, ganz am Rand der Beifahrerbank, saß Birte, die an diesem Morgen den Kassettenrekorder kontrollierte, schon weil die beiden Jungs ihr die Hoheit darüber nicht streitig machten, also gab es Ina Deter ohne Ende, das Album war gerade neu herausgekommen. Birte war ein bisschen fülliger, die Augen standen dicht beieinander, ihr großes, rundes Gesicht wurde durchzogen von einem langen Mund, der ganz gerade war und sehr schmal, sie hatte tatsächlich die Haut eines Pfirsichs, mit diesen Blutäderchen auf den Wangen und dem Rosa, aber auch mit den kleinen Härchen überall, was immer niedlich aussah, aber richtig hinfassen wollte man auch nicht.

Sie war die Erste, die einen Busen bekommen hatte, doch weil ihr Oberkörper ohnehin in alle Richtungen wuchs, fiel es nicht so auf, selbst wenn ihre Brüste inzwischen wirklich groß geworden waren. Später ist sie auch gestorben, aber vorher hat sie immerhin noch eine ganze Weile Landschaftsarchitektur studiert.

Hinter ihr kam Kordel, die bei jedem neuen Lied aufstöhnte und wieder von ihrer Crosby, Stills & Nash-Aufnahme anfing, die aber überhaupt niemand hören wollte. Kordel war anfangs nur eine Klassenkameradin meines Bruders gewesen, bis wir im Schulorchester nebeneinander zu sitzen kamen, in der letzten Reihe. Sie schlug die Becken gegeneinander, ich saß an der Pauke, wir verbrachten die meiste Zeit damit, Pausen zu zählen und die Augen zu verdrehen, wenn kurz vor unserem Einsatz wieder einmal die Posaunen unsauber intonierten oder eine Oboe keine Luft mehr kriegte und die ganze Runde von vorne begann, was bei uns natürlich richtig Freude aufkommen ließ. Kordel war eine Art Albino, ich glaube, sie besaß überhaupt keine Pigmente. Ihre Haare und die Augenbrauen waren so weiß, dass man die Haut hindurchsehen konnte, die auch ganz weiß leuchtete, außer Kordel war vorher in der Sonne gewesen, oder sie regte sich auf, denn beides ließ sie innerhalb von Sekunden am ganzen Körper rot werden. Gegen die Aufregung konnte sie nichts unternehmen, aber sobald es draußen warm wurde, trug sie aberwitzige Mützen gegen die Sonne, sodass sie aussah wie ein entlaufener Forschungsreisender.

In der Mitte saß Holger, was ziemlich typisch ist. Holger war mein Bruder, ihm hatte ich es zu verdanken, dass alle mich Flo nannten. Ich selbst stellte mich damals als

Ryan vor, was ich ganz lustig fand, aber Holger entschied sich halt für den anderen Teil meines Namens. Irgendwann hatte ich nur noch mit Älteren zu tun, die aus seinen Kreisen kamen und durch ihn von mir gehört hatten, da saß der Name immer schon fest. Es gibt Schlimmeres. Zu Holger später mehr, wir hatten es nicht ganz leicht miteinander. Sein Anzug war aus dunkelgrauem Samt und noch fast neu, von der Preisverleihung im Jahr zuvor, als sie ihn bei »Jugend forscht« für seinen Nachbau eines Zaunkönigflügels ausgezeichnet hatten. Holger war jedenfalls ein gutes Jahr älter als ich, vielleicht reicht das für den Beginn.

Direkt vor mir saß Anton, die eigentlich Antonia hieß, ich hatte sie irgendwann mal im Spaß so genannt, und alle waren darauf eingestiegen. Weil sie vor mir saß, waren von ihr nur die Haare zu sehen, die dunkelblond und wellig zu beiden Seiten der kleinen Kopfstütze hervorquollen. Anton hatte richtig schönes, dickes Haar, das musste mir keiner erklären. Eines Tages war sie mit einem Seitenscheitel in die Schule gekommen, und ich hatte sie ausgelacht, für wen sie sich denn so schön mache, aber sie hatte ganz ernst entgegnet, es habe sich über Nacht so gelegt, woraufhin ich mich gar nicht mehr hatte einkriegen wollen. Wir sind über die Sache nie richtig hinweggekommen. Jetzt jedenfalls saß sie vor mir, zugleich unerträglich nah und doch völlig unerreichbar, und schon das war mir zu viel. Anton war eine Klasse unter mir und schon seit der Fünften im Schulorchester, als ich mich dort noch um die Technik kümmerte und dass jeder einen Notenständer hat und solche Sachen. Sie war mit Abstand die Kleinste gewesen, ich weiß noch, wie sie ihre Geige auspackte, als sei es das Selbstverständlichste der Welt, wie sie die Schulterstütze festklemmte und mit einer kleinen Neigung des Kopfes ihr Kinn auf das Holz legte. Ohne hinzusehen, hatte sie den Bogen gespannt und damit über die Saiten gestrichen, ohne den Hals der Geige auch nur zu berühren, er stand einfach frei in der Luft, ich hatte so etwas noch nie gesehen und dachte, gleich fällt sie ihr hin, aber sie griff nach den Wirbeln und stimmte rasch die Saiten durch, und dabei lachte sie zu uns herüber. Wir waren ihr alle vom ersten Moment an verfallen.

Ich erinnere mich, dass ich mich hinüberbeugte zu Holger, der immer schon Posaune spielte, und sagte, das sei ja wohl mal was. Mein Bruder lachte sogar mit, sie war ja noch ein Kind. Das habe ich ihr alles nie erzählt. Wenn ich ehrlich bin, fielen ihr schon da, als sie den Kopf aufs Instrument legte, die Haare seitlich über das Gesicht, und wenn ich ganz ehrlich bin, gefiel es mir damals schon. Tatsächlich hatte sie, auch wenn es in diesem ersten Moment nicht so darauf ankam, eine unfassbar schöne Geige, aus richtig dunklem Holz mit einer fast schwarzen Schnecke, später trug ich ihr manchmal den Koffer, was uns beide mit Stolz erfüllte. Vielleicht war Anton der Grund, warum ich überhaupt im Schulorchester blieb, und vielleicht lag es sogar an ihr, dass ich nun bei dieser Fahrt mitmachte, ich weiß es nicht, jedenfalls wusste ich es an diesem Tag im April nicht, zumindest hätte ich es niemals jemandem eingestanden, am allerwenigsten mir selbst.

Schließlich also, ganz hinten in einer Ecke der Rückbank, wo schon das Gepäck über die Lehne herüberragte, in dem dunkelbraunen, fusseligen Anzug, die Haare zu einem Zopf gebunden, was mir am Morgen wie eine ganz lässige Idee erschienen war, den Kopf an der Scheibe, einen Zeigefinger quer zwischen den Zähnen, auf dem ich herumknabberte, den Blick hinaus auf die Autobahn gerichtet, folgte am Ende ich. Auf der Leitplanke des Mittelstreifens standen Streben in die Luft und bildeten zusammen eine grüne Wand, als Sichtschutz vor dem Verkehr auf der Gegenfahrbahn und vor den Scheinwerfern bei Nacht. Nur wenn man direkt zur Seite schaute, konnte man hindurchsehen, eine rasche, verwirrende Folge, wie lauter Messer, die alles, was dahinter auftauchen mochte, kurz und klein hackten, in Einzelbilder, die so winzig waren, dass sie sich gleich wieder zu einem surrenden, ruckenden Film zusammensetzten, fremd und falsch, wie ein Daumenkino. Ich weiß noch, dass ich dachte, es sei der Film meines Lebens. Ich träumte einfach vor mich hin, wie es wohl jeder bisweilen tut und ich zu dieser Zeit besonders häufig. Vielleicht schaute ich auch einfach nur weg, um nicht die ganze Fahrt über auf Antons Haare starren zu müssen.

Das mit den Anzügen war Bernds Idee gewesen. Wir trugen alle einen, schwarz oder zumindest dunkelbraun, jedenfalls die Jungen, die Mädchen hatten sich einfach irgendwie hübsch gemacht, in Kleiderfragen waren sie nicht so festgelegt wie wir. Birte trug einen weiten, nachtschwarzen Rock mit Blümchenstickereien und eine Art Janker aus Wildleder, was uns ziemlich unpassend erschien. Kordel war die Einzige, die aus unserem Farbschema ein wenig herausfiel, sie hatte das dunkelblaue Stoffkleid an, das sie meistens trug, darunter ein langärmeliges, cremefarbenes T-Shirt, immerhin hatte sie sich

Zöpfe flechten lassen, die um die Ohren zu Affenschaukeln gebunden waren. Anton kam in einer kleinen Latzhose aus dunkelgrauem Samt mit schmalen Trägern, die Hosenbeine standen breit ab wie bei einem Cowboy, dazu trug sie eine helle Bluse mit kurzen, gepufften Ärmeln. Von ihrer Mutter hatte sie sich eine zierliche Armbanduhr geliehen, die sie von Zeit zu Zeit wie selbstverständlich aufzog. Wenn uns jemand das Ganze abnehmen würde, dann wegen ihr.

2

Wir hatten uns am Morgen in aller Herrgottsfrühe bei Birte getroffen, um uns schön zu machen. Als Holger und ich um kurz nach sechs eintrafen, stand Kordel bereits am Bügelbrett, sie war in einem richtigen Rausch, mit roten Flecken im Gesicht, die Haare klebten ihr in der Stirn, um sie herum dampfte es, nur mit Unterwäsche und Socken bekleidet, bügelte sie alles, was man ihr hinhielt. Birte hatte die neue Kassette eingelegt und sang mit: »Wenn du so bist wie dein Lachen«. Wolf wollte lieber Ton Steine Scherben hören, kam aber nicht zu Wort. Er trug einen Zylinder seines Großvaters, was ein bisschen zu weit ging. Wir rieten ihm davon ab. Jemand hatte Sekt mitgebracht, man trank ihn aus der Flasche, um kein Geschirr mehr schmutzig zu machen, Birte kippte sogar einen kleinen Schluck in ihren Schuh und hielt ihn Wolf hin, aber der wollte ebenso wenig davon trinken wie wir anderen, sodass ihr am Ende nichts anderes übrig blieb, als es selbst zu tun, und nachher beschwerte sie sich die ganze Zeit, ihr Strumpf sei feucht. Bernd zeigte uns, wie man einen Schlips bindet, aber wir bekamen es nicht hin, und er selbst auch nicht, also entschieden wir, die Krawatten zu Hause zu lassen.

Meine Anzughose saß doch ziemlich locker, sie hatten sie damals nur kürzer gemacht, nicht schmaler. Während Kordel mir das Hemd bügelte, betrachtete ich mich im Spiegel und schaute, ob sie sich irgendwo enger stellen ließ. Außer dem Knopf gab es noch einen Metallhaken, der aber auch nicht viel veränderte. Plötzlich stand Anton neben mir, mit einer Sicherheitsnadel im Mund, und als sie mich ansah, musste sie lachen, was wegen der Sicherheitsnadel nicht richtig ging, jedenfalls kniete sie sich vor mich hin, nahm den Hosenstoff zwischen die Finger und legte ihn zu einer Falte zusammen. Beim Abstecken schaute sie zu mir hoch, und da erst fiel mir auf, wie lange wir uns schon nicht mehr richtig angesehen hatten, und ich schaute ihr in die Augen, bis sie sagte, sie habe nur gucken wollen, ob sie mich gestochen hätte. Sie schloss die Sicherheitsnadel und war schon fertig. Im Spiegel sah ich uns nebeneinanderstehen, dann reichte Kordel mir das Hemd, und als ich es angezogen hatte, musste ich in voller Montur auf und ab spazieren, die Hände in den Taschen der Anzughose, den obersten Hemdknopf hatte ich offen gelassen. Birte sagte, es sehe eindrucksvoll aus, nach einem jungen Mann, der wisse, was er im Leben wolle, und alle nickten, nur ich nicht.

Als sich auch die anderen in Schale geworfen hatten, zauberte Bernd für jeden noch ein hellblaues Tüchlein hervor, damit es weniger nach Begräbnis aussah und so wirkte, als gehörten wir zusammen. Uns Männern – wie er sich ausdrückte – faltete er sie eigenhändig zu kleinen Fächern, die er in die Reverstäschchen unserer Jacketts steckte, wobei er uns zuflüsterte, er habe dafür einfach eine Schlafanzughose seines Vaters zerschnitten. Birte versuchte sich eines in die Brusttasche ihres Jankers zu stecken, aber sie bekam den Stoff nicht richtig zusammengelegt und stopfte ihn schließlich einfach hinein, bis nur noch einige Zipfel heraussahen. Kordel knotete sich das Tuch um den Hals, was ihr ein bisschen die Luft abzudrücken schien, jedenfalls wurde sie gleich wieder rot. Anton legte das Tüchlein zusammen und band es als große Schleife um einen Träger ihrer Hose, sie sah aus wie ein Geschenk.

Beim Vorbereitungstreffen waren wir gewarnt worden, auf den Zufahrtsstraßen werde es aller Voraussicht nach Kontrollen geben, wahrscheinlich würde man jeden, der erkennbar dazugehörte, schon im Vorfeld abfangen und in Gewahrsam nehmen. Daher: keine offen herumliegenden Plakate, Flugblätter, keine allzu offensichtlichen Hinweise auf unsere Absichten, keine Anstecker, Transparente usw. Wir ergänzten: keine Kleidung, an der sich unsere Gesinnung allzu deutlich ablesen ließ.

Den Bus hatten wir von der Gemeinde bekommen, in der Wolfs Vater Pastor war, es passte schon alles irgendwie zusammen. Unter der Woche wurde er genutzt, um die Teilnehmerinnen des Bibelkreises, die nicht mehr so gut zu Fuß waren, abzuholen und im Anschluss wieder nach Hause zu bringen. In den Ritzen der Bänke steckten noch die klein zusammengefalteten hellgrünen Zettel mit der fotokopierten Wochenlosung. Wir hatten versprechen müssen, vorsichtig zu sein und ihn vollgetankt zurückzubringen. Über die Seiten des Busses zog sich der Schriftzug »Sprengel Nord on tour«, und auf der Heckklappe pappte ein Aufkleber »Die Letzten werden die Ersten sein«. Es war die perfekte Verkleidung. Wir waren der Jugendkammerchor auf dem Weg zu unserer Partnergemeinde in Lüchow-Dannenberg, im Gepäck ein bewährtes Programm geistlicher Liedkunst, im Herzen das Vertrauen auf das Wort des Herrn. Voller Freude sahen wir einem Wochenende musikalischer Eintracht entgegen. Bernd hatte uns beim Einsteigen grinsend eingeschärft, im Falle einer Kontrolle ruhig die Hände zu falten, man könne es gar nicht deutlich genug machen. Jetzt, auf Höhe der Northeimer Baggerseen, drehte er sich plötzlich zu uns um und sagte, wir sollten besser noch ein bisschen üben, um im Notfall rasch etwas anstimmen zu können. Er teilte Noten aus, der Hund hatte wirklich an alles gedacht.

Es war *Ich hatte viel Bekümmernis,* und ich überlegte noch, ob ich das von mir eigentlich auch hätte sagen können. Beim Ansingen stellte sich heraus, dass alle doch mehr oder weniger vom Blatt singen konnten. Schwierigkeiten machte nur die Verteilung der Stimmen. Der Chorsatz ist für doppelte Besetzung eingerichtet, was nicht ins Gewicht fällt, solange alle noch gemeinsam das Thema singen, aber dann löst es sich schon auf, und die Stimmen folgen einander versetzt. Weil Wolf beim Fahren nicht in die Noten schauen konnte, übte Bernd mit ihm seinen Tenorpart, bis er einigermaßen auswendig durchkam. Bernd selbst sang normalerweise Bass, aber jetzt erklärte er, die andere Tenorstimme zu übernehmen, damit Wolf sich wenigstens hier und da bei ihm anlehnen könne. Holger und ich sahen uns an und mussten ein bisschen feixen, weil wir uns an Weihnachten immer stritten, wer den Bass singen durfte. Obwohl mein Bruder, wenn man ehrlich ist, tatsächlich die tiefere Stimme hatte, wurde mir in der Höhe immer so eng, dass es im Hals wehtat und ich ganz starr vor Anstrengung wurde. Bei Anton und Kordel stand außer Frage, dass sie Sopran sangen, und als ich mitrechnete, war klar, dass Birte dann eben allein blieb im Alt, aber Bernd drehte sich zu uns um und meinte, der Satz verlange zwingend eine zweite Altstimme, sonst falle es auseinander. Er versenkte für einen Moment den Blick in seinen Noten, und als er beim Aufschauen zu mir herübersah, wusste ich, dass ich sie würde singen müssen, und so kam es dann auch. Auf den zweiten Bass könne man leichter verzichten.

Ich fügte mich und war ja schon froh, dass keiner blöde Sprüche machte. Wir hoben die Blätter, Bernd schnallte seinen Gurt ab, um besser dirigieren zu können, und musste uns den Einsatz trotzdem halb verdreht über die Schulter geben, aber sobald wir sangen, war alles in Ordnung. Es ist dann doch immer wieder eine ziemliche Macht. Jedenfalls klang das, was von vorne kam, nicht schlecht, und dann lösten sich die Stimmen voneinander, und einer nach dem anderen hob für sich alleine an, sodass alles durcheinanderlief, und in diese Fülle hinein sang am Ende ich von hinten wie ein Kastrat meine Mädchenstimme, es war zum Heulen schön. Trotz der Fahrgeräusche entkam keiner von uns der Demut. Nach der Schlusskadenz nickte Bernd nur, und wir gaben ihm still die Noten zurück. Es mochte nicht in jeder Kleinigkeit gestimmt haben, aber wer uns nach einem solchen Auftritt die Geschichte mit dem Gemeindechor nicht abnahm, dem fehlte vielleicht nicht das Ohr, aber ganz gewiss das Herz.

Ich lehnte die Stirn an das Polster der Sitzbank vor mir und musste die ganze Zeit schlucken, weil mir von den hohen Passagen die Kehle noch eng war, und auf einmal hörte ich ganz leise Antons Stimme. Sie summte weiter, ich meinte die anschließende Arie zu erkennen, nahezu unhörbar, sodass ich mich von hinten regelrecht an ihre Lehne drücken musste, um überhaupt etwas zu verstehen, und ergänzte selbst im Kopf die Zeilen: *Seufzer, Tränen, Kummer, Not, / Ängstliches Sehnen, Furcht und Tod / Nagen mein beklemmtes Herz, / Ich empfinde Jammer, Schmerz.* Vielleicht bildete ich mir aber auch nur ein, dass sie summte, und es war alles nur meine innere Stimme oder das Pfeifen des Motors.

Jedenfalls wurde ich nach unserer kleinen Probe wieder still. Mir war ein bisschen schlecht, ich war aufgeregt, womöglich war es Angst vor dem, was kommen würde, vielleicht auch Stolz, dass wir so mutig waren. Außerdem war ich müde, weil wir bis Mitternacht über die Gewaltfrage gesprochen hatten, jetzt im Auto ging es schon wieder darum. Bernd war eindeutig gegen Gewalt, aus ziemlich abstrakten Gründen, die wir alle nicht recht verstanden, Birte war leidenschaftlich dafür, natürlich nur gegen Sachen, sie sagte, die merken doch nichts, es gehe darum, Zeichen zu setzen. Fast machte es den Anschein, sie freue sich darauf, etwas zu zerschmeißen. Mir selbst war es egal. Es war so lange her, dass ich mich geprügelt hatte, auf dem Hof der Grundschule, dass ich mir das alles ohnehin nicht mehr vorstellen konnte. Bernd meinte, es könne eigentlich nur darum gehen, die Kosten für den Staat in die Höhe zu treiben, daran werde sich alles entscheiden. Dafür aber brauche man keine Gewalt, das würde das ganze Projekt in den Augen der Bürger nur diskreditieren. Holger fragte nach vorn, warum Wolf eigentlich immer so früh raufschalte, das mache ihn ganz nervös, dabei wussten alle, dass untertouriges Fahren den Benzinverbrauch senkt, auch wenn Wolf tatsächlich so früh schaltete, dass der Motor jedes Mal fast erstarb.

3

Als Bezugsgruppe gehörten wir seit einem guten Jahr zusammen, seit den großen Friedensdemonstrationen, obwohl mir im Nachhinein schleierhaft ist, warum man wegen so etwas extra eine Gruppe gründen musste. Aber wir hatten dieses Gewaltfreie Training gemacht, ein Wochenende, bei dem man in kleinen Rollenspielen ausprobierte, wie man in angespannten Situationen am besten reagierte, wir waren in diesen ganzen Graswurzelsachen unterrichtet worden, und dazu gehörte es eben, sich in kleinen, schlagkräftigen Gruppen zu organisieren, deren Mitglieder sich aufeinander verlassen konnten, zur Not aber auch auf sich allein gestellt durchkommen sollten. Wir wussten ja nicht, was uns erwartete.

Kordel war damals als Teilnehmerin der fiktiven Besetzung einer Flughafenbaustelle an ein Tischbein gekettet worden, das einen Baumstamm symbolisierte. Sie hatte sich an den Tisch geklammert und immerzu »Mein Freund, der Baum!« gerufen. Wolf, der einen Polizisten des Räumkommandos darstellte, hatte ziemlich schnell zu viel bekommen und wohl etwas grob an ihr herumgezerrt, auch wenn da nichts zu machen war, die Ausbilder vom Roten Stern hatten Kordels Arme hinter dem Tischbein mit echten Handschellen aneinandergefesselt und den Schlüssel an sich genommen, was die Staatsgewalt in eine ziemlich aussichtslose Situation brachte. Aber Wolf hatte einen klaren Auftrag, er war niemand, der gern verhandelte, und außerdem war er von Kordels Rufen irgendwann richtig angefressen, sodass er sie am Ende einfach zur Seite schubste, den Tisch hochhob und die Unwillige befreite. Kordels Gesicht lief gleich wieder rot an, sie schob die Lippen vor und begann zu weinen, fing sich dann aber und spuckte ihm mit dem Ausdruck größter Verachtung direkt ins Gesicht. Aus Wut und Trauer, wie sie in der anschließenden Diskussion mehrmals wiederholte, denn natürlich wurde die Übung von den Leuten vom Roten Stern, die bis dahin still danebengesessen und Protokoll geführt hatten, sofort abgebrochen. Von mir aus hätte man das Gespräch gleich mit abbrechen können, weil alle sich immerzu nur gegenseitig vorwarfen, die Regeln verletzt zu haben, statt einmal, wie es mir geboten erschien, Wolfs übermenschlichem Einsatz Respekt zu zollen. Immerhin war es ihm gelungen, eine der großen, alten Rotbuchen, um die es in dem Spiel doch eigentlich ging, mit eigenen Händen aus dem Erdreich zu ziehen. Jedenfalls hörte ich an diesem Tag von einem der bärtigen Anleiter in Bezug auf Kordels Spucken zum ersten Mal den Ausdruck »Gewalt gegen Menschen« und die Frage, auf welcher Eskalationsstufe wir uns sähen.

Am Rasthof Seesen fuhren wir ab, weil Birte aufs Klo musste, und mir selbst war es auch ganz recht. Danach stand ich lange am Waschbecken und ließ mir kaltes Wasser über die Arme laufen. Ich stellte mir vor, das Ganze könnte auf einmal noch platzen, wir würden im Radio hören, dass die Transporte für politisch nicht durchsetzbar erklärt worden seien, man würde die Blockade absagen, und uns bliebe nichts anderes übrig, als nach

Hause zu fahren. Oder, stellte ich mir vor, wir könnten uns in eine Diskussion verstricken und auf einmal feststellen, im Unrecht zu sein. Wer würde es wagen, das Ganze abzublasen? Es würden sich Lager bilden, und je nachdem, wie wir uns verteilten, gäbe es Wortgefechte, und am Ende wäre es sicherlich Bernd, der entscheiden würde, in welche Richtung es weiterging, und wenn er dafür war, zurückzufahren, wer hätte ihm widersprochen? Wir würden bei der nächsten Gelegenheit abfahren und die Brücke auf die andere Seite der Autobahn nehmen, und wenn wir in der Mitte über der Straße wären, würde ich von hinten rufen: Außer Seesen nichts gewesen, was sicher einen Lacher gäbe und uns helfen würde, wieder ein bisschen runterzukommen.

Dann trocknete ich mir die Hände ab und gab dabei acht, die Telefonnummer der Ermittlungshilfe nicht zu verwischen, die wir uns am Morgen alle auf den Unterarm geschrieben hatten, für den Fall, dass wir irgendwo festgehalten wurden. Nur Anton hatte sie sich auf den Bauch geschrieben, weil sie ja diese kurzärmelige Bluse anhatte. Nach der Vorwahl hatte ihr Kugelschreiber auf der Haut den Geist aufgegeben, und ich stand gleich mit meinem Stift bei ihr, um weiterzuschreiben, aber sie hatte mich nur angelacht und ihn mir einfach aus der Hand genommen.

Jeder, den sie aufgriffen, hatte das Recht, innerhalb der ersten vierundzwanzig Stunden einen Anruf zu machen. Bernd hatte uns eingeschärft, auf keinen Fall unsere Eltern oder irgendwelche Freunde anzurufen, die wüssten auch nicht, was zu tun sei, und würden sich bloß Sorgen machen. Stattdessen gab er uns die Nummer der

Ermittlungshilfe, einer Anlaufstelle, die sich nicht nur in der Rechtsberatung auskannte, sondern auch ein bisschen koordinieren konnte, wo die Leute hingebracht wurden und wann die Zahl der Festgehaltenen groß genug war, um damit an die Öffentlichkeit zu gehen. Die Telefongespräche musste man bezahlen, jedenfalls war es theoretisch wohl möglich, dass sie darauf bestanden, und ebenso theoretisch war es möglich, dass sie nicht herausgeben konnten, aber das Restgeld behalten durften sie auch nicht, weil es sonst Bestechung gewesen wäre, also war Bernd noch Geld wechseln gewesen und hatte beim Losfahren jedem dreiundzwanzig Pfennige in die Hand gezählt, zwei Groschen und drei einzelne Pfennigstücke, er legte sie uns auf den Handteller und drückte tatsächlich jedem die Finger darüber zusammen, hob den Kopf ein wenig und sah uns im Aufschauen so von unten her in die Augen, als wären es Oblaten, die er uns gab, und er würde gleich flüstern, dies ist sein Leib, der für uns gegeben ist. Wir nahmen es alles hin.

Es war außergewöhnlich warm in diesem April, der Monat hatte die Erwartungen an sein sprichwörtlich wechselndes Wetter lächelnd übergangen. Seit Wochen hatte es nicht mehr geregnet, die Schwimmbäder waren vorzeitig geöffnet worden, an Ostern hatten wir uns im T-Shirt auf die Suche nach unseren Schokoladeneiern gemacht und sie zwischen blühenden Krokussen und Hyazinthen gefunden. Die Tage waren trocken und heiß, in den Zeitungen wurde dazu aufgefordert, viel zu trinken, und so hatte ich es mir zur Gewohnheit gemacht, jeden Morgen eine Mineralwasserflasche zu öffnen, den verbleibenden

Raum bis zum Rand mit Waldmeistersirup zu füllen, sie wieder zuzuschrauben und ein paarmal zu wenden, damit sich die dunkelgrüne Farbe in dem klaren Wasser verteilte. Ich nannte das Bowle und trank sie über den Tag verteilt. Daran dachte ich jetzt, wo ich gern etwas zu trinken dabeigehabt hätte. Eigentlich war mein Bruder für den Proviant zuständig gewesen, nur hatte er über all den belegten Broten aus den Augen verloren, dass wir auch etwas zu trinken brauchten. An der Raststätte hatten Kordel und Bernd etwas holen wollen, aber die Flaschen waren ihnen dort zu teuer gewesen. Es wurde warm in unseren Anzügen, wir öffneten die Fenster und ließen uns vom Fahrtwind kühlen.

Hinter Hannover verließen wir die Autobahn und fuhren über die Dörfer weiter, über Burgwedel und Allerhop nach Celle, dann durch Eldingen und Sprakensehl. Südlich von Uelzen bogen wir schließlich auf eine kleine, kaum befestigte Nebenstraße ab, nirgendwo waren Kontrollen zu sehen, die Fahrbahn war schmal und voller Schlaglöcher, ich konnte mir beim besten Willen nicht vorstellen, wem wir hier in die Arme fallen sollten. Ich malte mir aus, was die Besatzung einer einsamen Polizeistreife irgendwo im Niemandsland zwischen diesen halb aufgegebenen Bauerngehöften dazu sagen würde, dass ein Jugendchor auf der Fahrt nach Lüchow ausgerechnet einen solchen Ackerweg nahm. Bernd würde es wahrscheinlich gelingen, sich auf eine romantische Liebe zu alten Dorfstraßen herauszureden.

Kordel schlug vor, mal zu schauen, ob wir schon Radio Wendland empfangen könnten, aber Bernd schüttelte nur den Kopf, dafür seien wir noch zu weit entfernt, und wahrscheinlich hatte Kordel es auch nur gesagt, weil sie die Musik nicht mehr ertrug. Einmal entdeckte Birte vor uns ein Auto mit »Atomkraft, nein danke«-Aufklebern, sie ließ Wolf dicht heranfahren und holte ihren Fotoapparat mit dem Teleobjektiv heraus, um ihnen einen kleinen Schrecken einzujagen. Mit verstellter Stimme trug sie uns vor, was sich dort vorne wohl abspielte, wenn plötzlich jemand im Rückspiegel eine Wagenladung Zivilpolizisten zu erkennen meinte, die sich nicht einmal Mühe gaben, auf geheim zu machen. So sahen wir aus. Oder glaubten es zumindest. Wir waren sicher, bei etwas Großem dabei zu sein, und überzeugt, dadurch selbst an Größe zu gewinnen. Wir waren unbeirrbar und entschieden, das machte uns gefährlich. Am liebsten hätte ich immerzu »Was kostet die Welt?« gerufen, dabei war mir ja klar, was sie kostete: viel, sehr viel, sie war unbezahlbar. Deshalb waren wir ja hier.

Zu meinem vorletzten Geburtstag hatte ich mir von meinem Bruder einen »Atomkraft, nein danke«-Anstecker gewünscht, weil er selbst einen trug, aber Holger sagte, ich sei noch zu klein dafür. Sie hatten das Thema in der Schule durchgenommen, und wie ich ihn kannte, hatte er auch nicht verstanden, was daran im Einzelnen gefährlich war, und dem Lehrer am Ende einfach geglaubt. Jedenfalls verbot er mir, so etwas zu tragen, ich würde zu wenig davon verstehen. Der Button, den er mir schenkte, zeigte anstelle der lachenden Sonne einen lachenden Baum und den Schriftzug »Baum ab, nein danke«. Ich war tatsächlich erleichtert, einen Anstecker zu tragen, den ich verstand, ich hatte gelesen, wie viele Bäume sie für einen einzigen Schreibblock abholzten und wie viel Sauerstoff jeder Baum uns im Laufe seines Lebens schenkte. Ich hätte jedem erklären können, wie wichtig die Bäume für unser Dasein waren, falls jemand danach gefragt hätte. Dennoch blieb mein Neid. Der »Atomkraft, nein danke«-Anstecker schien mir wertvoller zu sein, es ging eine Gefahr von ihm aus, während der Baum eigentlich etwas für Grundschüler war. Bei der Atomkraft stand etwas auf dem Spiel, das wusste ich. Es ging um alles, man konnte daran sterben. Schon weil noch die Kinder der Kinder unserer Kinder den Strahlen ausgesetzt sein würden. Bei den Bäumen dagegen fiel mir nur eine einzige Lebensgefahr ein: hochklettern und runterfallen. Und genau genommen bot gegen diese Bedrohung das Absägen doch den besten Schutz.

4

Das eigentliche Wendland begann mit der Überquerung des Elbe-Seitenkanals, der es nach Westen hin begrenzte wie der Graben eines alten Wasserschlosses. In Vorbereitung auf unser Abenteuer hatten wir uns wochenlang durch die Geschichte dieser Landschaft gelesen, durch ihre Geografie, ihre Flora und Fauna: alte Gegend aus Heide und Moor, wasserarme, unfruchtbare Böden, sagenhafte Berichte von Jägern und den auflodernden Flämmchen der Irrlichter, die Wenden hatten hier gelebt, mit ihren Rundlingsdörfern. Im Norden wurde es von der Elbe abgeschlossen, wir lasen, dass der Fluss durch urwaldartige Auen dahinströme, in denen hinter riesigen, überwachsenen Deichen Störche und Biber lebten. Eine natürliche Grenze, unbezwingbar.

Nach Süden hin, am Übergang zur Altmark und ins Magdeburgische, gab es so etwas nicht. Auch dort zog sich zwar ein Band kleinerer Wasserläufe dahin, die Dumme, der Provinzialgrenzgraben, die neue Dumme, ein Stück Jeetzel, und schließlich führte der schmale Lüchower Landgraben bis hinüber zum großen Arendsee im Osten. Aber eine richtige Befestigung war das nicht.

Dennoch zweifelte ich nicht daran, dass auch diese Grenze ebenso unüberwindbar war wie die im Norden, ich konnte mir vorstellen, wie es dort aussah. Wir lebten ja selbst im Zonenrandgebiet, und viele der Familienwanderungen durchs Hinterland waren früher oder später an ein solches Ende gestoßen: die kleinen Schildchen auf den runden, schwarz-rot-gelb lackierten Pfählen, die den eigentlichen Grenzverlauf anzeigten, worauf erst einmal zwanzig Meter Niemandsland folgten, ein gefährlich leicht zu eroberndes Zwischenreich, das den kleinen Jungen, der ich einmal gewesen war, einlud und lockte, dann der Zaun aus schwarzem Metall, dahinter das breite, penibel gepflügte Schussfeld und, schon in der Ferne, als Verbindung zwischen den nackten, blinden Wachtürmen die Reihe nebeneinandergesetzter Betonplatten, über die von Zeit zu Zeit einzelne, emsige Wägelchen Patrouille fuhren.

Vor Jahren, als die Aufregung des Älterwerdens eben erst begonnen hatte, in einer Zeit, die uns längst unendlich vergangen erschien, schon jetzt, obwohl sie genau genommen kaum zwei, drei Jahre zurücklag, zu dieser Zeit also war es vorgekommen, dass nachts am Ende eines Festes auf einmal einer von uns davonlief, aus Liebes- oder Lebenskummer, der uns damals aus dem Nichts überkam, und verschwunden blieb, bis wir Übrigen es endlich merkten und rätselten, wo er sein mochte. Und immer kam dann jemand auf die Idee, er sei zur Grenze gelaufen, um den Zaun zu überwinden und auf die Minenfelder zu gelangen, in die Selbstschussanlagen, und dort sein trostloses Leben zu beenden. Also waren auch wir losgerannt und hatten das Waldstück durchstreift, das hinüberführte zur Grenze, um am Ende wirklich jedes Mal den Traurigen zu finden, der überwältigt von seinem eigenen Kummer, seiner Kühnheit und dem Mitleid mit sich selbst zusammengebrochen war und nun auf einem Baumstumpf saß, den Kopf in den Händen verborgen.

Sicherlich war es nicht gerecht, aber so war für uns dieses andere Land jenseits der Grenze ein Ort des Todes geworden, ein abgeschlossenes Reich, hinter dessen Zaun die Nachkriegszeit gefangen blieb und der ganze Krieg gleich mit. Vor unseren Augen verschmolzen die Stacheldrahtzäune der Lager mit diesem neuen Zaun zu einem Denkmal unserer Vergangenheit, die dort im Osten ein ganzes Land erstarren ließ, ein Land, in dem es sich, wenn wir zu Besuch bei der uralten Verwandtschaft waren, anfühlte wie die alten, staubigen Geschichten ihrer Kindheit. Wurde im Fernsehen ein deutscher Filmklassiker gezeigt, von früher, aus der harten Zeit, wusste ich durch unsere Besuche, wie es damals gerochen hatte: wie dieses Land, vor dem wir Angst behielten.

Das war die Fremde, in die hinein sich das Wendland als spitzer, dreieckiger Stachel bohrte. Es lag abseits von allem, was wir kannten, umgeben von schwer befestigtem Feindesland. Was immer hier passieren mochte, auf dem restlichen Bundesgebiet würde beim vorherrschenden Westwind nichts davon zu spüren sein. Wenn Deutschland eine Wüste hatte, dann hier, im bevölkerungsärmsten Landkreis der Republik. Wer würde darum weinen? Das Wendland war fraglos der natürliche, folgerichtige Ort zum Lagern alter, ausgebrannter Brennelemente, die noch immer strahlen würden, wenn unsere fernsten Vorstellungen von Zukunft längst erloschen waren.

Als wir auf einem kleinen Fahrsteg über den Elbe-Seitenkanal setzten und unter uns das unbeweglich dunkle Wasser sahen, stellte Birte die Musik ab, worauf Wolf vor Schreck gleich auf die Bremse stieg und wir mitten auf der Brücke stehen blieben. Kordel und ich schauten uns an und hätten fast losgelacht, weil es so eine große Geste war, ein richtiger Verzicht, den wir Birte gar nicht zugetraut hätten, es machte den Eindruck, als wollte sie gleich eine Rede halten, aber sie drehte sich nicht zu uns um, sondern starrte nur weiter durch die Windschutzscheibe hinaus, um gleich darauf leise zu sagen: »Da wären wir.« Dann schwieg sie, und wir anderen schwiegen auch. Ich hatte das seltsame Gefühl nach Hause zurückzukehren, die Weite ringsherum, der helle Sand, den der Wind in Streifen über den Asphalt geweht hatte, ich glaubte das alles zu kennen, ohne je hier gewesen zu sein. Von hier oben aus sah man zu beiden Seiten weit über den Kanal hin, der sich schnurgerade ins Land zog, mich überfiel auf einmal die Lust, auszusteigen und in das dunkelgrüne Wasser zu springen, um darin zu schwimmen, zu tauchen, mit offenen Augen und offenem Mund, um unter Wasser davon zu trinken, ich stellte mir vor, wie kalt es wäre, wenn man darin verschwand, wie verschwommen dort unten alles aussähe, voller Bläschen und Schlieren, wie in meiner Waldmeisterbowle, ich würde lange, lange nicht auftauchen, bis mir am Ende die Sinne schwänden und ich wieder hinaufstoßen müsste, dem Licht entgegen, das seltsam weit entfernt wäre, hoch über mir.

Aber ich stieg nicht aus. Wolf startete den Bus, und wir fuhren weiter über die Felder, an Kattien vorbei und durch Soltendieck, wir überquerten die Amerikalinie, eine alte Eisenbahntrasse, die früher einmal nach Bremerhaven zu den Auswandererschiffen geführt hatte, wir kamen an der Schnegaer Kirche vorbei, die noch schöner war, als ich sie mir vorgestellt hatte, doch wir hielten nicht an, wir fuhren zwischen Feldern und Kiefernschonungen weiter nach Norden.

Es war nicht zu übersehen, welche Bedeutung der Landwirtschaft in dieser Gegend zukam, die Fahrbahn war mit den erdigen Mustern der Traktorreifen übersät, immer wieder musste Wolf hinter einem Gespann abbremsen und so lange im Schritttempo hinter ihm bleiben, bis er auf den engen Straßen sicher überholen konnte. Die ersten Bauern hatten ihre Bewässerungsanlagen in Betrieb genommen, die glitzernde Wasserfächer über die Felder schickten. Es gab wenig Verkehr, was unsere Sache leichter machen würde. Wer aber unterwegs war, der fuhr beherzt. Im Vertrauen darauf, jede Bodenwelle zu kennen, schnitt man die Kurven, ohne Zögern wurde jeder Schlepper leichthin überholt. Das Tempolimit auf Landstraßen diente hier als nicht zu unterschreitende Mindestgeschwindigkeit. Auf eine plötzliche Sperrung der Straße war sicherlich niemand eingestellt.

Auch ich glaubte, jeden einzelnen Trampelpfad zu kennen. Immerhin hatten wir die letzten Wochen mit wenig anderem verbracht. In den Osterferien hatte ich ein Spiel erfunden, das uns bei der Orientierung helfen sollte. Dazu hatte ich eine dicke Folie über das Messtischblatt des Landkreises gelegt und einen Spielplan durchgepaust, der aus den tatsächlichen Ortschaften und ihren Verbindungswegen ein Netz knüpfte, wie wir es von U-Bahn-Plänen kannten – und wirklich stammte die Idee von einem Gesellschaftsspiel, in dem es darum ging, einen Verbrecher in der Großstadt aufzuspüren. Die Geschichte hatte ich in unserem Sinne verändert, nächtelang spielten wir politischen Widerstand, indem wir an den Wohnzimmertischen unserer Eltern in gemeinsamer Anstrengung zu verhindern suchten, dass ein roter, eckiger Spielstein, der für den Atommülltransport stand, an sein Ziel gelangte, ins geplante Endlager.

Erleichtert wurde unsere Aufgabe im Spiel wie in der Wirklichkeit durch die Tatsache, dass nur wenige größere Straßen ins Wendland führten: Von Uelzen aus die B 71 nach Bergen, die B 493 nach Lüchow, die B 191 nach Dannenberg, im Norden noch die B 216 von Lüneburg. Hinzu kam die Bahnverbindung, aber selbst da müsste der Castorbehälter am Ende auf Tieflader umgesetzt werden, um die letzten Kilometer absehbar und alternativlos über die unterdessen restlos verstopfte Straße in den Gorlebener Forst zu nehmen.

Im Spiel hatten wir es bald heraus: Ein Ring von Spähern besetzte wichtige Kreuzungspunkte und stellte sicher, dass wir früh genug vom Transport erfuhren. Wir kannten die Stellen, an denen eine Blockade die größte Wirkung entfalten würde und von denen wir zugleich am schnellsten hinüber zu anderen Wegen fänden, falls der Transport eine Ausweichroute nahm oder wir entwischen mussten. Wir konnten zu jedem Feldweg herbeten, welcher von ihnen sich im Heidesand verlief und welcher einen guten Schleichweg abgab, um abseits großer Straßen schnell und unbemerkt voranzukommen, wir wussten immer, wie viel Platz bis zur Grenze blieb, um uns dort nicht in die Enge treiben zu lassen, auch wenn der mit kleinen Wanderschildern markierte Bundespräsidentenweg in Sichtweite des Zauns gute Fluchtmöglichkeiten bot. Birte hatte zum Erstaunen ihres Erdkundelehrers die

Jahresarbeit »Verkehrsentwicklung im ländlichen Raum am selbst gewählten Beispiel« mit Bravour bestanden und brüstete sich vor uns, sogar den Verlauf einzelner Radwanderwege vor Augen zu haben. Wir konnten die Abfolge der Wälder und Moore im Schlaf hersagen: Göhrde, Die Lucie, Gartower Forst, wir waren vorbereitet.

Im ganzen Land klebten in diesen Tagen Plakate, auf denen nichts zu sehen war als ein gelber Schriftzug »TAG X« auf schwarzem Grund, wobei das riesenhaft vergrößerte X nahezu die ganze Fläche ausfüllte, durch seine beiden gekreuzten Schenkel sah man wie durch ein Schlüsselloch auf eine unscharf zu erkennende Straße, in deren Mitte sich ein gewaltiger Haufen Baumstämme türmte. Hinter dieser Absperrung waren unscharf einige Vermummte zu erkennen, einer von ihnen war hinaufgeklettert und hielt sich an einem Ast fest, die andere Hand reckte er als Faust in den gelben Himmel. Es sah aus wie im Wilden Westen, in der Pose alter Heldengemälde: Balboa beim Entdecken des Stillen Ozeans oder Buffalo Bill auf dem Rücken eines erlegten Tieres. Unter dem Bild stand in kleineren Lettern: »Verhindert die Atommülltransporte ins Wendland«. Deswegen waren wir hier.

Dabei war es noch nicht einmal dieser TAG X selbst, dem wir entgegenfuhren, den wir voller Vorfreude und Angst erwarteten wie die Rückkehr des Erlösers. Es war eine Übung, ein Versuch, ob alles bereit war für diesen Tag, von dem wir nicht wussten, wann er endlich käme. Der Tag, an dem der erste Transport versuchen würde, tatsächlich Atommüll zum geplanten Lager zu bringen. Es konnte nächste Woche passieren oder nächstes Jahr, das lag nicht in unserer Hand. Alles war vorbereitet, es gab die Späher, die Telefonketten, aber wir konnten nicht länger warten. Wir wollten Flagge zeigen, wir wollten Respekt. Es ging uns darum, herauszufinden, an welchen Stellen die Blockaden am wirkungsvollsten ansetzten und wo sich das Material dazu fand. Wie sich die Bevölkerung verhielt und welche Strategien die Polizei verfolgte. Was geeignete Plätze waren, um sich nach einer Flucht wieder zu sammeln, und wie das Zusammenspiel zwischen den Gruppen funktionierte. Viel mehr war es nicht. Wir fuhren, wenn dieses Wort in unseren Kreisen möglich gewesen wäre, auf ein Manöver.

5

Gülden erreichten wir am frühen Nachmittag. Die Sonne war herausgekommen und warf die Schatten der Alleebäume auf die Dorfstraße, hinterm Bushäuschen lag der Weiher.

Selbst gemalte Schilder leiteten zu dem Camp, das nach der nächstgelegenen Bundesstraße die Ordnungszahl 191 trug, sodass Außenstehende die Anzahl der Zeltlager falsch einschätzen mochten. Dem Feuerwehrhäuschen gegenüber lag das Gasthaus Behr, das auf einem Schild Fremdenzimmer annoncierte. Hinter dem lang gezogenen Bau aus roten Ziegeln schloss sich die Wiese an, auf der schon Zelte zu sehen waren, dorthin wurden wir geführt. Auf dem Grundstück standen alte Eichen, es wurde von einem Mäuerchen aus Feldsteinen eingefasst, hinter dem das Dorf endete. Neben der Zufahrt stand ein Traktor mit hoch in die Luft erhobener Gabel, und auch wenn sie eigentlich zum Aufspießen von Heuballen gedacht sein mochte, erweckte es für uns Ankommende im Gegenlicht den Anschein eines riesenhaften Hirschkäfers, der zum Angriff ging.

Wir ruckelten auf die Wiese, wo gleich ein bärtiger Mann mit nacktem Oberkörper herbeigesprungen kam, um uns zu einem freien Stück am Rande des Mäuerchens zu winken. Dort stellte Wolf den Motor ab, und einer nach dem anderen stiegen wir aus dem Bus. Die Sonne blendete, ohne das Geräusch des Motors war es unwirklich still. Die ersten Zelte standen bereits, und überall war man dabei, neue zu errichten. Auf den ersten Blick gab es wenig, was die Szenerie von einem gewöhnlichen Campingplatz unterschied, da waren die dunkelblauen und roten Farbflecken gewöhnlicher Firstzelte, zwischen denen sich bereits einzelne neuere Kuppelkonstruktionen erhoben, deren silberne Aluminiumhaut im Sonnenlicht knitterig glänzte, es gab Röhrenzelte aus armeegrüner Plane und kleine Einmannbiwaks, man rollte Zeltbahnen aus oder spannte Windfänge ab, überall ragte nacktes Gestänge in die Luft, die erfüllt war vom Rufen und von einzelnen Schlägen der Zelthammer, und vielleicht lag es an dem kaum merklichen Geruch nach Sonnenöl, der mit der Campingausrüstung zurück an die Luft kam, dass ich in all dem Durcheinander viel eher an Urlaub denken musste als an politische Aktivität. Selbst die riesige gelbe »Atomkraft, nein danke«-Flagge, die an einem Mast in der Mitte der Wiese aufgezogen war, ließ ihre zwinkernde Sonne so freundlich strahlen, dass es ein Schmuck für jede Strandburg gewesen wäre.

Birte hatte unsere Taschen bereits ausgeräumt und zu einem kleinen Haufen zusammengestellt. Ihre Jacke hatte sie ausgezogen und obenauf gelegt. Während Wolf den Bus auf den kleinen Parkplatz fuhr und die anderen den Platz von Steinen säuberten, packten Kordel und ich den Leinensack mit dem Zelt aus, auch er war mit dem Schriftzug der Gemeinde von Wolfs Vater versehen. Als wir die durchsichtige Plane auseinanderfalteten, die den Boden bilden würde, war sie voller Sand, wahrscheinlich noch von der letzten Familienfreizeit an der Nordsee. Wir riefen die anderen, um die Plane auszuschütteln, und weil auch Wolf jetzt wieder zurück war, griffen an jedem Rand zwei von uns zu, nur ich stand alleine an meiner Seite, sodass sie an den Enden durchhing und ich mich fragte, warum niemand herüberkam, um mir zu helfen, dabei wusste ich doch selbst, dass sich dann anderswo eine Lücke bilden würde. Wolf gab ein Kommando, und wir begannen zu schütteln, anfangs jeder in seinem Takt, dass die Sandkörner wie wild auf der Stelle zu hüpfen begannen, aber nach und nach fanden wir zusammen, ließen die Plane in aller Ruhe bis fast auf den Boden sinken und rissen sie dann mit einem Mal bis über unsere Köpfe hinauf, dass sie an den Rändern flatterte wie ein Segel im Wind, sich am höchsten Punkt von selbst nach oben wölbte und die Sandkörner zur Seite warf, bis wir die Enden wieder herabzogen und die nächste Welle begann. Kordel und Anton kreischten vor Begeisterung, wir anderen lachten auch, und am Ende rannte ich, gerade als die Plane hoch in der Luft war, in die Mitte und verharrte für einen Moment ganz still unter der schwebenden Kuppel, umgeben von diesen Menschen, die zu mir gehörten und jetzt mit emporgerissenen Armen um mich herumstanden, dann senkte sich die Plane, legte sich über mich, und ich sah durch das dicke Plastik die Schemen der anderen, sie hielten die Hände nach mir ausgestreckt und schauten mich an, aber ich konnte den Ausdruck ihrer Gesichter nicht erkennen. Ich stand ganz ruhig in ihrer Mitte, die Plane war erstaunlich schwer und legte sich dicht an mich, einen Moment dachte ich an den Anzug, der dreckig werden würde, ich hörte meinen Atem und dahinter ein hohles Rauschen wie im Inneren eines Schneckenhauses, ich sah die seltsam zerknitterte Sonne, den fleckigen, faltigen Himmel, ich sah im Augenwinkel meine eigenen Hände farblos und zerflossen und dahinter den Boden, der langsam dunkler wurde. Mir war ein bisschen schwindelig von all dem Toben und von der Aufregung, ich sah eine Gestalt auf mich zurennen, womöglich Anton, und dann folgten andere und versuchten die Plane hochzuheben, aber sie standen ja selbst darauf, sie riefen wohl etwas, aber davon war hier drinnen nichts zu hören, durch das Plastik zogen und zerrten sie an mir, aber ich konnte ja auch nicht helfen.

Ich schloss die Augen und erinnerte mich an Kindergeburtstage, bei denen man ein Tuch um die Augen gebunden bekam und sich in der Dunkelheit auf fremde Weise geborgen fühlte, ich erinnerte mich, wie sie gekommen waren und einen im Kreis drehten, bis man die Orientierung verlor und sich unter dem Tuch die Dinge weiterdrehten, auch wenn man längst wieder stillstand, wie sie einem plötzlich einen Holzlöffel in die Hand gaben und man auf den Fußboden gedrückt wurde, wo die Stimmen von oben kamen, und so ging ich nun selbst in die Knie und ließ mich zur Seite fallen, vor ihre Füße, die noch immer auf der Plane standen, und lag so, es roch wohl nach Gras, aber das war auch alles, was ich mitbekam, bis irgendwann ein Reißen zu hören war und Luft heranströmte, die Stimmen kehrten zurück, und auch ihre Hände drangen wieder bis an meine Haut. Ich schlug die Augen auf, Bernds Gesicht war so dicht vor meinem, dass ich ihn erst gar nicht erkannte, dahinter sah ich Anton, die Hände vor dem Mund, und ich wollte die Arme ausbreiten, damit sie alle zu mir kämen und ich sie trösten könnte in ihrem Schreck, aber erst mussten sie wohl die

Plane weit genug aufreißen, damit ich ganz herausklettern konnte, und dann war der Moment schon vorbei, und jemand reichte mir ein Stück Apfel.

Beim Zeltaufbau musste ich dann nicht mitmachen. Ich saß ein bisschen am Rand, ab und zu kam jemand zu mir, um zu fragen, ob alles okay sei, und ich nickte einfach. Ich hatte die Anzugjacke ausgezogen, weil Birte die ganze Zeit versuchte, den Staub abzuklopfen, und sie mir über die Knie gelegt. Es war ein Rundzelt, das sie aufbauten, eine Art Tipi aus dickem, weißem Stoff, der in der Mitte von einem einzelnen Holzmast gehalten werden sollte. Wolf kroch damit unter den Stoff, während die anderen die Seiten hielten. Er fluchte erst einmal eine ganze Weile unter dem Zelt hervor, weil die Halterung für den Mast nicht zu finden war, und krabbelte in den Stoffbahnen herum wie eine Biene, die sich unter einem Tischtuch verirrt hat, was ich in dem Moment nicht gut mit ansehen konnte, aber dann richtete sich das Ganze plötzlich auf, als hätte jemand an Fäden gezogen, es wackelte noch ein wenig hin und her, endlich spannte sich die Konstruktion, und Wolf kam mit rotem Kopf unter dem Rand hervor, schlug sich die Hände an der Hose ab, griff nach dem Zelthammer und begann die Heringe einzuschlagen.

Während die anderen die Luftmatratzen aufpumpten, begannen Birte und Holger mit dem Kochen, und ich kroch zu ihnen hin, um zu fragen, ob ich helfen könne, und sie sahen sich an und gaben mir dann ein paar Kartoffeln zu schälen.

6

Neben unserem Zelt lag ein alter Mühlstein im Gras, da herum setzten wir uns zum Abendessen. Anschließend brachen Bernd, Birte, Anton und ich zu einem Spaziergang durchs Dorf auf. Die Sonne ging schon unter, aber noch immer war es warm, einige Schwalben schossen hoch über uns durch den Himmel. Wir kletterten über das Mäuerchen, das die Wiese begrenzte, Bernd durfte Anton helfen, die mit ihren Sandalen keinen Halt an den glatten Feldsteinen fand. Auf einen schmalen Streifen Löwenzahn folgte direkt die Dorfstraße, ganz ohne Bürgersteig, aber von Verkehr war bis auf die Treckerspuren ohnehin nichts zu sehen. Drüben auf der anderen Straßenseite stand vor dem Schuppen der Freiwilligen Feuerwehr ein uraltes, dunkelrotes Löschfahrzeug. Auf der Motorhaube hockte ein Junge in blauer Uniform, er mochte in meinem Alter sein, auch wenn von seinem Gesicht nichts zu erkennen war, so tief beugte er sich hinunter, um mit einem Tuch den Lack des Wagens zu polieren. Oben auf der hölzernen Leiter saß einer mit Feuerwehrmütze, ein dritter mit kurzem Schnurrbart hangelte sich gerade zu ihm hinauf. Um das Fahrzeug verstreut lagen ihre Fahrräder auf dem Boden, es war ein schönes Bild, schon weil es genauso gut wir selbst hätten sein können, dort auf der anderen Seite. Kurz bevor wir bei ihnen waren, hielt der Junge auf der Motorhaube mit dem Polieren inne, und einer nach dem anderen schauten sie zu uns her, sie hatten alle so lange

Haare wie ich, und keiner von ihnen schien geneigt, uns einfach so vorbeiziehen zu lassen.

Die Frage war, wer zuerst etwas sagen würde. Ich hatte den Eindruck, es könnte klüger sein, wenn einer von uns den Anfang machte, aber mir selbst fiel nichts ein, womit ich das Eis hätte brechen können. Und bei Birte wusste man nie, ob sie durch Reden nicht alles schlimmer machte. Bernd, von dem ich im Stillen erwartet hätte, er würde die Situation klären, schaute einfach hinüber zu dem Kirchturm des Ortes und tat, als nehme er die Feuerwehrjungs gar nicht wahr. Am Ende war es Anton, die dem Jungen mit dem Schnurrbart, gerade als er die Nase hochzog, um zum Reden anzusetzen, zurief: »Wo brennt's denn?«

Im ersten Moment sah es aus, als wollte der Schnurrbart sich auf sie stürzen, aber der Junge von der Motorhaube winkte ihn zurück, und ich sah, dass er lächeln musste.

Er wischte sich die Hände an seinem Tuch ab und fragte, wo wir denn ausgebrochen seien. Ob wir blockieren wollten oder zur Tanzstunde.

Ich sah an mir herab. Er hatte recht, wir entsprachen nicht ganz den Erwartungen, die man an vaterlandslose Weltverbesserer stellte. Birte mit dem Pferdeschwanz, ich mit meinem zu kurzen Anzug, Bernd war zwar der Seitenscheitel ein wenig verrutscht, aber die Haare hielten von der ganzen Pomade doch einigermaßen die Form, und auch wenn Antons Puffärmel unterdessen an Halt verloren hatten, sah sie in der Samtlatzhose noch immer bezaubernd aus.

Sie rief: »Seid ihr morgen dabei? Wir machen hier alles dicht.«

Der Junge rutschte von der Motorhaube herunter, warf sich das Tuch über die Schulter und trat zu uns heran. Er war wohl doch ein wenig älter als ich. Sein Gesicht war von kleinen Eiterbläschen überzogen, am Kinn wuchs ihm ein heller Flaum.

Er sagte: »Hör mal, Prinzessin, hier macht keiner irgendwas dicht. Ihr lasst uns schön in Ruhe und fahrt heim zu Mutti. Die wird schon traurig sein, dass ihr die guten Sachen so zerknittern lasst.«

So war das also. Ich war kurz davor, ihn zu fragen, wo sie denn ihre Feuerwehranzüge waschen ließen, aber es hätte die Situation wohl nur unnötig verschärft.

Birte sagte: »Freut euch doch, dass wir gekommen sind. Wir wollen euch doch nur retten.«

»So seht ihr aus.«

Bevor die Sache weiter eskalierte, rettete Bernd die Situation, indem er auf den Kirchturm wies: »Ist das ein Storchennest?«

Der Anführer drehte sich zu ihm um und nickte. Es seien Weißstörche, sie hätten gerade Junge.

Birte fragte im Flüsterton, ob er auch da drin geboren sei, aber zum Glück hörte er es nicht. Bernd hatte den Jungen bereits in eine ornithologische Diskussion verwickelt, es stellte sich heraus, dass die Feuerwehr auch für die Sicherung der Nester zuständig war, gerade besprachen sie die Stütztechniken, mit denen die Plattform auf der Kirchturmspitze befestigt war.

Wir machten uns miteinander bekannt. Der Junge hieß Dirk, seinen Kollegen auf der Leiter stellte er uns als Hauke vor, der Schnurrbart hieß Thorsten. Am Ende begleitete Dirk uns zur Kirche, während seine Kameraden bei dem Fahrzeug blieben. Seinen Putzlappen hatte er Hauke zugeworfen, ein klarer und womöglich ehrenvoller Auftrag.

Wäre der kleine Glockenturm nicht gewesen, die Kirche hätte mit ihren Sprossenfenstern eher wie ein Wohnhaus ausgesehen. Dirk zeigte uns schon von Weitem die von einigen Streben gehaltene Plattform an der Spitze des Turmes. Das Nest darauf war aus dunkelgrauem Reisig zusammengesteckt. Darüber schwebte etwas Helles, das wie ein strahlender Engel aussah, beim Näherkommen erkannte ich, dass es der goldene Wetterhahn war, um den herum der Storch sein Nest errichtet hatte. Ich fragte mich, ob das der Identitätsbildung der Jungvögel wohl dienlich war.

Der Eingang zur Kirche war verschlossen. Nachdem wir sie umkreist hatten, ohne dass von den Kleinen oder ihren Eltern etwas zu sehen war, bummelten wir weiter, und Dirk schloss sich uns an. Er war wie selbstverständlich zu unserem Fremdenführer geworden, es ließ sich nicht unterscheiden, ob er es aus Freundlichkeit tat, zu unserer Überwachung oder einfach aus Langeweile. Es gab eine Koppel, auf der ein einzelnes dunkelbraunes Pferd stand und verlegen zu uns herüberschaute. Dirk stellte es uns als Melinda vor. Im Türsturz eines Hauses entdeckte Bernd einen geschnitzten Spruch und las ihn vor: »Wi Börgers hebbn de Last dorvon un mütt dat all betahlen«, dann musste Dirk es noch einmal wiederholen, damit wir hörten, wie es aus seinem Munde klang. Vor ihren Häusern hatten die Bewohner des Dorfes das Brennholz zu runden Haufen geschichtet, es waren Abschnitte dünner Birkenstämmchen, fein genug, um sie ungescheitet zu verbrennen. Wir kamen zu einem kleinen Tümpel, den Dirk Löschteich nannte, sein Wasser war von hellgrüner Entengrütze so dicht überzogen, dass es nicht einmal spiegelte. Man hätte hinübergehen mögen, so fest sah die Oberfläche aus. Direkt daneben erhob sich ein rotes Ziegelgebäude, in dem ich eine zweite Kirche vermutete, bis Dirk es uns stolz als Feuerwehrhaus vorstellte. Im Turm hingen nach den Einsätzen ihre Schläuche zum Trocknen.

Birte sagte: »Und das alles wollt ihr verlieren?« Ich hätte ihr am liebsten eine geklebt. Dirk grinste nur, ihm war offenbar klar geworden, was man an Birte hatte. Anton war noch bei dem Pferd stehen geblieben und hielt ihm eine Handvoll Gras hin, aber es rührte sich nicht. Bernd ging schon vor zum Feuerwehrhaus und rüttelte an dem großen Holztor, doch auch dieses Gebäude war abgesperrt.

Diesmal aber zauberte unser Begleiter einen langen Schlüssel aus der Seitentasche seiner Uniform, damit sperrte er auf, und wir anderen schlüpften an ihm vorbei in den dunklen, kühlen Raum, während er hinter uns die Tür schon wieder schloss. Womöglich war er nicht befugt, uns einzulassen. Im Inneren war es leer, wahrscheinlich stand hier der Rettungswagen, wenn er nicht gerade geputzt wurde. An den Wänden waren nebeneinander die Einsatzgeräte befestigt, wir konnten Äxte ausmachen und Krankentragen und lange Stöcke, deren eiserne Spitzen gebogen waren wie Enterhaken, es gab die Flaschen der Atemschutzgeräte und die Löschaufsätze für die Schläuche. Hier drin konnte einem wirklich nichts passieren. Es war alles da zu unserer Rettung, auch das gute Gefühl, in Sicherheit zu sein. An der gegenüberliegenden Stirnseite hingen die Overalls der Uniformen wie Vogelscheuchen im Winterschlaf, direkt darüber hingen ihre Helme, als seien ihnen im Schlummer die Köpfe auf die Brust gefallen. Dirk wies hinauf, und wirklich sahen wir schemenhaft die dunklen Schläuche aus der Höhe des Turmes herabhängen, sie wanden sich umeinander, bis sich ihre Konturen in der Höhe verloren, dicht an dicht wie ein Bündel erschlagener Nattern, und ihre silbernen Gewinderinge glänzten wie lauter Augen, die uns aus der Dunkelheit heraus beobachteten.

Dirk flüsterte jetzt, als er zu sprechen begann, sodass wir uns dicht aneinanderdrängen mussten, um ihn zu verstehen. Die Feuerwehr des Ortes sei im Jahre 1874 gegründet worden. Sie habe vier Aufgaben. Dirk sah uns der Reihe nach an, um zu sehen, ob einer von uns in der Lage war, sie aufzuzählen, aber selbst wenn ich gewusst hätte, worauf er hinauswollte, hätte ich nicht gewagt, die Stille zu unterbrechen, und so löste Dirk sein Rätsel selbst, wobei er zwischen jeder Antwort eine kleine Pause ließ: Retten, Löschen, Bergen, Schützen. Wir konnten sehen, wie seine Augen in der Schwärze des Raumes zu leuchten begannen.

Birte fragte, ob sie in der ganzen Zeit schon einmal einen Einsatz gehabt hätten, und zum ersten Mal schien Dirk sie wirklich zu bemerken. Tatsächlich nehme die Zahl der Brände ab, sagte er ernst. Doch auch wenn die Feuerwehren in der Brandbekämpfung ihre wahre Bestimmung sähen, beweise dieser Rückgang doch nur, wie erfolgreich sie sich dem Brandschutz widmeten. Ihre Einsatzfelder seien vielfältig. Das reiche von der aus dem Baum geretteten Katze bis zum Kellerauspumpen nach einer Überschwemmung. Wenn er ehrlich sei, hätten sie seit einigen Jahren vor allem mit Verkehrsunfällen zu tun, Erste Hilfe, Unfallstellen sichern, Ölspuren beseitigen. Inzwischen hätten sie mehr Sägespäne als Löschmittel an Bord. Gerade habe man unter der Überschrift »Wärme statt Wasser« alle Mitglieder der Freiwilligen Wehren in psychologischer Erstbetreuung geschult.

Er trat nach hinten an die Wand und rief Anton zu sich. Sie sah mich an und ging zu ihm hinüber. Dirk drehte sie mit dem Gesicht zu uns, und wir anderen waren ebenso gespannt wie Anton, was nun mit ihr geschehen würde. Wie ein Magier stand Dirk hinter ihr, bis er auf einmal mit den Händen, in denen etwas Schwarzes zappelte, hoch zu ihrem Kopf fuhr, er musste sich auf die Zehenspitzen stellen, um ganz hinaufzugelangen, sie bückte sich ein wenig, sodass es ihm gelang, ihr etwas über den Kopf zu ziehen, und als Anton sich langsam wieder aufrichtete, sahen wir, dass es eine Gasmaske war. Ihre Augen lagen hinter zwei breiten, schimmernden Glasscheiben verborgen, durch die sie uns ansah wie aus weiter Ferne, mit dem Blick eines großen, ängstlichen Insekts. Ihre Haare wurden von dem schwarzen Gummi nach hinten gezogen und standen zu den Seiten ab wie Fühler. Das Tier, zu dem sie geworden war, hatte statt eines Mundes einen langen, gebogenen Rüssel, den Dirk gerade mit einer schmalen Metallflasche verband, und auf einmal war in der Stille zu hören, wie es zu atmen begann, schnorchelnd und dumpf, aber mit großer Gleichmäßigkeit, ich konnte gar nicht anders, als im gleichen, viel zu langsamen Rhythmus mitzuatmen. Auf einmal machte das Tier einen Schritt auf uns zu und hob die Hand, sodass wir zurückschraken, aber es griff sich nur hinter den Kopf, um die Maske zu lösen, und lachte darunter hervor, und schon war Antons Gesicht wieder zurück, ein wenig zerdrückt noch, wo das Gummi eingeschnitten hatte, und auch ich kam endlich wieder zu Luft.

Bernd wollte die Maske ebenfalls anziehen, und Dirk sagte, wir dürften alle mal probieren, nur immer schön der Reihe nach. Bernd trug noch einen alten Helm dazu, was ihn aussehen ließ wie einen Soldaten aus dem Ersten Weltkrieg, während Birte eher ein Monster war, schon weil sie so mit den Armen wedelte und in die Luft sprang. Nur ich verzichtete auf die Erfahrung.

Beim Hinausgehen entdeckte ich auf der Innenseite des Tores ein Gemälde. In einem kleinen Holzrahmen steckte das Porträt eines jungen Mannes mit lodernd rotem Federhelm, der in der Hand einen Wasserkübel hielt, mit dem er ein winziges brennendes Haus zu seinen Füßen löschte. Es schien ihn keine Anstrengung zu kosten. Birte fragte, wer das sei. Dirk zeigte lachend auf mich und sagte: »Das bist du.« Das Bild zeige den heiligen Florian, Schutzpatron der Feuerwehren, einen der vierzehn Nothelfer. Unter dem Bild war mit einer Reißzwecke ein kleiner Zettel festgesteckt, auf dem in zittriger Handschrift stand: »Es brennt, o heiliger Florian / Heut aller Orts und Enden. / Du aber bist der rechte Mann / Solch Unglück abzuwenden.«

Wir gingen hinaus, zurück ins Helle, in die Wärme. Vor dem Tor bekam Anton von Dirk eine kleine Trillerpfeife geschenkt, für den Notfall, er hatte sie offenbar besonders ins Herz geschlossen, was ich nachvollziehen konnte. Die Pfeife hing an einer schwarzen Schnur, und er hängte sie ihr um wie eine Medaille. Als wir gingen, blieb er dort, um noch aufzuräumen, er winkte uns aus der Einfahrt des Feuerwehrhauses zu und sah dabei aus, als wäre er am liebsten mitgekommen.

7

Zum ersten Mal allein mit Anton war ich bei einer anderen Aktion gewesen, die ein Jahr zuvor stattgefunden hatte. Bei uns im Wald sollte ein Zielfeld gebaut werden, eine schwere Betonplatte, auf der zwei Panzer nebeneinanderstehen und ihre Geschütze auf irgendwelche Objekte ausrichten konnten. Sie zielten in die Gegend, in der Anton und ich später oft zusammen spazieren gingen, auch wenn wir von diesem Umstand damals noch nichts ahnten.

Es störte uns dennoch. Nicht nur das Zielen, das uns unheimlich war, sondern auch der lange Weg, den die Panzer zwischen Kaserne und Zielfeld zurücklegen würden. Er führte mitten durch den Stadtwald, durch den zu diesem Zweck eine Trasse geschlagen werden sollte.

Eine Bürgerinitiative hatte sich gebildet, der unsere Eltern unabhängig voneinander beigetreten waren. Bei einem ihrer abendlichen Treffen kam die Idee auf, Baumpatenschaften einzurichten, um die Öffentlichkeit für den Erhalt des Waldes zu sensibilisieren. Gegen eine kleine Spende sollte man am Stand in der Fußgängerzone eine Urkunde mit der Nummer eines einzelnen Baumes erwerben können, für dessen Schutz man von diesem Zeitpunkt an verantwortlich war. Bei Beginn der Rodungen würden die Paten benachrichtigt werden, um im Wald das Fällen ihres Baumes zu verhindern.

Als es darum ging, Freiwillige zum Nummerieren der Bäume zu finden, trugen meine Eltern den Namen ihres jüngsten Sohnes in die Liste ein, mit dem man so etwas im Gegensatz zum älteren noch machen konnte, und Antons Eltern taten es mit ihrer Tochter ebenso. Am nächsten Morgen bekamen wir an unseren jeweiligen Frühstückstischen die Aussicht eröffnet, diesen Sonntag auf ganz besondere Art im Wald verbringen zu dürfen, während sie einen Ausflug machten, wir würden ja allein nach Hause finden. Wir hatten keine Pläne, die dem entgegenstanden.

Die Verantwortung für die Aktion lag in der Hand von Sebastian, einem helläugigen Biologiestudenten in Gummistiefeln und Ölzeug. Er saß auf der Stufe einer Waldhütte und schnitzte, als wir näher kamen, an einem Ast. Ich war erschöpft vom Weg aus der Stadt hinauf, und als Sebastian ankündigte, wir würden noch auf jemanden warten, nahm ich dankbar neben ihm Platz.

Kaum dass ich mich gesetzt hatte und noch während meine Eltern sich über ihre Wanderkarte beugten, um den weiteren Verlauf ihres Ausflugs zu planen, tauchten zwischen den Bäumen schon einige Fahrradfahrer auf. Sebastian ließ seine Schnitzerei sinken und sagte, da seien sie. Im ersten Moment ärgerte ich mich, dass meine Pause so rasch vorüber war, aber als ich erkannte, wer da kam, freute ich mich doch.

Unsere Eltern begrüßten sich mit der unbestimmten Herzlichkeit, die durch die gemeinsame Sache entstand, auch wenn sie einander gerade mal von einer Abendversammlung kannten. Nur mein Vater machte den Eindruck, als sähe er Antons Mutter zum ersten Mal. Man wünschte sich einen schönen Tag und dass es trocken bleibe, dann verschwanden sie im Wald. Anton stieg vom Rad und sah sich um.

»Kann man das hier irgendwo anschließen?«

Sebastian hob nicht einmal den Blick. »Das wird nicht nötig sein«, sagte er, »hier kommt nie einer lang.«

Anton sah nicht so aus, als würde sie ihm glauben, aber sie lehnte das Fahrrad gegen einen Baum. Als sie zurückkam, fragte sie, was er schnitze. Sebastian lachte nur.

»Sieht aus wie ein Pfeil«, sagte sie. »Willst du auf die Jagd gehen?«

Sebastian erklärte, hier zeigten sich zwar dann und wann auch Wildschweine, aber ihre Haut sei zu dick, als dass er ihnen damit etwas anhaben könne. Außerdem sei er Vegetarier.

»Dann wird es vielleicht ein Schlagstock«, schlug ich vor, »gegen die Chaoten, die den Bau der Trasse verhindern wollen.« Ich sagte das eher zu Anton, aber Sebastian legte sein Messer zur Seite und klopfte sich mit dem Ast gegen die Stirn. »Sie sind verhaftet«, sagte er, »wegen Widerstand gegen den Stadtwald.« Wir lächelten aus Höflichkeit.

Im Gegensatz zu ihm waren Anton und ich ziemlich schlecht ausgerüstet. Unten in der Stadt war es wärmer gewesen, hier wehte ein kräftiger Wind, und wir stolperten in Sandalen und dünnen T-Shirts hinter Sebastian durchs Unterholz. Nach einer Weile stießen wir auf Markierungen, manche der Bäume trugen große gelbe Punkte, auf andere waren mit grüner Farbe Zahlen gesprüht.

»Hier habe ich vorhin aufgehört«, sagte Sebastian. Er drückte Anton ein Klemmbrett und eine grüne Sprühdose in die Hand. »Die gelben Punkte interessieren uns nicht, die sind von der Baufirma. Sie zeigen, welche Bäume neben der Trasse stehen bleiben. Alle Bäume innerhalb dieser Linien sollen gefällt werden, um die geht es. Jeder Stamm kriegt eine Nummer. Wir haben nur zwei Farbdosen, ich schlage vor, ihr beide zieht zusammen los. Ihr geht einfach von Baum zu Baum und sprüht jedem seine Zahl auf. Wir laufen von hier aus bis zum Waldrand, ich eher auf der linken Fahrbahnseite, ihr auf der rechten.«

»Und was machen wir mit den Listen?«, fragte ich.

»Links steht die Nummer, rechts tragt ihr die Baumart ein. Dann können sich die Leute etwas aussuchen, was ihnen gefällt.«

Ich sah mich um. Das Unterholz hatte sich gelichtet, man konnte weit in den Wald hineinsehen, jeder Baum stand für sich allein, aber alle miteinander bildeten sie eine undurchdringliche Wand aus Stämmen. Der Boden war mit modrigem Laub bedeckt, auf dem hier und da ein umgestürzter Stamm lag oder ein heruntergefallener Ast. Vereinzelt spross neues Grün, über uns wiegten sich die Baumkronen im Wind. Es gab viele Bäume in diesem Wald, ich hätte keinen einzigen von ihnen bestimmen können.

Ich schaute zu Anton hinüber. Sie sah mich an, mit hochgezogenen Schultern. Wir mussten beide lachen. »In Bäumen sind wir nicht so gut«, sagte sie zu Sebastian.

Der schwieg eine Weile. Dann fragte er: »Nicht mal Eichen?«

Ich sagte: »Ich würde Apfelbäume erkennen.« Und nach einer Pause: »Zumindest wenn Äpfel dranhängen.«

Anton sagte, sie wisse noch, wie Birken aussehen, aber die gebe es hier wohl nicht. Sebastian ergänzte, wir würden wahrscheinlich noch den Weihnachtsbaum bestimmen können.

Ich sagte nichts. Anton nickte.

Sebastian ging zu einem Stamm und winkte uns heran. Er sagte zu mir: »Gib mal deine Hand. Fühlst du das?« Er führte meine Finger über die Rinde. »Ziemlich glatt, oder? Und welche Farbe ist das?«

Ich sagte: »Grau.«

»Richtig«, sagte Sebastian, »eine Buche. Das hier ist ein Buchenmischwald, da sind die ziemlich häufig. Wir machen es so: Allen Bäumen mit glatter grauer Rinde gebt ihr eine gerade Zahl. Allen anderen eine ungerade. Dann können die Paten immerhin wählen, ob sie eine Buche wollen oder einen Überraschungsbaum.«

Wir waren einverstanden.

Es zeigte sich, dass wir trotz der vereinfachten Spielregeln deutlich langsamer als Sebastian waren. Immerhin mussten wir uns jeden Stamm aus der Nähe vornehmen. Es dürfte ein eigenartiges Bild abgegeben haben, wie wir von Baum zu Baum stapften und bei jedem mit der Hand über die Rinde strichen. Auch die Tatsache, dass wir zu zweit waren, verschaffte uns keinen Vorteil. Oft konnten wir uns gar nicht erst einigen, ob etwas grau war oder nicht, auch bereitete uns der Moosbefall der Stämme bei der Zuordnung Probleme. Wir entschieden, die Zweifelsfälle lieber mit zu den Überraschungsbäumen zu schlagen. Bald waren die geraden Zahlen weit abgeschlagen.

Genau wie wir. Sebastian war vorausgegangen und längst zwischen all den Buchenmischwaldstämmen verschwunden. Als wir endlich den Waldrand erreichten, an dem den Plänen nach die Panzer stehen und zielen sollten, war es Abend geworden. Von Sebastian keine Spur, er war wohl schon gefahren. Auch unsere Eltern waren nicht mehr aufgetaucht. Der Blick öffnete sich nach Südosten, wo es bereits dunkelte, hinter den Feldern lag die Bundesstraße, die Autos hatten ihre Schweinwerfer eingeschaltet. Ihr Licht fiel auf die kleinen Holzkreuze am Rande der Böschung, die anzeigten, wo einmal eines von ihnen von der Straße abgekommen war. Auf einem Hügel gegenüber stand die steinerne Warte und bewachte, wie seit Jahrhunderten, die Stadt. Dahinter erhoben sich zwei Bergkuppen, die einander so ähnlich waren, dass sie »Die Gleichen« hießen. Ich konnte mir keinen Grund ausmalen, warum man dieses Gelände ins Visier eines Panzergeschützes nehmen sollte.

Mit beiden Händen formte ich eine Röhre und hielt sie Anton von hinten vors Gesicht. »Schau mal durch«, sagte ich, »so sieht das nachher aus.« Sie griff nach meinen Händen, ihr Kopf lag zwischen meinen Armen, und sie führte unser Zielfernrohr ganz langsam über den Horizont. Ich wusste, dass zum Anvisieren vor allem Ruhe nötig war. Das Zielfeld würde aus einer meterdicken Betonplatte bestehen, deren untere Hälfte in den Boden eingelassen wäre, die andere Hälfte stünde über, um Unebenheiten des Geländes auszugleichen. Mehrere Hundert Tonnen Beton, hatte ich gelesen, würden sie hier verbauen. Ich stellte mir vor, ein Panzer zu sein, ein starkes, gewaltiges Monstrum, kaum zu zügeln. Ich war eine Kraft, eine unbändige Maschine, deren Motoren im Leerlauf rumorten. Sie war mein Richtschütze.

»Worauf zielst du?«, fragte ich.

»Ich sehe mir an, was es zu zerstören gibt.«

»Und?«

»Ich kann mich nicht entscheiden.«

»Was würde dich locken?«

»Ich könnte in die Luft schießen, steil nach oben, damit das Geschoss auf dem Rückweg den Panzer und das Zielfeld zerstört.«

»Uns allerdings auch«, sagte ich.

»Stimmt.«

Sie ließ das Fernrohr sinken, ohne meine Handgelenke loszulassen. Dann drehte sie sich unter meinem Arm hindurch zu mir um, wie in einem Tanz, unsere Hände kreuzten sich. Sie nickte mir zu, aber ich wusste nicht, was ich hätte entgegnen sollen, am Ende war sie es, die sagte: »Das wäre schade.«

Ich nickte stumm, und wir ließen uns los. Nach einer Weile fragte ich: »Was bist du eigentlich für ein Baum?«

»Ich? Weiß ich auch nicht. Bäumen bin ich bisher eher aus dem Weg gegangen.« Sie überlegte. »Wonach sieht die Rinde denn aus?«

Ich strich mit der Hand über ihr Gesicht, wie wir es vorher hundertmal bei den Bäumen getan hatten, aber es fühlte sich anders an.

»Eine Buche jedenfalls nicht.« Auch die Farbe sprach dagegen.

Sie sagte: »Ein Überraschungsbaum.«

»Es deutet alles darauf hin.«

»Und du, was bist du?«

»Hm. Vielleicht irgendwas Ausgestorbenes. Gibt es diese Affenbrotbäume noch? He, was war das?«

Etwas war auf uns zugeflattert, direkt vor uns abgedreht und in der Höhe verschwunden. Anton sagte: »Eine Fledermaus. Da drüben fliegt sie. Ein Kleiner Abendsegler.«

Ich sah sie an. »Machst du jetzt auf Sebastian?«

»Die heißen wirklich so.«

»Woher willst du das wissen?«

Sie setzte sich ins Gras und zog mich neben sich. Ich sah hinüber zum Höhenzug der Gleichen, während sie erzählte. Bei ihnen auf dem Balkon sei mal eine gelandet, winzig klein, die hätte sie retten wollen. Sie stellte ihr Milch hin, aber sie rührte sie nicht an. Also benachrichtigte ihre Mutter die Naturschutzbehörde, jemand kam und nahm das Tier mit.

»Nach ein paar Tagen habe ich angerufen, wie es ihr geht. Die Frau meinte, ich könne ruhig mal vorbeikommen. Es war eine ganze Station, die sie betreute, aber sie wusste noch, welches meine Fledermaus war. Sie legte sie sich über den Daumen, und ihr Finger war größer als der ganze Körper. Ich sollte sie nicht berühren, sie hätte beißen können, aber ich durfte sie mit Mehlwürmern füttern. Es war eine Zwergfledermaus, und sie war schon wieder ziemlich kräftig. Ich ging jeden Tag hin, man konnte zusehen, wie sie stärker wurde. Nach einer weiteren Woche haben wir sie am See fliegen lassen. Erst blieb sie auf der Hand der Frau sitzen, ganz klein zusammengefaltet. Es wurde dunkel, und irgendwann kamen andere, erst vereinzelt, als Späher, auf einmal waren wir von ihnen umgeben. Ich habe nicht gesehen, wie sie losgeflogen ist, nur die Hand war auf einmal leer. Ich bin dann einfach immer weiter zu der Frau gegangen, sie hat mir alles beigebracht: woran man die einzelnen Arten erkennt, was sie essen, wie man sie aufzieht.«

»Und jetzt bist du Fledermausmutti?«

»Sehr witzig. Der gefährlichste Moment ihres Lebens ist die Geburt. Die Weibchen hängen kopfüber, wie man es kennt, sie pressen gegen die Schwerkraft. Die Kleinen sind blind. Sobald sie draußen sind, verlieren sie das Gleichgewicht und stürzen ab.«

»Klingt nach einem ziemlich kurzen Vergnügen.«

»Die Mutter muss sie in ihren Flügeln fangen. Meistens geht es gut. Wenn die Kleinen richtig landen, krallen sie sich am Fell fest und sind gerettet. Wenn nicht, ist es aus mit ihnen.«

»Vielleicht bin ich ja gar kein Baum, sondern eine Fledermaus?«

Sie musste lachen, dann musterte sie mich und strich mir über die Schultern, die Arme hinab. »Zum Fliegen sind die ein bisschen schmal.«

»Ich muss halt ein bisschen mehr flattern.«

8

An diesem Abend kamen wir beide spät nach Hause. Wir hatten einen Plan entwickelt. Es war eine sehr einfache Idee, wie bei jedem guten Plan, aber auch über einfache Dinge lässt sich lange reden, wenn einem daran gelegen ist, nicht mit dem Reden aufzuhören. Außerdem musste ja alles durchdacht werden, selbst wenn am Ende die ganze Vorbereitung darin bestand, tags darauf nach der Schule in den Baumarkt zu fahren, um Spraydosen zu kaufen. In der Schlange vor der Kasse bekam ich plötzlich Angst, die Kassiererin könnte sich später daran erinnern, was wir hier so gezielt gekauft hatten, und ich griff aus den Kisten mit den Angeboten noch eine Vorratspackung Streichhölzer und zwei Schokoriegel und legte sie mit aufs Band. Ich war froh, als alles in der Plastiktüte verschwunden war, Anton zahlte, und ich klemmte mir die Tüte fest unter den Arm, damit die kleinen Kugeln in den Dosen nicht klackerten. Zu Hause legte ich alles neben mein Bett, zusammen mit warmer Kleidung und einer Taschenlampe. Wir hatten verabredet, unsere Wecker auf Mitternacht zu stellen, und als wir uns kurz danach trafen, musste Anton lachen, weil ich so verschlafen aussah. Sie gab mir einen Kuss auf die Wange und brüstete sich damit, noch kein Auge zugemacht zu haben. Wir fuhren mit den Fahrrädern den Anstieg zum Forst hinauf, die Straßen waren mit Dunkelheit und Stille glasiert, am Waldrand stellten wir die Räder ab und holten erst, als wir ein Stück zwischen den Bäumen verschwunden waren, unsere Taschenlampen hervor. Wir liefen dicht hintereinander, ich ging voraus, etwas gebückt, warum auch immer. Dicht hinter mir hörte ich Antons Schritte und ihren Atem, sie konnte nicht sehen, dass ich übers ganze Gesicht lachte, einfach weil ich hier mit ihr ging, weil sie mir einen Kuss gegeben hatte und weil ich jederzeit hätte stehen bleiben und mich im Dunkeln umdrehen können, ich hätte nur die Hand ausstrecken müssen, um sie zu berühren, sie in den Arm zu nehmen und sie zurückzuküssen. Es wäre leicht möglich gewesen, auch wenn ich nichts davon tat. Aber wenn mir ein Ast in den Weg kam, hielt ich ihn zur Seite, bis sie daran vorbeigeschlüpft war.

Bei der Hütte, an der wir uns am Vortag mit Sebastian getroffen hatten, packten wir die Sprühflaschen aus und lasen im Licht der Taschenlampen die Anleitung. Vor dem Gebrauch sollte man die Dosen eine Minute lang kräftig schütteln. Anton flüsterte: »Also los« und fing mit ihrer gleich an, aber die kleine Kugel darin schlug beim Schütteln so laut gegen die Dosenwand, dass ich Antons Hand festhielt – es war ein hartes, trockenes Geräusch, das zwischen den Bäumen widerhallte, ich bildete mir ein, überall rings um uns würden die Lebewesen des Waldes innehalten und ihre Köpfe heben, für einen Moment erstarrt und aufgestört in ihrem nächtlichen Treiben, Wildschweine, Füchse, Eulen, wer immer dort um uns war, ich bildete mir ein, ihre kleinen Augen in der Dunkelheit glänzen zu sehen.

Vielleicht war es feige, aber ich zog mir den Pullover aus, wickelte ihn fest um beide Spraydosen, bat Anton noch um ihre Jacke, legte auch die um das Bündel und schüttelte es dann mit aller Kraft, tatsächlich drang bis auf ein schwaches Ticken kein Geräusch heraus. Anton lachte leise und legte mir eine Hand auf den nackten Rücken.

Unser Plan war in der Tat einfach. Womöglich hatten wir nur darauf verfallen können, weil uns am Vortag zwischen all den Baumarten und ihren geraden und ungeraden Zahlen die Übersicht verloren gegangen war. Während es Sebastian darum ging, so viele Patenschaften wie möglich zu vergeben, wären wir dankbar für jeden Baum gewesen, der nicht hätte nummeriert werden müssen. Und das, so wurde uns klar, nicht nur aus Faulheit. Die Nummer rettete den Baum ja nicht. So schön es wäre, am Tag der Rodung mit einem Heer von Paten das Fällen der Bäume zu verhindern, letztlich bliebe es wohl ein aussichtsloser Versuch. Viel unsicherer jedenfalls, als wenn es gelänge, den Baum gar nicht erst zum Schlagen freizugeben.

Unsere List machte sich an dem Satz fest, mit dem uns Sebastian erklärt hatte, welche Bäume für Patenschaften überhaupt infrage kamen: Die Stämme mit einem gelben Punkt würden zu beiden Seiten der Trasse stehen bleiben.

Wir machten eine Probe, und soweit es sich im Licht der Taschenlampen erkennen ließ, hatten wir den gelben Farbton gut getroffen. Wir zogen also an den Rändern der geplanten Trasse dahin, ich links, Anton rechts, und versahen jeden Stamm, der uns nah genug an den bereits gelb Markierten zu stehen schien, ebenfalls mit einem Punkt. Wir konnten förmlich sehen, wie der Wald einen Schritt auf die Trasse zu machte und sich auf jeder Seite einen Streifen zurückeroberte – schmal genug, dass es nicht auffallen würde, aber ausreichend, um viele Hundert Bäume vor dem Fällen zu bewahren.

Wir kamen schnell voran. Im Gegensatz zum aufwendigen Bestimmen und Nummerieren der Bäume ließ sich ein einzelner Punkt im Vorübergehen setzen. Nie war es einfacher und effektiver gewesen, jemanden zu retten. Und doch blieb ich bei jedem für einen Moment stehen und sah durch die Bäume, dass auch Anton an keinem Stamm vorbeiging, ohne noch einmal mit der Hand über die Rinde zu streichen, sei es aus Rührung über unsere gute Tat, sei es aus Gewohnheit vom Vortag.

Als wir den Waldrand erreichten, aßen wir wortlos unsere Schokolade aus dem Baumarkt. Unten in der Plastiktüte lagen die Streichhölzer, ich holte die Packung heraus, klemmte mir ein Hölzchen zwischen Zeigefinger und Reibefläche und schnipste es hoch in den Nachthimmel, wo es aufleuchtete, brannte und erst im Niederfallen erlosch. Anton griff sich auch eine Schachtel, Streichholz um Streichholz schossen wir hinaus in die Dunkelheit, ein kleines Feuerwerk, und dann machten wir uns auf den Heimweg, erschöpft, ausgekühlt vor Müdigkeit und stolz. Unsere Fahrräder waren von Tau überzogen, beim Hinunterrollen in die schimmernde Stadt beugten wir uns tief über die Lenker und fuhren in Schlangenlinien von einer Fahrbahnseite zur anderen, ohne Licht, ohne Angst, wir fühlten uns gesetzlos und frei. Ich stellte mir vor, dass überall auf der Straße die Bäume stünden, die wir gerettet hatten, ein kleiner, lang gezogener Wald, und wir führen im Slalom zwischen den Stämmen hindurch. Die ganze Zeit über musste ich innerlich lachen, weil wir es geschafft hatten, weil die Bäume am Leben bleiben würden, da oben, sie würden für immer dort stehen bleiben, noch nie war mir meine Anwesenheit auf der Erde so sinnvoll erschienen wie in diesem Moment. Ich hatte die Welt zu einem besseren Ort gemacht, und es war mir gleich, ob sie davon viel besser geworden war oder nur ein wenig. In diesem Moment, als Anton und ich in voller Fahrt hinunter in die Stadt schossen, flog mir der Gedanke durch den Kopf, dass ich leichten Herzens würde sterben können.

Zwischen den Steinmauern der Häuser wurde es wärmer, die Straßenlaternen glommen blass und unbeweglich, die Ampeln blinkten gelb und färbten für Momente Fahrbahn, Alleebäume und an den Straßenrändern parkende Autos mit ihrem Licht. Vor Antons Haus hielten wir an, beide rieben wir uns die Augen, vom Fahrtwind oder von der Müdigkeit. Obwohl mir kalt war, fühlte ich mich verschwitzt, wir lachten uns an, und dann machte ich einen Schritt auf sie zu und küsste ihren Mund. Erst schloss ich die Lider, aber dann fiel mir ein, dass ich sie ja ansehen konnte. Als ich meine Augen öffnete, waren ihre in der Dunkelheit verschwunden, und ich erschrak für einen Moment, bis ich merkte, dass sie ihre ebenfalls geschlossen hatte. Dann schlug sie die Augen auf, und wir sahen uns an, ihre Pupillen verschwammen und liefen ineinander zu einer einzigen, ganz dicht vor meinem Gesicht.

Sie räusperte sich: »Wenn du drei Wünsche frei hättest, was würdest du dir wünschen?«

»Bist du eine Fee?« Meine Stimme war auch belegt, aber ich flüsterte so leise, dass es nicht auffiel.

»Warum nicht?«

Ich trat einen Schritt zurück und sah sie an. »Bist du eine gute oder eine böse?«

»Kommt auf die Wünsche an.«

»Als Erstes wünsche ich mir, dass ich jeden Wunsch erfüllt bekomme. Aber was fange ich dann mit den beiden anderen Wünschen an?«

»Das ist verboten. Mehr als drei gibt es nicht. Damit hättest du einfach nur den ersten Wunsch vertan.«

Ich blickte hinauf in den Himmel. Er war leer. »Na gut. Dann wünsche ich mir, in dieser Reihenfolge: Dich. Mich. Große Liebe. Geht das?«

»Mal sehen, was sich machen lässt. Alles gibt es vielleicht nicht.«

Nachdem sie im Haus verschwunden war, blieb ich noch einen Moment davor stehen und verfolgte am Aufleuchten und Erlöschen der Lichter in den Fenstern Antons Weg. Bevor ich fuhr, sprühte ich ein Herz auf den Bürgersteig vor ihrem Haus, gelb, in der Farbe des Überlebens.

9

Kordel, Holger und Wolf hatten während unseres Ausflugs das Geschirr gespült und die Tassen und Teller in den Zweigen eines Busches zum Trocknen befestigt. Holger ging hinüber zu unseren Nachbarn und erzählte beim Zurückkommen von den Wetteraussichten für den nächsten Tag, es würde trocken und warm bleiben. Birte streckte die geballten Fäuste zum Himmel, als sei es ihr Verdienst. Es begann zu dämmern, wir hatten unsere Matten vor dem Zelt ausgebreitet und saßen im Kreis beieinander. Nur Wolf hatte sich verabschiedet, um hinüber ins Gasthaus zu gehen und uns anzumelden, und als er nach einer Weile nicht zurück war, ging Bernd hinterher, um nach dem Rechten zu sehen. Nachdem dann noch Birte auf der Suche nach den beiden verschwunden blieb und auch Kordel nicht wiederkam, stand Holger mit einem Seufzer auf, jetzt sei es wohl an ihm, die anderen da rauszuholen. Anton und ich schauten uns an, aber keiner von uns sagte ein Wort. An der Dorfstraße stand eine einzelne Laterne, deren Lichtglocke gefüllt war mit tanzenden Mücken und Nachtfaltern. Manchmal stieß mit einer schnellen, flatternden Bewegung eine Fledermaus durch die zittrige Wolke, es musste das Schlaraffenland für sie sein, ich wusste, dass Anton sie hätte bestimmen können. Aber ich fragte nicht nach, ich wollte sie an diese Zeit nicht erinnern, als sie noch ganz begeistert von ihrer Leidenschaft gewesen war.

Das Spiel mit den drei Wünschen war damals zu einer Art Ritual geworden, immer mal wieder hatten wir den anderen gefragt, wovon er gerade träume. Damit war es nun vorbei. Hätte sie es jetzt noch mal getan, hätte ich mir als Erstes gewünscht, hier einfach eine Nacht lang neben ihr sitzen zu dürfen und nichts zu tun, als in ihrer Nähe zu sein. Und dann noch einen Tag. Und als drittes eine weitere Nacht. Aber es gab keine Fee mehr, bei der ich das in Auftrag geben konnte.

Stattdessen sagte Anton, als auch Holger nicht zurückkam, es sei wohl besser, ebenfalls ins Gasthaus zu gehen. Sie legte noch ihren Schlafsack ins Zelt, damit er nicht nass würde, dabei war von Feuchtigkeit nichts zu spüren, die Luft war trocken wie an einem unendlichen Mittag. Dann zog sie ein Seil durch die Schlaufen am Zelteingang, worüber ich mich wunderte, weil hier doch wirklich niemand etwas stehlen würde. Auch wenn wir die anderen nicht kannten, verband uns ja der Kampf für die gute Sache.

Erst beim Gang über die Wiese merkten wir, wie leer es geworden war. Hier und da stießen wir auf Reste von Abendmahlzeiten, ausgekratztes Kochgeschirr, verstreute Plastikteller, ein offenes Taschenmesser. Jemand hatte ein Feuer gemacht, das nun zusammengefallen war und still vor sich hin qualmte. Über der Abspannung eines Zeltes waren Strümpfe zum Trocknen aufgehängt.

Wir nahmen den kleinen Pfad zum Hintereingang des Gasthauses, wo die anderen verschwunden waren. Beim Näherkommen sahen wir durch die Fenster, wie voll es dort drinnen war, und hörten dumpf erregte Stimmen. Das Wirtshaus war rot geziegelt, während die Nebengebäude aus Natursteinen gemauert waren. Auf das grüne Holztor der Scheune hatte jemand eine riesige rote Sonne gemalt, doch anders als all die kleinen Anti-AKW-Sonnen, die auf den Aufklebern, Ansteckern und Wimpeln ihre Hände zur Faust ballten, lachte diese hier nicht. Bevor sie die Klinke herunterdrückte, drehte sich Anton zu mir um, und ich versuchte in ihrem Blick zu lesen, ob sich darin etwas zeigte wie ein Zögern oder ein Zwinkern, irgendein Anzeichen von Zusammengehörigkeit und Vertrauen, aber im Schatten des Windfangs war nichts zu erkennen.

Langsam zog Anton die Tür auf, und der Lärm der Versammlung schlug uns entgegen. Vor uns erhob sich eine dicht gedrängte Reihe aus Rücken, die sich eben noch an die Tür gelehnt hatten und nun beim Öffnen ins Taumeln gerieten. Ein bärtiger Mann warf mir unter der Kapuze seines Parkas hervor einen bösen Blick zu, aber da war Anton schon an ihm vorbei in die Menge getaucht, rasch griff ich nach der Hand, die sie mir aus dem Gewirr der Leiber hinhielt, und folgte ihr hinein, mit gesenktem Kopf verschwand ich zwischen den Körpern, jemand drückte mich zur Seite gegen einen nass geschwitzten Rücken, der mich nun seinerseits zurückschob, ich spürte die Glätte von Lederjacken und streifte einen kratzigen Wollpullover, der nach Jauche roch, ich verfing mich mit dem Arm in der langen Perlenkette einer ganz in Fliederfarben gekleideten Frau, der ich, bis es mir gelungen war, mich daraus zu befreien, fast die Bluse ausgezogen hätte. Am Ende entdeckte Anton ein Fensterbrett. Beim Hinaufklettern suchte ich Halt am Band des Rollladens, löste damit aber nur die Arretierung, sodass mit lautem Rattern die hölzerne Verdunklung herunterzurasseln begann. Schnell ließ ich los, drückte mich in eine Ecke des Fensters und holte erst einmal Luft. Dann sah ich hinüber zu Anton und nickte einfach nur, ohne ein Wort, sie musste lachen und klopfte mir auf den Rücken, wo sie den Arm dann liegen ließ, und ganz allmählich kam ich wieder zu Atem.

Ich hätte gerne etwas zu trinken bestellt, aber dann entdeckte ich, wie sich drüben am Tresen die Wirtsfrau mit verzerrtem Gesicht bemühte, all den Händen Genüge zu tun, die sich ihr über die Theke entgegenreckten, und ich sah ein, dass es für sie ebenso unmöglich war, sich durch die Menge zu kämpfen, wie es uns verwehrt blieb, an die Bar zu gelangen, um dort auf der anderen Seite des Raums unseren Durst zu stillen.

Wir hielten Ausschau nach den anderen, aber bis auf Wolf, der am Ende der Theke hinter dem gelben Regenmantel seiner dickleibigen Nachbarin hervorlugte, gelang es uns nicht, jemanden aus unserer Gruppe auszumachen. Von hier oben erst waren die Gesichter zu sehen, und mir wurde klar, warum der stärkste Eindruck seit dem Betreten des Raumes weder die Hitze war noch der Rauch von all den Zigaretten. Was einem aus der Menge entgegenschlug, war eine gewaltige Anspannung, eine Aggression in den Gesichtern und Stimmen, dicht gedrängt standen sie alle, mit geröteten Wangen, die Frauen zogen verbissen ihre Mundwinkel herunter, den Männern klebte das Haar im Gesicht, und wer sich eine Strähne aus der Stirn wischte, dem stand sie wild und gefährlich vom Kopf ab in die Luft.

Bei allem Wanken der Körper, bei allen hier und da empört in die Luft gestreckten Armen wirkte die Menge fast unbeweglich gegen die Wogen aus Lärm, die den Raum durchliefen. Die ganze Zeit über, seit dem Öffnen der Tür, war etwas fortgesetzt worden, das man wohl Diskussion nennen musste, auch wenn es mir nur mit Mühe gelang, in den von allen Seiten und in alle Richtungen sich durchkreuzenden Rufen und Schreien eine Abfolge auszumachen, ein System einander antwortender Einwürfe, ein Netz aus Thesen und Antithesen, aus Beschwörung und Beleidigung, so dicht gestrickt, dass man es für einen einzigen Gesang halten musste, einen wilden, aufgebrachten Chor, der so vielstimmig seine Anklage gegen den Lauf der Dinge hinausschrie, dass sein Lied an den Thron jedes Weltenlenkers hätte dringen müssen, ob von dieser oder jeder anderen Welt.

Natürlich ging es um die Frage der Gewalt. Einer rief: Glaubwürdigkeit, und schon schrie es von allen Seiten: Konsequenz. Jeder Menschenwürde wurde ein Menschenleben entgegengehalten, ob sie nun von dieser oder jener Partei vorgebracht worden war. Ich erkannte das alles wieder, und ob ich es wollte oder nicht, ich wurde hineingezogen in die hin und her wogenden Rufe, ich konnte mich dagegen nicht wehren. Wieder einmal ging es um Eskalationsstufen, um Entschiedenheit, um Durchsetzbarkeit, um Ziele und die Ziele hinter den Zielen. Wir dürften die Langfristigkeit nicht aus den Augen verlieren, die Kurzfristigkeit, die Halbwertszeit. Es ging um alles, um die Nachgeborenen, das System, die Schöpfung, um uns selbst, wir waren groß darin, die andere Seite zu überhören. Woran wir glaubten: an den Sieg der guten Sache, an Ideale, an das, woran zu glauben wir uns geeinigt hatten. Wir hatten Weltanschauungen, wir hatten die Welt ja gesehen und glaubten, sie erkannt zu haben. Der gute Zweck heiligte nicht nur die Mittel, sondern auch uns selbst. Jedes unser Goldenen Kälber war ein unschuldiges Tier mit großen Augen.

Wir waren Atome, vereinzelt, geladen, erregbar, unter zu hohem Druck in zu großer Menge geballt, als dass es am Ende gut gehen konnte. Zusammen waren wir Brennelemente, ungesichert, ungesteuert, längst liefen Prozesse in uns ab, die sich jeder Kontrolle entzogen. Immerzu brodelte es in uns. Wir waren die kritische Masse.

10

Und tatsächlich riss es uns am Ende auseinander. Es ging ein Pfeifen durch den Saal, ein Fiepen, ein kleiner Mann in Stiefeln war auf einen der Tische gestiegen, er trug eine schwarze Wollmütze, die ihm über das Ohr gerutscht war und nun schief und gefährlich auf der Seite hing wie ein Barett. Das Männchen hob ein feuerrotes Megafon in die Luft und drehte so lange an den Reglern, bis die Rückkoppelung nachließ, dann führte er es an den Mund und rief hinein.

So gehe es nicht weiter! Die Befreiung könne nur selbstbestimmt erfolgen. Keine Seite habe das Recht, die andere zu unterdrücken. Er habe jetzt eine Weile zugehört und vier Strömungen ausgemacht, die Friedlichen, die Radikalen, die Bauern und die Frauen. Jeder von ihnen müsse zu ihrem Recht verholfen werden. Es gebe vier Bundesstraßen. Solle doch jede Gruppe auf ihre Weise den Widerstand proben.

Neben mir erregte sich ein älterer Mann, dessen Wollmütze mit Anstecknadeln übersät war, wo denn die Einheit bleibe, und auch an anderen Stellen im Saal sah ich, wie Teilnehmer der Versammlung sich erregten, aber gegen das unaufhörlich weitersprechende, rufende, fiepende Megafon kamen sie nicht an. Mir sollte es recht sein, wenn die Diskussion allmählich zu einem Ende fand.

Der Mann mit dem Megafon hatte sich in Rage geredet. Er hielt den roten Trichter steil hinauf in die Luft, es sah aus, als ob er daraus trank. Es war eine flammende Rede, die er hielt, und er richtete sie zur Decke oder gleich zum Himmel dahinter. Von seinem Gesicht war kaum mehr etwas zu erkennen, aber ich sah, dass ihm der Schweiß unter den Rändern seines Baretts hervor über die Stirn lief, er warf die freie Hand in die Luft, während er seinen Plan weiterentwickelte, Vorzüge des getrennten Vorgehens aufzählte, die einzelnen Straßen auf die Gruppen verteilte, Treffpunkte empfahl und Strategien. Dann holte er Luft und sah sich für einen stillen Moment langsam im Saal um, als würde er jeden Einzelnen von uns fixieren. Jeder, der für seinen Plan sei, für die Aufteilung des Kampfes, solle aufstehen.

In der Erregung der Diskussionen saß ohnehin spätestens ab diesem Punkt keiner mehr, und so konnte der Redner ohne Verzögerung bekannt geben, sein Vorschlag sei mit überwältigender Mehrheit angenommen.

Dann strömten wir alle hinaus auf die Dorfstraße vor dem Gasthaus Behr. Es war jetzt ganz dunkel geworden, aber noch immer war es warm. Am Straßenrand standen Traktoren, säuberlich aufgereiht wie in den Spielzimmern der Stadtkinder. Darum herum versammelten sich die Mitglieder der Bäuerlichen Notgemeinschaft, dem Zusammenschluss der Einheimischen, die sich für ihre Heimat zur Wehr setzten. Ihr Zug in die Landeshauptstadt war in unseren Kreisen längst Legende. Als Grundschüler hatte ich im Fernsehen gesehen, wie der Ministerpräsident verkündete, die Wiederaufbereitungsanlage sei technisch machbar, politisch aber nicht durchsetzbar, und ich war allein geblieben mit meiner Frage, warum sich der Mann davon beirren ließ. Neben mir auf dem Sofa mein Vater, einen Arm um meine Mutter gelegt, aber auch sie konnten mir das nicht beantworten. Holgers Vermutung aus dem Cordsessel, der Mann habe Angst, es könne ihn sonst keiner mehr mögen, gab zumindest eine Richtung vor. Das hatten die Kämpfer der ersten Stunde uns voraus. Sie waren bemerkt worden, sie hatten etwas bewirkt. Wovon träumten wir denn sonst?

Ich bewunderte diese Bauern dort drüben für die Selbstverständlichkeit ihres Widerstands. Sie wurden angegriffen und setzten sich zur Wehr, es war eine einfache, direkte Antwort. Wo ich als Außenstehender glaubte, höflich bleiben zu müssen, waren sie unmittelbar betroffen, ich gestand ihnen jede Grobheit zu. Sie waren Opfer, ich war nur zu Gast. Ich bewunderte sie schon allein für das Selbstbewusstsein, mit dem sie sich über jede modische Vorgabe hinwegsetzten, sie kamen hierher, wie sie aufs Feld fuhren, in kariertem Hemd, Gummistiefeln, mit kurz geschnittenem, borstigem Haar. Das Männchen hatte recht gehabt, ihnen eine eigene Bundesstraße zuzusprechen. Ich fragte mich, ob auch die Eltern von Dirk und den anderen Feuerwehrjungs zu ihnen gehörten.

Unterdessen hatten wir uns wiedergefunden und standen schweigend beieinander. Birte drehte sich eine Zigarette und ließ sich von einem Nachbarn Feuer geben, der aussah wie der leibhaftige Jesus, nur in eine rot-weiß gestreifte Wolldecke gehüllt. Dann blies sie den Rauch hinauf in den sternklaren Himmel und schwieg, nicht anders als wir. Es war leicht zu erkennen, welche Gruppen durch die neuen Umstände aus dem Konzept gebracht worden waren und nun aufgeregt versuchten, eine Entscheidung herbeizuführen. Es waren diejenigen, die versäumt hatten, im Vorfeld zu klären, wie sie es mit der Gewaltfrage hielten. Die Frauen wussten, dass sie sich am Morgen an der Bundesstraße 71 treffen würden, die Autonomen hatten ihre B 216, die Bauern die B 493, uns war klar, dass wir zur gewaltfreien B 191 fuhren, aber hier und da gab es hitzige Gespräche, und wir sahen, wie manche Kreise sich teilten und einige versprengte Gestalten allein oder in kleineren Abspaltungen auf der Suche nach Anschluss zu uns unter die Linde traten. Ein Mann mit kurzem, braunem Wollmützchen drohte uns sogar, wenn wir ihn nicht aufnähmen, würde er zurück zu seiner gewaltbereiten Gruppe gehen. Aber wir wussten, unsere Stärke bestand darin, uns blind aufeinander verlassen zu können, und so lehnten wir mit einer Geste der Entschuldigung seine Bitte ab.

Auf einmal teilte sich die Menge, und ein Wagen glitt langsam hindurch. Er bewegte sich im Schritttempo, die Scheinwerfer ausgeschaltet, manchmal musste er für einen Moment anhalten, weil jemand ihn nicht bemerkte oder nicht gleich aus dem Weg sprang. Es war ein grünweißer Kastenwagen mit einer dunklen Ausbuchtung auf dem Autodach, auch im Inneren brannte kein Licht, und als nach und nach immer mehr Menschen davor stehen blieben, zog es auch mich dorthin, um zu schauen, was es damit auf sich hatte. Doch erst als der Fleck auf dem Autodach mit einem Mal zu strahlen begann und blaue Lichtfetzen über unsere Gesichter liefen, als uns aus den Lautsprechern auf dem Wagendach eine laute, scharfe

Stimme aufforderte, sofort zur Seite zu treten, begriff ich, wer uns da in die Hände gefallen war.

Der Kreis aus Menschen zog sich nach der Aufforderung noch fester zusammen. Die erste Reihe beugte sich weit über die Motorhaube, von allen Seiten schlugen sie mit den flachen Händen aufs Blech, einen hohlen, hämischen Takt, noch immer konnte ich im Wageninneren nichts erkennen, so hell spiegelten sich die Laternen im Glas der Windschutzscheibe, und nun fingen die Lichtpunkte auch noch an zu wackeln, denn an den Seiten hatten sie damit begonnen, das Auto ins Schaukeln zu bringen, johlend warfen sie sich gegen die Türen, und fröhlich schlug der Kastenwagen hin und her wie die kleinen Spielplatzwippen, die sich auf ihren Stahlfedern bis hinunter auf den Boden bogen. Als sich nun aus den Lautsprechern wieder die metallene Stimme meldete, war ihr bei aller Beherrschung anzuhören, wie nervös sie war, schon weil sie bei jedem der seitlichen Ausschläge kurz innehielt. Wir sollten sofort vom Wagen zurücktreten, sonst sähen sie sich gezwungen, Gewalt anzuwenden. Dann schalteten sie das Martinshorn ein. Ich hatte nie zuvor bemerkt, wie laut das war.

Man konnte ihnen nicht vorwerfen, sie hätten uns nicht in aller Form gewarnt. Und wirklich sprangen, als der Wagen nun kurz anruckte, die Menschen zu allen Seiten auseinander wie eine erschrockene Herde Schafe, aber weil überall ja schon andere Menschen waren, kamen sie nicht vom Fleck, und so fielen, als der Wagen einen weiteren Satz nach vorn machte, ein paar von ihnen auf die Motorhaube, ich sah eine junge Frau, der es gelang, sich an den Scheibenwischern festzuhalten, mit aufgerissenen Augen starrte sie die Frontscheibe an. Der Wagen beschleunigte, die Frau wurde einige Meter mitgetragen, ich stellte mir vor, wie gespenstisch es für den Fahrer war, ihr Gesicht direkt vor sich zu haben, so dicht hinter der Scheibe, dann rollte die Frau zur Seite und schlug neben mir auf den Asphalt. Ich beugte mich hinunter, aber sofort waren Helfer da, die besser wussten, was es zu tun gab, und so schlimm war der Sturz wohl auch nicht gewesen.

Ich hatte, als ich den Kopf hob, noch immer den Blick der Frau vor Augen, wie sie entsetzt ins Innere des Fahrzeugs schaute. Da schob sich ein kleiner heller Fleck in dieses Bild, holte mich zurück und wurde zu dem Polizeiwagen, der eben das Dorf verließ und die Anhöhe zum Wald hinauffuhr. Ich sah zwischen den Telefonmasten hindurch, dass er unterdessen seine Rücklichter eingeschaltet hatte. Und noch etwas war zu erkennen, aber ich musste ein paarmal zwinkern, bis ein Irrtum ausgeschlossen war.

Die hintere Klappe des Wagens stand offen.

11

Kaum war der Wagen im Wald verschwunden, kamen vor dem Gasthaus Behr die ersten Vermutungen auf, warum die Heckklappe offen gewesen sein könnte. Die einen schätzten, man habe der Polizeistreife einen Gruß mit auf den Weg gegeben, eine Stinkbombe oder einen kleinen Brandbeschleuniger. Andere nahmen an, jemand habe etwas aus dem Wagen entwendet, und sofort machten Gerüchte die Runde, was das sein könnte, ein paar Helme, ein Schlagstock, eine Dose Reizgas. Und auf einmal lag wieder dieses Gefühl von Gefahr in der Luft, das schon in der Vorbereitung auf diesen Tag dazugehört hatte.

Auch wir hatten ja die Plakate mit dem Schriftzug »TAG X« geklebt, nach denen im ganzen Land gefahndet wurde. Überall waren Druckereien und Organisationsbüros durchsucht worden, allein der Besitz reichte aus, um Untersuchungsverfahren einzuleiten. Den Großteil der Auflage hatte die Polizei beschlagnahmt, doch immer wieder kamen neue Lieferungen. Bernd hatte Birte, Anton und mich mit dem weißen Mercedes seines Vaters abgeholt, ich hatte etwas vorgeschlafen und saß nun ziemlich still auf der Rückbank des Wagens und kaute an einem Apfel, um zu Kräften zu kommen. Wir fuhren langsam durch unsere Siedlung, ich kannte hier alles, auch wenn die Häuser so spät in der Nacht fremd aussahen, bewegungslos, geduckt, wie auf der Lauer. Kein Mensch war unterwegs, wozu auch, es gab nichts, wohin man hätte gehen, woher man hätte kommen können. Die Laternen mit ihrem bläulich weißen Schimmer bildeten kleine Zonen des Lichts und luden ein, sich angelockt von dem Schein unter ihnen zu versammeln, wie Schiffbrüchige, wie Insekten. Wir wussten von unseren abendlichen Streifzügen, auf welcher Höhe der Masten wir jede von ihnen mit einem Fußtritt ausschalten konnten, um die Siedlung nach und nach in Finsternis zu setzen, aber jetzt ließen wir sie brennen, wir waren in einer anderen Mission unterwegs. Wir glitten an Straßenschildern vorbei, deren glitzernd weiße Felder das Licht der Laternen zurückwarfen, jedes von ihnen hatte ich hundertfach gelesen, auch wenn mir nun schien, ich hätte keines je beachtet, weil mir doch jeder Name immer schon bekannt gewesen war. In dieser Nacht las ich sie mir zum ersten Mal vor: Jenaer Straße, Erfurter Straße, Weimarer Straße, Wartburgweg, darunter die kleineren Felder mit den Hausnummern, zu denen sie führten. Wir lebten in diesen Straßen, bevor wir die Städte kannten, nach denen sie benannt waren. Und wir lebten darin, als lebten wir in den Städten selbst. Dies waren für uns die ursprünglichen Namen, es verwunderte uns, als wir erfuhren, dass es diese Orte tatsächlich gab, dort drüben im Osten, für uns waren es nichts als Silbenfolgen, die unsere Wohnungen mit einer Anschrift versahen und Fremden helfen mochten, uns zu finden, so selbstverständlich und unhinterfragt wie ein Familienname.

Am Ende der Siedlung bogen wir ab auf eine kleine Verbindungsstraße, die über die Autobahn führte. Hinter der Brücke lenkte Bernd rechts auf die grasbewachsene Böschung und hielt an. Wir anderen stiegen aus, Birte nahm aus dem Kofferraum den Eimer mit dem Kleister, Anton und ich steckten uns ein paar Plakatrollen unter den Arm. An einer Stelle war die Leitplanke unterbrochen, dort führten Stufen hinunter zum Standstreifen der Autobahn. Noch im Gehen strich Birte mit dem Kleisterpinsel über den Beton des Brückenfundaments, abwechselnd drückten Anton und ich einen der Bögen daran, Birte strich einige Male darüber und lief dann weiter, während ich noch versuchte, mit den Händen die Falten aus dem Papier zu streichen. Durch das feuchte Papier waren die Unebenheiten des Betons zu spüren, wo eine Verschalungsnaht hervorstand oder ein einzelner Kieselstein. Rasch waren die ersten Plakate verklebt, wir sahen uns nicht um, als wir die Stufen hinauf zum Wagen stiegen, wo Bernd mit laufendem Motor auf uns wartete.

Wir sorgten uns nicht. Aber aufgeregt waren wir schon, eine Aufregung, die davon herrührte, dass wir etwas Verbotenes taten, dass wir Teil einer Bewegung waren, die in diesen Tagen überall im Land ihre Spuren hinterließ, wir waren aufgeregt, weil es mitten in der Nacht war, weil wir so wortlos und eingespielt zur Tat schritten. Jedes Mal, wenn Bernd hielt, öffneten wir anderen in einer einzigen Bewegung unsere Türen, warfen sie, als wir ausgestiegen waren, ebenso gleichzeitig wieder zu, Anton und ich standen neben dem Wagen und kontrollierten das Gelände, während Birte rasch den Kofferraum öffnete, um den schweren Eimer herauszuheben und uns einige zusammengerollte Plakate zuzustecken, wir waren stolz und müde und bedeutend, wir waren in einer guten Sache unterwegs, und ganz am Ende, wenn jeder für sich alleine schaute, fand sich am Grunde unserer Aufregung womöglich doch etwas wie Furcht. Die Angst, es möge etwas passieren, das unsere Vorstellungskraft übertraf.

Auf einem Parkplatz beim Freibad hielten wir unter einer einzeln stehenden Laterne an, um zu besprechen, wie es weiterging. Keiner schaltete das Innenlicht ein, und so blieben wir in dem kalten Halbdunkel sitzen, das von außen zu uns hereinfiel. Bernd schlug vor, noch in die Innenstadt zu fahren, Birte war dafür, sich weiter um die Ausfallstraßen zu kümmern. Für beide Vorschläge gab es Argumente, ich dagegen hätte ebenso gut nach Hause fahren können, und Anton wohl auch. Ich sah sie an, wie sie neben mir saß, in ihrem weinroten Kleid, tief in den Sitz gerutscht, und musste lächeln über so viel Erschöpfung, aber sie lächelte nicht zurück, ihre Hände umklammerten den Sitzgurt wie ein rettendes Seil, und den Schreck in ihren Augen verstand ich erst, als auch ich im Seitenfenster das Gesicht der Polizistin entdeckte, die zu uns hereinsah.

Sie wurde von der Laterne erleuchtet, unter der wir parkten, und musste sich ganz dicht zur Scheibe hinabbeugen, um zu erkennen, ob es Leben gab in diesem Wagen, der nachts mit eingeschalteten Scheinwerfern auf einem einsamen Parkplatz stand. Sie hatte ein schmales Gesicht und lange Wimpern – wäre sie nicht so schrecklich nah herangekommen, sie hätte mir gefallen. Vorne redeten Bernd und Birte weiter über Strategien der Agitation, Anton sah mich mit offenem Mund an, und ich griff geistesgegenwärtig nach ihrer Hand. Dann klopfte die Polizistin an unser Fenster, ich sah, wie ihre Knöchel sich der Scheibe näherten, im Moment der Berührung leuchteten sie hell auf, und nun wurde auch den beiden auf den

Vordersitzen klar, dass sich die weitere Planung vorerst erledigt hatte. Bernd drückte auf seiner Seite das Knöpfchen hinunter, Birte dagegen öffnete ihre Beifahrertür und fragte in die Nacht hinaus, ob sie irgendwie behilflich sein könne.

Es waren zwei, außerdem ein Schäferhund, wahrscheinlich hatten sie sich einfach gelangweilt. Sie forderten uns auf, aus dem Wagen zu kommen, und einer nach dem anderen stiegen wir aus. Bernd kramte seine Brieftasche heraus und zeigte die Wagenpapiere, und während die Polizistin das Autokennzeichen durchgab, strich ihr Kollege mit dem Hund langsam um den Wagen herum. Wir hatten damit gerechnet, dass er uns befehlen würde, uns breitbeinig und mit erhobenen Händen ans Auto zu stellen, stattdessen schien er sich für uns nicht einmal zu interessieren, fast beschämte mich die unerwartete Freiheit. Dabei stand außer Frage, was nun zu tun war. Unter keinen Umständen durften sie auf die Idee verfallen, den Kofferraum zu öffnen, also mussten wir deutlich machen, dass keine Gefahr von uns ausging. Wir hatten jeder Erwartung zu entsprechen.

Das Unauffälligkeitsspiel ging so: Birte und Anton standen vorne am Wagen, steckten die Köpfe zusammen und unterhielten sich leidenschaftlich, wobei sie ab und an die Köpfe zurückwarfen. Einzelne Silben betonten sie mit besonderem Nachdruck, offensichtlich ging es um einen Sänger, von dem nur ich wusste, dass Anton ihn tatsächlich verehrte, während Birte seinen Namen wahrscheinlich gerade zum ersten Mal hörte. Ich dagegen stellte mich etwas abseits, zur Laterne gewandt, und öffnete in der Hoffnung, den Hund bei seinen niedersten

Instinkten packen zu können, den Reißverschluss meiner Hose. Aber es kam nichts, und das Tier sah nicht einmal her. Also rülpste ich bloß etwas, die beiden Mädchen begannen zu kichern, der Polizist aber blieb ungerührt, inzwischen hatte er das Heck des Wagens erreicht. Gerade überlegte ich, womit sich das Ganze noch steigern ließe, um doch noch die Aufmerksamkeit von Mann und Tier zu erregen (Mich übergeben? Wild zu knutschen beginnen? Aber mit wem? Anton kam ja nicht infrage, mit Birte jedoch schien es mir nicht nur unzumutbar, sondern geradezu unglaubwürdig), da fing auf einmal Bernd an zu schreien.

Was ihnen einfalle, er müsse doch sehr bitten, da höre der Spaß wirklich auf. Seine Stimme überschlug sich, so hatte ich ihn noch nie erlebt. Es hallte richtig über den verlassenen Parkplatz und durch die leere Nacht. Nach hinten wurde das Freibad von einer dichten Reihe Pappeln begrenzt, vor denen sich milchig grau der Zehnmeterturm abzeichnete, nach jedem von Bernds Schreien rollte von dort ein dumpfes Echo zu uns zurück, das seine Stimme ohne Worte wiederholte, als wilder, aufgeregter Klang. Nach einer kleinen Pause, zum Atemholen oder zum Schlucken, rief er weiter: Damit treibe man keine Scherze, jedenfalls nicht mit ihm, der Rest war nicht mehr zu verstehen. Wir rannten gleich hin, eigentlich weniger in Sorge um ihn als aus Furcht, er könne das Spiel übertreiben. Aber als wir ihn sahen, wussten wir, dass es ihm tatsächlich ernst war.

Bernd, der ewige Zyniker, der immer ein Lächeln in der Hinterhand hatte, nie zu fassen war, immer über den Dingen stand, wirkte ehrlich erbost. Seine Wangen hatten sich gerötet, die strähnigen Haare standen ab, seine Augen funkelten, auch wenn das an den Lichtverhältnissen liegen mochte. Ob wir das gehört hätten. Sie habe gesagt, er solle nach drüben gehen, ob das wohl witzig sei. Nur wegen des Aufklebers auf seinem Portemonnaie. Unterdessen war auch der Polizist mit dem Schäferhund neben seine Kollegin getreten und sah sie fragend an. Die Frau zuckte mit den Schultern, sie habe ihm einfach die Papiere zurückgeben wollen und dabei diesen Slogan kommentiert, sie wirkte ehrlich verblüfft. Bernd fuchtelte noch immer mit seiner Brieftasche herum, ich erkannte den Schriftzug, der darauf klebte: »Macht kaputt, was euch kaputt macht.«

Bevor der Hundeführer sich berappeln konnte, um die verlorene Autorität seiner Kollegin zu retten, meldete ich mich von hinten und rief ihm zu, das mit drüben sei bei ihm so eine Sache, es gehe da in der Familie ein bisschen hin und her, dafür müssten sie Verständnis haben. Der Mann drehte sich nach mir um, ich zog die Schultern hoch, so sei das eben, keine ganz leichte Geschichte.

Der Polizist hielt in der Bewegung inne und sah mich fragend an, und auch die Frau wandte sich jetzt zu mir um, nur der Schäferhund hatte auf dem schwarzen Asphalt Platz genommen und schaute sehnsüchtig zum Kofferraum hinüber. War das der Grund, warum ich ausgerechnet ihm den meisten Respekt entgegenbrachte? Seine Augen waren dunkel und rund, ich hätte nicht entscheiden können, ob sie aus Glas waren. Er sah mich an, als wisse er alles, als kenne er meine Vergangenheit und Gegenwart, zu der unter vielem anderen ein Stapel verdächtiger Papiere in dem Kofferraum gehörte, vor dem er saß, und wie er so weise und alt hinüberschaute, hätte es mich nicht gewundert, wenn er uns den Text der Plakate hätte vorlesen können. Seine Ohren standen spitz in die Luft, und nun fiel mir auch auf, wo ich solche Ohren schon einmal gesehen hatte: auf den Postern in Antons Zimmer, es waren die dünnen, durchscheinenden Ohren einer Fledermaus. Wahrscheinlich erlaubten sie ihm sogar, in die Zukunft zu schauen. Auf einmal kam er zu mir herübergetrabt, setzte sich aufrecht vor mich hin, wie um mich zu bewachen, und während ich versuchte, eine einigermaßen knappe Schilderung davon zu geben, warum Bernd leicht reizbar in Bezug auf Ostdeutschland war, hockte ich mich zu ihm hinunter und legte, ohne es recht zu merken, eine Hand in sein Fell, um ihm den Nacken zu kraulen. Der Hund ließ es geschehen. Im Reden sah ich zu Bernd hinüber, der wieder auf dem Fahrersitz Platz genommen hatte, nun erschöpft und in sich zusammengefallen.

Ich erläuterte so kurz wie möglich, dass es diese Familiengeschichte gebe, und fasste zusammen, was ich von Bernds Berichten in Erinnerung hatte. Sein Großvater sei vor dem Krieg Geografieprofessor in Leipzig gewesen, Schwerpunkt Deutsche Flurkunde, eine richtige Kapazität und ein ziemlich stolzer Mann dazu, mit diesem überlieferten Bewusstsein, etwas Besseres zu sein. Als dann die Nazis allen Institutsleitern die Order erteilten, Hakenkreuzfahnen zu besorgen, habe er sich geweigert. Bevor er dafür Geld ausgebe, lasse er erst einmal das löchrige Sofa im Eingangsbereich flicken. Und wenn man ihn zur Anschaffung der Fahne zwinge, werde er das Sofa eben damit beziehen. Es habe ziemlichen Ärger gegeben. Er sei von der Uni geflogen, fuhr ich fort, und nach Göttingen gegangen, nur um nach dem Krieg zurück nach Leipzig zu ziehen, weil er sich von der sozialistischen Idee etwas versprach. Dort sei er zu einem Projekt eingeteilt worden, das den Verlauf der Westgrenze infrage stellen sollte, und prompt wieder angeeckt. Er war der erste Wissenschaftler, der dem neuen System den Rücken zukehrte, was im Westen natürlich ausgeschlachtet worden sei. In Göttingen hätten sie ihm Freiheit der Lehre versprochen und ein wunderbares Institut dazu, aber irgendwann habe er erfahren, dass seine Forschung im Rahmen der Wiederbewaffnung für Aufmarschpläne verwendet wurde. Am Ende sei er schwermütig geworden und habe sich das Leben genommen. In seinem Abschiedsbrief stand, ihm seien die Himmelsrichtungen abhandengekommen. Seitdem sei die Familie etwas empfindlich in Bezug auf Ost und West.

Die Polizisten verstanden die ganze Aufregung so wenig, wie ich das anfangs verstanden hatte, aber immerhin waren sie anschließend bereit, uns ziehen zu lassen, wobei sie Bernd aufforderten, in seinem Zustand bald ins Bett zu gehen, und uns anderen tue das sicherlich auch ganz gut. Wir nickten, ich gab dem Hund einen Klaps, damit er seinen Kopf aus meinem Schoß nahm, und stieg wieder ein. Selbst Anton und ich auf der Rückbank schnallten uns an. Keinem von uns war, als wir langsam vom Parkplatz rollten, nach Triumph zumute.

12

Nach und nach trafen wir wieder beim Zelt zusammen, verwirrt und müde von allem. Kordel hatte es sich vor dem Zelt auf ihrer Luftmatratze gemütlich gemacht und war sofort eingeschlafen. Wir anderen saßen, in unsere Schlafsäcke gewickelt, beieinander und sprachen noch im Flüsterton über die Erlebnisse des Abends und den kommenden Tag. Birte meinte, sie könne sich noch gar nicht vorstellen, wie die Blockade tatsächlich ablaufen solle, und ich musste ihr zustimmen. Bernd beschwichtigte uns. Seiner Meinung nach versprach die Aussicht, in einem völlig gewaltfreien Umfeld anzutreten, dass das Risiko der Aktion überschaubar blieb. Bevor wir uns aufs Neue in fruchtlosen Diskussionen verfingen, einigten wir uns darauf, zu Bett zu gehen und auch das Wecken ein wenig zu verschieben, wir fühlten uns alle seltsam erschöpft.

Die hereinbrechende Nacht war so warm, dass wir beschlossen, es Kordel nachzumachen und unter freiem Himmel zu schlafen. Als Wolf sich umzog, war für einen Moment seine Brustbehaarung zu sehen, die in einer feinen Linie aus der Schlafanzughose hinaufstieg, am Nabel breiter wurde und über der Brust zu den Seiten auseinanderlief. Neben ihn legte sich Birte, sie hatte ein kleines Kissen dabei, das sie mit den Händen umklammert hielt, Holger und Bernd steckten ihre Köpfe zusammen und lachten, ganz außen lag Anton. Ich kroch als Letzter ins Zelt, um meine Sachen zu holen, drinnen roch es grasig und warm, die hellen Stoffbahnen leuchteten dumpf in der Nacht, in der Plastikplane auf dem Boden klaffte noch immer der Riss, durch den sie mich gerettet hatten. Bis auf unser an den Rändern hingeworfenes Gepäck war das Zelt leer, wie eine Zirkusmanege, in die ich trat, als erster, ehrfürchtiger Zuschauer oder als Artist vor Beginn der Vorstellung, ich war gekommen, um schon geschminkt ein letztes Mal die Schritte durchzugehen und stumme Kusshändchen in ein imaginiertes Publikum zu werfen.

Erst als meine Augen sich ans Dunkel gewöhnt hatten, sah ich, dass die Zuschauer ja längst da waren – über den Taschen lagen die bereitgelegten Kleidungsstücke für morgen und sahen mir zu, als leblose Stellvertreter meiner Freunde, es war eine unbestechliche Jury, ohne Regung, ohne sichtbare Anteilnahme, und ich hatte keine Ahnung, ob ich vor ihrem Urteil würde bestehen können. Ich zog mich rasch um und griff nach meinen Sachen.

Als ich im Pyjama hinaustrat, mit Matte, Schlafsack und meinem Anzug, den ich mir als Kissen unter den Kopf stecken wollte, war der Mond aufgegangen und strahlte so fest und unerschütterlich, dass ich mir vornahm, eines Tages zu ihm hinaufzufliegen. Kordel hatte sich unter ihrer Decke freigestrampelt und schmiegte sich an den Pfosten, der den Zelteingang hielt. Birte war mit zu Holgers und Bernds Runde gestoßen, sie hatten die Köpfe dicht zusammengesteckt und flüsterten. Ich legte mich ganz ans Ende, auf Antons freie Seite, und zog den Reißverschluss meines Schlafsacks zu. Irgendwo trommelte jemand auf einer Bongo, man hätte es alles für ein Ferienlager halten können, für ein harmloses Vergnügen.

Nach einer Weile stand Wolf am anderen Ende unserer Reihe noch einmal auf und zog los, um aufs Klo zu gehen und Wasser zu holen. Ich sah ihn in seinem Schlafanzug zwischen den Zelten verschwinden, im Bus hatte er zwei leere Plastikflaschen gefunden, die er nun bei jedem Schritt gegeneinanderschlug.

Ich freute mich darauf, gleich etwas zu trinken zu bekommen, auch zum Abendessen hatten wir es nicht geschafft, uns etwas zu besorgen. Aber dann blieb er so lange weg, dass ich fast eingeschlafen war, als nach einer Weile der trockene Takt seiner Plastikflaschen zurückkehrte.

Auch ohne die Augen zu öffnen, wusste ich, dass er erfolglos geblieben war. Ich hörte, wie er den anderen mit gedämpfter Stimme erklärte, die Toiletten seien überschwemmt, es sehe schrecklich aus. Sie hätten das Trinkwasser abstellen müssen, aber die Wirtin habe versprochen, das Problem so bald wie möglich zu lösen. Ich musste mit geschlossenen Lidern schlucken. Ich sah das alles von oben, schon damals, das verwirrende Muster der Pfosten und Zeltbahnen und Abspannungen, die Wäscheleinen und Schnüre und all die Schatten dieser Leinen und Schnüre, ein Gewebe, ein Netz, in das ich ganz langsam aus großer Höhe stürzte, und als ich weich darin landete, nahm es mich auf und umschloss mich, und ich war dankbar dafür, bis ich bemerkte, dass es mich längst fest umsponnen hatte und niemals wieder freigeben würde.

Es war eine Ameise, die mich weckte. Wahrscheinlich war ich eben erst eingedämmert, noch immer war von drüben das Trommeln zu hören. Ich spürte den kleinen Biss am

Oberschenkel, von dem ich wach geworden war, und als ich mit geschlossenen Augen hinuntergriff, erwischten meine Finger tatsächlich das Tier. Ich nahm es zwischen Daumen und Zeigefinger und zog es vorsichtig ab. Es war fest und krabbelig, die kleinen Bewegungen seiner Beine kitzelten mir an den Fingerspitzen. Ich gab acht, die Ameise nicht in den Schlafsack fallen zu lassen. Auf dem Weg hinaus ins Freie zerdrückte ich den kleinen Leib, es schmierte ein wenig, ich verrieb die klebrigen Reste zwischen den Fingerkuppen und spürte dabei die Schalen seines winzigen Panzers. Dann wischte ich mir die Finger an einem Grasbüschel ab und noch mal an meinem T-Shirt, bis es nicht mehr klebte, und drehte mich auf die Seite.

Als ich doch noch einmal die Augen öffnete, um mir meinen Anzug unter den Kopf zu legen, sah ich in Antons Gesicht. Sie lag dicht neben mir und sah mich an.

13

Es hätte an meinem Geburtstag passieren sollen. Wir hatten es lange geplant, wir waren der Heimlichkeiten müde. War Anton bei mir, rief spätestens um sechs ihre Mutter an, um sie zum Abendbrot zu rufen. War ich bei Anton, lief ihr Vater mit schweren Schritten durch den Flur, und ihre Mutter klopfte alle paar Minuten an die Zimmertür. Wenn sie unter irgendeinem jämmerlichen Vorwand den Kopf hereinstreckte, saßen wir auf der Bettkante und sahen aus dem Fenster, beide hatten wir das Kinn in die Hand gestützt vor Aussichtslosigkeit. So saßen wir tagelang. Wir nannten es Musikhören, aber ich habe keine Erinnerung an die schwarzen Scheiben, die auf dem Plattenteller ihre Kreise drehten, während aus den Lautsprechern irgendein langhaariger Sänger die Unzulänglichkeiten der Welt besang. Wer könnte wirklich sagen, was wir unter anderen Bedingungen miteinander angestellt hätten, aber für mich waren nur die Umstände daran schuld, dass wir nicht zueinanderfanden. Draußen wurde es Herbst, es wurde Winter, selbst ich verlor auf unseren Spaziergängen im Eiswind meine Neugier auf ihren Leib, der hinter Schal und Mütze und Mantel verborgener blieb als jemals zuvor. Abends, vor den Türen unserer Elternhäuser, küssten wir uns zum Abschied, mit offenen Augen, Gesicht an Gesicht, sodass ihre Pupillen unscharf wurden und sich verdoppelten, und ich nahm mir vor, dieses Bild niemals zu vergessen, Antons große, dunkle, schöne Augen, die mich von überall her traurig ansahen. Wir hatten die Bevormundung satt, wir wollten es endlich wissen.

An diesen Abenden also entstand der Plan einer ersten gemeinsamen Nacht, und mein Geburtstag schien die rechte Gelegenheit dazu zu bieten. Ich wollte ein Fest geben, meine Eltern waren an diesem Abend bei Freunden eingeladen, mit Antons Eltern war bereits verabredet, dass sie mitfeiern durfte. Nur gingen sie irrtümlich davon aus, dass ihre Tochter die anschließende Nacht bei ihrer Freundin Frauke verbringen würde.

Meine Eltern dagegen hatten sich nie richtig in unsere Freundschaft eingemischt. Mag sein, dass das eine Jahr, das ich Anton voraus war, den Ausschlag gab, mag sein, dass bei einem Jungen gewisse Sorgen wegfielen, mir selbst schien am wahrscheinlichsten, dass sie sich einfach nicht besonders viel aus meinem Leben machten. Jedenfalls war ich es gewohnt, kaum Fragen nach meinem Tageslauf gestellt zu bekommen, und so unterließ ich es bald, meine Eltern in die Planung meiner Aktivitäten einzubinden. Mir sollte es recht sein, wenn sie mich in Ruhe ließen. Es war kaum zu erwarten, dass sie am Morgen danach von Antons Anwesenheit überhaupt Notiz nehmen würden.

Als Anton und Frauke kamen, war das Fest längst in vollem Gange. Es war nicht zu übersehen, dass sie sich schön gemacht hatten, ja, die beiden jüngsten Gäste des Abends waren zugleich auch die spektakulärsten. Beim Begrüßungsküsschen mit Frauke geriet ich mit der Nase in ihre verschlungene Hochsteckfrisur und löste wohl, verwirrt von all den Gerüchen nach Orange und Honig, eine Strähne aus dem Kunstwerk. Mir war es entsetzlich unangenehm, sie aber schlug nur die Augen nieder und strich sich die Haare mit einem Lächeln hinter das Ohr zurück. Anton hatte sich ein kurzes Karo-Röckchen über die Jeans gezogen, dazu trug sie ihr fliederfarbenes Oberteil mit dem V-Ausschnitt. Ich kannte niemanden, der in diesen Jahren gewagt hätte, an einen V-Ausschnitt auch nur zu denken. Aber sie war anders als wir, an diesem Abend war sie neben Frauke gewiss die Einzige, die ihr Oberteil in die Hose gesteckt hatte. Hätte nicht gerade Gordon Matthew Sumner mit brüchiger Kopfstimme seiner Liebe zu Roxanne Ausdruck verliehen, man hätte zweifellos ein Raunen durchs Zimmer wogen gehört. Von allen Seiten drehten sich die Gäste zu uns um und versuchten, durch ihre zotteligen Locken, unter den Kapuzen ihrer Parkas hervor einen Blick auf die Neuzugänge zu erhaschen. Ich hätte im Boden versinken mögen vor Scham darüber, wie schamlos die beiden Mädchen unsere Regeln verletzten. Ich schämte mich für die Unnatürlichkeit ihres Äußeren, für ihre Unterwerfung unter das Diktat der herrschenden Mode, für ihre Schühchen, die im flackernden Licht der überall in die leeren Bierflaschen gesteckten Kerzen glänzten. Gleichzeitig aber begannen mir, wie ich dort an der Tür auf das Panorama meiner heimlich herüberblickenden Freunde schaute, zum ersten Mal auch deren Eigenheiten zu verwischen. Plötzlich kam es mir vor, als hätten sie alle ihre Haare auf die gleiche Art verwahrlosen lassen, jede der selbst genähten Pluderhosen folgte demselben formlosen Schnitt, ihre staubigen Turnschuhe unterschieden sich nur in der Größe. So bunt sie auch angezogen sein mochten, all die Farben waren ausgewaschen, nichts an ihnen war klar und markant, alles blieb ungefähr, sie versteckten sich hinter einer Individualität, die längst zur Uniform geworden war. Dabei wussten sie doch so gut wie ich, wie mühsam es war, am Morgen die richtige Mischung aus Zuckerwasser und Seife zu finden, um sich die Haare auf möglichst lässige Weise zu verklumpen. Auf einmal dämmerte mir, dass das einzig Saubere an meinen Freunden die feinen, weißen Linien waren, wo sie ihre Sweatshirts vor dem Batiken mit einer Schnur abgebunden hatten, um ein Muster ineinanderliegender Kreise frei zu lassen, das von keiner Farbe erreicht wurde, sodass es aussah, als trage jeder von ihnen eine gewaltige weiße Zielscheibe auf der Brust, wie ein Stigma, ein Menetekel. Als mein Blick zur Seite auf meine neuen Gäste fiel, waren es auf einmal sie, die mir selbstbestimmt erschienen, frei, apart und strahlend. Es blieb dabei: Die beiden waren die Sensation des Abends.

Ich zog Anton an mich, und wir versanken vor aller Augen in einem langen Kuss. Es war ein Bekenntnis, das wusste ich selbst, ich würde mir einiges dafür anhören müssen, aber das konnte in diesem Moment niemandem so gleichgültig sein wie mir. Als wir uns voneinander lösten, sah ich, dass Anton sich die Augenbrauen gezupft hatte. Es sah beängstigend aus, beklemmend und wunderschön zugleich. Es sah, mit einem Wort, so aus, als stünde unserer gemeinsamen Nacht nichts im Wege. Ich zog sie auf die Tanzfläche, und eine ganze Weile lang wiegten wir uns einfach zu Janis Joplins zerstörter Stimme, zu all den hundertfach gehörten Liedern, alles war gut und leicht und vielversprechend, bis ich plötzlich merkte, dass ihre Hände begannen, auf meinem Rücken abwärtszuwandern.

Ich erstarrte im Tanz. Mit einem Mal erschien mir Antons Umarmung, die gerade noch leicht und zärtlich gewesen war, wie eine Umklammerung. Ich spürte die Blicke der anderen, von denen ich mich eben noch getragen gefühlt hatte, und musste schlucken. Ich hätte Anton lachend fragen können, ob sie etwas trinken wolle, ich hätte sie irgendeinem meiner Freunde vorstellen können, stattdessen tanzte ich weiter wie aufgezogen, wie eine Marionette, deren einzige Bewegung im mechanischen Hin und Her ihres Oberkörpers bestand, ich selbst war es jedenfalls nicht, der meine Fäden hielt. Ich konnte Antons Hände förmlich vor mir sehen, wie sie unaufhörlich abwärtskrochen, wahrscheinlich hatten Frauke und sie sich auch noch die Nägel gemacht. Wenn ich die Augen schloss, sah ich den farbig glänzenden Lack in der Dunkelheit schimmern, ich spürte, wie Antons Finger den Bund meiner Jeans erreichten, wie sich ihre Daumen in die Gürtelschlaufen hakten, für einen Moment dort verharrten, um dann langsam fortzufahren auf ihrer verhängnisvollen Reise. Ich wagte nicht einmal mehr zu atmen.

Es kam, wie es kommen musste. Sie stieß auf die verräterische Form, die sich durch den Stoff der Gesäßtasche drückte, und wusste wohl gleich, woran sie war. Ihre Finger krochen in die Tasche hinein und ertasteten das kleine Stück Gummi, das ich dort verborgen hatte, ich konnte mir vorstellen, wie sich die ringförmige Wulst durch die Verpackung hindurch anfühlte, wie leicht das Innere auf der Flüssigkeit hin und her glitt, wie der gezahnte Rand der Folie sacht in die Haut stach, wenn man darüberstrich. Ich hatte es ja selbst hineingesteckt, vorhin, bevor die ersten Gäste kamen, aber ich hatte mir dabei vorgestellt, es ihr erst viel, viel später zu zeigen, wenn sie bereit dafür wäre, davon zu erfahren.

Jetzt war ich es, der sie umklammert hielt, einfach weil ich verhindern musste, dass sie mich ansah, ich hätte beim besten Willen nicht gewusst, was ich sagen sollte. Wir hatten verabredet, dass wir eine Nacht miteinander verbringen wollten, aber was in dieser Nacht geschehen würde, darüber hatten wir kein Wort verloren.

Als ihre Hand die Erkundung beendet hatte, verließ sie die Tasche, kroch hinauf zu meinem Ellenbogen, glitt dort den Unterarm entlang bis zum Handrücken, löste mit einer sanften Bewegung meine fest ineinander verschränkten Finger und führte meine rechte Hand langsam zwischen unseren Körpern hinab. Ich hatte nicht die leiseste Ahnung, worauf sie hinauswollte.

Vorsichtig öffnete ich die Augen zu Schlitzen. Es war schummerig, am Buffet brannte meine Schreibtischlampe nicht mehr. Die Tanzfläche hatte sich gefüllt, im allgemeinen Kreisen der Paare und Einzeltänzer waren wir an den Rand geraten. Ich konnte niemanden ausmachen, der zu uns herübersah, also schloss ich die Augen wieder und überließ mich Antons Führung. Sie hatte unterdessen meine Hand bis hinunter auf ihren Oberschenkel begleitet. Als wir den Saum ihres Röckchens erreichten, wechselte sie die Richtung und drängte meine Finger unter dem Rock wieder hinauf, an der Vorderseite ihrer Schenkel entlang, und während ich noch betete, dass wirklich niemand unser Spiel verfolgte, hatten wir auch schon die Öffnung ihrer vorderen Hosentasche erreicht, wo sie nach meinem Zeigefinger griff und ihn langsam ins Innere der Tasche schob.

Erst als ich dagegenstieß, wusste ich, was sie mir zeigen wollte. Es fühlte sich genauso an wie vorher, als ich mir ausgemalt hatte, was sie bei mir entdeckte, auch wenn es jetzt mein eigener Finger war, der über die Packung strich. Aber tatsächlich schien es mir kein bisschen realer zu sein als eben gerade, der einzige Unterschied war, dass meine Anspannung nun einer ungeheuren Erleichterung Platz machte, die mich von oben bis unten überschwemmte, sodass ich Anton an mich drückte und hochhob und fast gar nicht gehört hätte, wie sie mir ins Ohr flüsterte: »Welche Farbe hat deiner denn?«

Erst wusste ich nicht, was sie meinte, und als ich ihre Frage endlich verstand, konnte ich sie nicht beantworten, weil ich die Antwort selbst nicht wusste. Ich hielt meinen Mund dicht an Antons Ohr und berichtete, wie ich kurz vor Ladenschluss in die Apotheke gegangen war, wie ich vor der Auslage mit den Multivitamindragees darauf gewartet hatte, dass der letzte Kunde den Laden verließ, wie ich dem dicken Apotheker meine Bestellung zumurmelte und auf seine Rückfragen nach der Packungsgröße ins Schwitzen kam, bis ich am Ende »Normal« hervorbrachte. Auf die Farbe sei es mir dann wirklich nicht mehr angekommen.

Anton lachte und flüsterte mir jetzt selbst ins Ohr, wie es bei ihr gewesen war, ihre Lippen berührten mein Ohrläppchen, bei all der Musik und dem Lärm im Zimmer war kaum etwas zu hören, aber mir war es ganz gleich. Ich meinte zu verstehen, dass sie in irgendeiner Kneipe aufs

Männerklo gegangen sei, und gerade als sie das Angebot des Automaten studieren wollte, habe sich doch noch eine Kabinentür geöffnet, aber zum Glück sei es nur ein Junge gewesen, der wahrscheinlich noch gar nicht wusste, wozu der Kasten da an der Wand hing. Sie habe schnell ihre Münze eingeworfen und eine Packung herausgezogen, auf der »Grün« und »Gefühlsecht« und »Exotik« stand, sie sagte, es könne sogar sein, dass irgendwelche Noppen dranhingen, auf der Packung habe man nicht genau erkennen können, ob das noch Reservoir oder schon Sonderausstattung sei.

Den Abend über ließen wir uns nicht mehr aus den Augen, ich aß Unmengen von Ananasscheiben, von denen irgendjemand einige Dosen mitgebracht hatte, während Anton allein für sich tanzte und ich ihr vom Buffet aus zusah. Frauke trank wohl ein bisschen viel und verabschiedete sich schon um Mitternacht, bald darauf klingelte es, und Antons Mutter stand vor der Tür.

14

Mein Vater hatte ihr geöffnet, deshalb bekamen wir anfangs gar nicht mit, wer gekommen war. Meine Eltern waren selbst erst kurz zuvor von ihrer Einladung zurückgekehrt und hatten vorgegeben, nur rasch bei uns hereinzuschauen. Meine Mutter war auch wirklich bald schlafen gegangen, während mein Vater noch immer am Rande der Tanzfläche gestanden und ein Bier getrunken hatte, als es klingelte. Ich war einfach froh gewesen, als er zum Öffnen verschwand und auch eine Weile fortblieb.

Später erst wurde uns klar, dass die beiden die ganze Zeit über in der Küche gesessen haben mussten. Als sie dann zu uns ins Zimmer kamen, mein Vater mit einer angebrochenen Flasche Sekt, Antons Mutter mit einem leeren Glas, das sie kopfüber in der Hand hielt, war alles längst zu spät. Es mochte unterdessen zwei Uhr geworden sein, die Tanzfläche hatte sich ein wenig geleert, die meisten von uns saßen oder lagen längst verstreut auf den Teppichen herum, Bernd war weiterhin dafür zuständig, die Kassetten umzudrehen, er hatte sich einen riesigen Kopfhörer aufgesetzt und klopfte mit verbissenem Gesichtsausdruck den Takt.

Ich konnte die beiden als Erster sehen, und instinktiv verbarg ich Anton in meinen Armen, ich wollte sie schützen vor dem zweifellos bevorstehenden Angriff. Als ihre Mutter zu uns herüberkam, malte ich mir aus, was gleich geschähe, ob sie schreien würde, ob ich Anton festhalten sollte, wenn ihre Mutter an ihr zöge, um sie mit nach Hause zu nehmen, und wie weit wir ein solches Spiel wohl treiben würden. Mir fiel die Geschichte vom Kreidekreis ein, die wir gerade in der Schule lasen, und ich fragte mich, wer von uns wohl als Erstes loslassen würde, ob ich es über mich brächte, Anton zu zerreißen, um wenigstens etwas von dem zu besitzen, von dem ich sicher nur eines wusste: dass es mir heute Abend endlich und unausweichlich zustand.

Aber Antons Mutter trat ganz heiter zu uns, drohte ihrer Tochter mit dem Finger und sagte: »Ich weiß alles.« Und erst als wir keine Anzeichen machten, unsere Umarmung zu lösen, fuhr sie fort zu erzählen. Bei dem Abendessen hätten sie zu ihrer Überraschung auch Fraukes Eltern getroffen und seien nachher noch auf ein Glas mit zu ihnen gegangen. Als sie auf Zehenspitzen in Fraukes Zimmer schlichen, um nach den Töchtern zu sehen, lag nur eine da. Sie hätten Frauke gleich geweckt, und müde und verkatert, wie sie war, habe sie die ganze Geschichte nicht lange zu leugnen versucht.

Wir sollten uns keine Sorgen machen. Sie habe so nett mit Bernhard zusammengesessen, dass ihre Wut schon fast verraucht sei. Sie schlage vor, dass alle noch ein bisschen hierbleiben und Spaß haben sollten, und nachher fahre Anton einfach mit ihr nach Hause.

Antons Mutter hatte sich umgedreht und war auf Strümpfen zurück zur Tür gegangen, wobei sie jeden Fuß feierlich vor den anderen setzte, sie war wohl selbst schon nicht mehr ganz klar. Anton sah mich an und fragte, wer denn Bernhard sei, und ich nickte zur Tür hin, wo mein Vater ihre Mutter mit einem Handkuss in Empfang nahm.

Er flirtete gern und oft, und meine Mutter schien es bis dahin nicht einmal besonders gestört zu haben. Aber dass er es in seinem eigenen Haus tat, war neu, zumindest hatte ich selbst so etwas noch nicht erlebt. Während wir die Stimmung aufrechtzuerhalten versuchten, so gut es ging, lehnten die beiden im Türrahmen und unterhielten sich angeregt, ohne einen Blick für uns Kinder. Später tanzten sie sogar, Antons Mutter mit vorgeschobener Hüfte, mein kleiner Vater mit zum Himmel erhobenen Händen. Sobald ein ruhigeres Lied kam, drängten sie sich aneinander, und es sah aus, als wiegte sie ihn in ihren langen Armen. Ein großes Insekt, das seine Beute umfasst, ohne Eile. Mein Vater trug diesen braunen Anzug, den später ich erbte, aber nach kurzer Zeit schon warf er die Jacke zur Seite, das Hemd war ihm längst aus der Hose gerutscht. Bald hatte das seltsame Paar die Tanzfläche für sich allein, weil einer nach dem anderen sich aus ihrer Nachbarschaft verzog, aber es hätte die beiden auch nicht gestört, wenn wir schreiend um sie herumgetanzt wären wie ein Kannibalenstamm. Sie hatten ohnehin nur Augen füreinander.

Noch später verzogen sie sich kichernd, ohne ein Wort. Bald brachen auch die anderen Gäste auf, Bernd hatte vor dem Gehen die letzte Kassette noch einmal umgedreht, die meisten Kerzen waren schon heruntergebrannt, und so saßen Anton und ich im dämmerigen Zimmer auf dem Teppich und hörten die alten Lieder. Alles war so, wie ich es mir immer gewünscht hatte, wir hätten uns zurückziehen können, wir hätten endlich zueinanderfinden können, aber irgendwo in diesem Haus war jemand anderes dabei, in einem Tempo zueinanderzufinden, das uns den Atem nahm.

Wir saßen schweigend einer neben dem anderen, irgendwann ließen wir sogar unsere Hände los, ich fühlte mich verloren wie niemals zuvor, ein verstoßenes Kind, schutzlos und überfordert. In meinem Kopf begann ich ein Manifest, eine Anklage gegen eine ganze Generation, die hier ihren Abgang verweigerte, immerfort waren sie schneller, klüger, gewandter, einfallsreicher, aufbegehrender, lebendiger als wir, und jetzt stahlen sie uns zu guter Letzt auch noch unsere Pubertät. An diesem Abend hätte ich viel darum gegeben, ein Waisenkind zu sein.

Man hätte meinen können, dass sie festgefahrener waren in ihrem Leben, dass bei ihnen Heimlichkeiten angezeigt gewesen wären und nicht bei uns, die wir nichts zu verlieren, nichts zu verbergen hatten. Wir versteckten unsere Freundschaft vor ihnen, die selbstverständlich hätte sein können, während sie ihre erbärmlichen Spiele ohne jedes Schamgefühl vor uns ausbreiteten. Wir waren jung, wir waren es, die übereinander hätten herfallen sollen. Aber auch an dieser Front waren unsere Eltern uns wieder einmal voraus.

Ohne nach links oder rechts zu schauen, setzten sie für ein rasches Vergnügen ihre Ehen, ihre Lebensläufe, ihre bürgerlichen Existenzen aufs Spiel. Und sie flogen auf. Meine Mutter kam bald dahinter, was in dieser Nacht gespielt worden war, und zog wenig später aus. Aber statt alles zu verlieren, wie wir schadenfroh hofften, nahmen die beiden es, wie es kam, sie machten einfach weiter mit ihrem bizarren Treiben. Nach der Trennung meiner Eltern zog Antons Mutter fast bei uns ein, den ganzen Tag über drang ihr Lachen durch die Wände, bald roch es im

Bad nach Enthaarungsmittel, in der Wanne klebten ihre ausgeschabten Achselhaare. Wie hatte meine gute Fee so irren können: Ich hatte mir die Tochter gewünscht und stattdessen die Mutter bekommen.

Für Anton und mich war das alles zu viel. Ob sie in meiner Unentschiedenheit die Flatterhaftigkeit meines Vaters wiederentdeckte oder ich in ihrem starken Willen die Zudringlichkeit ihrer Mutter, es war unmöglich zu entscheiden, was den Ausschlag gab. Jedenfalls flog unsere Leidenschaft fort wie ein Falter, der uns eine Weile lang noch umtanzte, ohne dass es uns gelang, ihn festzuhalten, und bald verloren wir ihn und uns einfach aus den Augen. Wir hätten sagen können, es sei nicht unsere Schuld gewesen, aber was half das schon? Als ich sie bei unserem letzten Treffen küsste, sah ich vor meinem inneren Auge den alten Leib meines Vaters, wie er sich mit Antons Mutter paarte, die mir nun manchmal morgens in seinem viel zu kurzen Bademantel am Frühstückstisch gegenübersaß, und ich wusste, es war vorbei.

15

Ich habe noch nicht von Antons Augen erzählt, was sicherlich ein Fehler war. Wie soll man sich ein Bild machen, eine Vorstellung von dem, was später passierte, ohne ihre Augen zu kennen. Sie hatte diesen Blick, die Eigenart, einen von unten anzuschauen, und man muss sich das ausmalen, um zu verstehen, wie leicht man im Angesicht ihrer Erscheinung verloren ging. Tatsächlich hatte ich ihr damals, ein halbes Jahr vor dieser Fahrt, bei unserem letzten Treffen nicht mehr ins Gesicht gesehen, ich hatte, bevor wir uns zum Abschied küssten, über ihre Schulter in die Ferne geschaut oder ins Leere, ich kann mich nicht mehr daran erinnern, was es hinter ihrer Schulter zu sehen gab, weil es mir nur darauf ankam, dass sie selbst dort nicht war. Ich vermied den direkten Blick, weil sich nicht sagen ließ, welche Folgen es gehabt hätte.

In der Zeit danach hatte ich als Erstes versucht, das Bild ihrer Augen zu vergessen, einfach um mich vor einem Rückfall zu schützen. Anfangs sah ich sie noch überall vor mir und musste mich selbst am helllichten Tag zwingen, an anderes zu denken, aber nach einigen Wochen beruhigte sich das, und nur noch beim Einschlafen, wenn ich meine Augen schloss, waren auf einmal ihre da. Ich versuchte es zu vermeiden, indem ich das Einschlafen immer weiter hinausschob, nächtelang saß ich auf meinem Bett und betäubte mich damit, unaufhörlich einen einzelnen Würfel auf das Laken zu werfen und die Ergebnisse zu notieren, in der Hoffnung, irgendwann einmal die Gesetze der Wahrscheinlichkeitslehre zu überwinden, bis ich am Ende einfach das Bewusstsein verlor, sobald mein Kopf die Matratze auch nur berührte. Gerade nach solchen Nächten aber fügte es sich, dass ich gleich morgens mit ihrem Bild vor Augen erwachte und dann den ganzen Tag über Mühe hatte, zurück in die Wirklichkeit zu finden, in der es sie nicht länger gab.

In ihrem Pass stand, ihre Augen seien grau. Sie selbst nannte sie grün-grau, ihre Mutter behauptete, sie seien nichts als grün. Ich dagegen war mir seit unserer ersten Begegnung sicher, es müsse eine andere Bezeichnung geben, die besser traf, was ich sah. Mir war es immer vorgekommen, als sei ihre Iris eine einheitliche farblose Fläche, aber durchsetzt von Einschlüssen jeder Schattierung, die umso vielfältiger schillerten, je näher man herankam, in Braun und Silber und Türkis, und über allem lag dieser Schimmer von Grün wie etwas Pflanzliches. Irgendwann war mir eingefallen, woran mich die Farbe erinnerte, wir hatten sie ja zusammen kennengelernt, bei unserem Ausflug in den Stadtwald, es war die Farbe der Buchenrinde, wie Sebastian sie uns gezeigt hatte, mit all ihren kleinen Mustern, Rissen und Schatten und mit dem feinen Überzug von Moos.

Dies war ihre Farbe, aber das allein genügte kaum, ihre Wirkung zu erklären. Es war die Art, wie sie einen aus diesen Augen heraus anschaute, immer ein wenig verblüfft, ein wenig zweifelnd, was es mit alldem auf sich habe, ein vorgebliches Staunen, immer sprach eine Frage aus ihren Augen, die doch bereits andeutete, die Antwort längst zu kennen. Es lag eine Ironie in ihrem Blick, und zugleich war er aufrichtig und klar. Ein Teich, an dessen Ufer niemand in Zweifel zog, dass er tief genug sei, darin zu schwimmen. Vielleicht lag darin das Geheimnis ihrer Verführung, dass man sich wünschte, in ihre Augen hineinzuspringen und darin unterzutauchen, zugleich sah man den grünen Schleier und ahnte, dass er von den Schlingpflanzen am Grunde des Teiches herrührte, in denen sich unweigerlich jeder, der zu springen wagte, verstricken müsste, bis er am Ende für immer im Wasser blieb.

Es gab Momente, in denen ich sie alle im Verdacht hatte, Anton zu wollen, meine Freunde, meinen Vater, selbst Holger, der sich aus anderen Menschen sonst nichts machte. Kurz vor unserer Trennung war Anton einmal aufgebrochen, als ich schon im Bett lag. Sie hatte mir den Kopf massiert, und darüber war ich bereits ein wenig eingeschlafen, als sie leise aus dem Zimmer schlich. Ich murmelte noch einen Gruß, aber sie antwortete nicht mehr darauf. Als ich das nächste Mal erwachte, hörte ich nebenan Musik in Holgers Zimmer und dahinter ein leises, helles Lachen. Ich war zu müde, um gleich nachzusehen, oder womöglich wusste ich auch einfach nicht, was ich hätte tun sollen, wenn sie es gewesen wäre. Ich lag dann einfach da und achtete auf alles, auf diese Stimmen und das Flüstern dazwischen, obwohl es ja auch vor dem Fenster hätte sein können oder das Rascheln meiner Bettdecke. Und die regelmäßigen Stöße gegen die Zimmerwand waren doch wahrscheinlich nur die Schläge meines eigenen, erregten Herzens.

Dieses Augenpaar also sah ich vor mir, als ich mitten in der Nacht vor unserem Zelt die Augen aufschlug. Sie hatte sich in ihrem Schlafsack vergraben, den Mund hinter dem zugezogenen Reißverschluss verborgen, über dem nur ihre kleine Nase und ebendiese Augen hervorschauten, schon halb verborgen von der Kapuze ihres Schlafsacks, die von ihrem Kopf abstand wie bei einem Troll. Man hätte sie einpflanzen mögen, als Gartenzwerg zwischen den Beeten daheim, damit sie nie wieder fortging. So klein, wie sie aussah, hätte man sie mit sich nehmen wollen, in die Tasche stecken, als Souvenir, als Maskottchen, meinetwegen als Schlüsselanhänger, dass sie nur für immer bei einem blieb. Man hätte sie pflücken mögen, sie als Blume ins Knopfloch stecken, sich auf sie stürzen, man hätte so vieles mit ihr anstellen können. Man tat es alles nicht. In der Schule hatten sie uns eingeschärft, niemals »man« zu sagen, sondern immer nur »ich«. Aber es gab ja Gründe, warum einem das Ich nicht über die Lippen kam, es gab Momente, in denen man eher gestorben wäre, als sich zu sich selbst und zu den eigenen Wünschen zu bekennen, und dies hier war ohne Zweifel einer davon.

Ich drehte mich wohl schon eine ganze Weile in einem dieser inneren Kreise um mich selbst, als ich auf einmal bemerkte, dass Anton mich gar nicht mehr ansah. Sie hatte die Augen leicht nach oben verdreht, der Kopf war ihr in den Nacken gefallen, sodass ihr Mund unter dem Rand des Schlafsacks hervorgerutscht war. Er stand leicht offen, ich konnte den schwachen Glanz der Schneidezähne sehen, die aus dem Dunkel hervorglommen wie Wächter am Eingang einer Höhle. Anton sah aus wie die

Verzückung der heiligen Theresa im Religionsunterricht. Ich war ohne Gegenwehr.

Und noch etwas sah ich, als ich in plötzlicher Scham über meine Gedanken die Augen niederschlug. Weiter unten an ihrem Schlafsack machte ich eine Bewegung aus, die dort nicht hingehörte. Es war ein kleines, ruhiges Schaben, ein in der Dunkelheit kaum wahrnehmbares Heben und Senken im Gewebe des gesteppten Stoffes, ein momentanes Ausbeulen, womöglich nichts als ein Schattenwurf, aber regelmäßig, immer weiter ging es hin und her und hin und her, als drehte sich dort ein Mäuschen im Kreis, ich konnte kaum glauben, was ich sah, aber ich wollte es so gerne glauben, dass ich es am Ende tat. Ich war überwältigt. Wie konnte sie so unverschämt sein, so herrlich unverschämt, wortlos eine solche Einladung auszusprechen, denn nur als solche konnte ich es begreifen, ich war hingerissen, von ihrer Frechheit, ihrer Leidenschaft, ihrem Mut. Wie sonst sollten wir hier zwischen all den Menschen zusammenkommen als in einer solch heimlichen Übereinkunft, still, jeder für sich und doch so eng miteinander verbunden. Ich sah zurück in ihr Gesicht, nun verstand ich den entrückten Ausdruck ihrer Züge, und jetzt, im Wissen um das Geheimnis in ihrem Schlafsack, erregte mich das alles auf einmal, wie sie den Kopf zurückgeworfen hatte, wie der Mund ihr offen stand, wie sie atmete. Wie sie mich ansah unter ihren halb geschlossenen Lidern. Ich schluckte, ich nickte, ich konnte und wollte nicht anders, ich nahm die Einladung an. Ich fuhr selbst mit den Händen in meinen Schlafsack und fasste nach mir, ich verfiel in ihren Rhythmus, langsam und allmählich schneller, ich bewegte mich wie sie, wir sahen einander an, ohne etwas zu erkennen, ich starrte einfach hinüber und sah vor mir ihre schönen, unbeweglichen Augen, ich hörte ihren Atem und fühlte, wie sehr wir zueinander gehörten, immer stärker, wie wir durch unsere Decken hindurch ein einziges Ziel verfolgten, wie uns die Dunkelheit verband und unser Tun, wie unerheblich all das andere geworden war, die Schlafsäcke, unser Versteckspiel, die Nachbarn, unsere Zurückhaltung, und ich ließ es alles sein, gemeinsam mit ihr, und wurde lauter, alles war mir gleich und gut und gewaltig, und gerade als ich nicht mehr an mich halten konnte, richtete Birte sich drüben auf und fragte, ob alles klar sei bei mir, und ich erstarrte und wurde ganz still, ich hielt sogar den Atem an, und hörte wieder alles andere, die Geräusche des Windes in den Zelten, die Stille der Nacht, das Rascheln, als Birte sich wieder hinlegte, und ich hörte Anton, direkt vor mir, die leise schnarchte.

16

Was für eine Schande. Was für eine entsetzliche Peinlichkeit. Ich vergrub den Kopf in meinem Kissen, um nur nichts mehr zu sehen, nichts mehr hören zu müssen von dieser Welt da draußen. Von dieser hämischen, falschen, ungerechten Welt, die mich umgab wie die grinsenden Gesichter von Mitschülern im Kreis um einen herum, wenn man gestürzt ist, und der ich doch ausgeliefert war, als könnte niemand außer diesen kichernden Gestalten mir aufhelfen. Was, wenn sie es alle mitbekommen hatten, nur die eine nicht, die ich gemeint hatte? Ich wollte mich abschließen, verstecken, mein Schlafsack sollte zu einem Kokon werden, in dem ich mich verpuppen konnte, bis niemand mich mehr wiedererkannte in meiner neuen Gestalt. Meine einzige Rettung war jetzt, ganz still zu sein, um jeden einschlafen zu lassen, der Zeuge dieser Entsetzlichkeit geworden war, damit sie es als Einbildung abtaten und morgen beim Frühstück nicht darüber sprachen, erst recht nicht vor Anton. Ich musste so still sein, als sei ich längst nicht mehr hier, sondern aufgelöst und verschwunden, und nichts anderes wollte ich ja, ich wünschte mich weit weg, so weit, als könnte ich niemals hier gewesen sein, und war gleichzeitig gefangen in meiner Bewegungslosigkeit. Ich wollte, dass jemand mich mit sich fortnahm und wegtrug, ich musste schlucken gegen den großen, weichen Klumpen in meinem Hals und war doch viel zu erschrocken zum Weinen.

Ich steckte die Nase noch tiefer in mein Kissen, bis über die Ohren wollte ich darin versinken, um nur ja nicht mehr in dieser Welt zu sein. Doch es war nicht einmal ein Kissen, in das ich mich drückte, es war nichts als ein Anzug, und noch dazu mein eigener, ich würde mir niemals entkommen, so tief ich mich auch darin vergrub.

Mit der Wange lag ich auf dem Reißverschluss der Hose, ich fühlte die kleinen, scharfen Zähne, die sich in meine Haut drückten, ich fühlte den glatten, kalten Hosenknopf aus Horn. Ich war umgeben vom Geruch meiner Familie, meiner Vorfahren, ich bildete mir ein, sie alle riechen zu können, den Bratengeruch meines Onkels, das Leder seines in die Gesäßtasche geschobenen Portemonnaies, das Duftwasser der Tante, wie sie die Hose plättet, ich roch die jahrhundertealten Mottenkugeln im Erbschrank ebenso wie die Kaugummis meines Cousins, deren Einwickelpapier noch immer in den Vordertaschen steckte. Mir drangen Spuren von Rauch in die Nase, von den Selbstgedrehten des Cousins zu den geselligen Abenden meines Onkels mit ihren von Ernte-23-Stummeln überquellenden Aschenbechern, davor die Zigarren der Nachmittagsrunden bei den Großeltern und immer weiter zurück bis in die Zeit der Tabakspfeifen, zu den Kaminen und Herdstellen und endlich zum scharfen Qualm der Lagerfeuer glaubte ich mich durch den Rauch zurückkriechen zu können, ich roch es alles in diesem Anzug, jede Epoche hatte sich eingebrannt in seinen dunkelbraunen Stoff, als Erinnerung oder unmittelbar als Ansammlung von Schwebteilchen, ich glaubte jeden Moment erkennen zu können, an dem er getragen worden war, noch immer roch ich die Aufregung festlicher Anlässe ebenso heraus wie ihre Langeweile, die Spaziergänge nach Tisch, ich roch die Schuhcreme und die Klöße und den Staub.

Oder ich wollte es alles riechen, denn wenn ich ehrlich war, lag über alldem betäubend, unausweichlich und schwer der bekannte Geruch meines Vaters. Er verband die anderen Gerüche, er versammelte sie und färbte sie ein. Ich erkannte ihn zweifellos, noch nie war ich ihm so nahe gewesen wie jetzt. Alles war wieder da, in diesem Geruch, als würde ich ihn umarmen: wie ich mich als Kind an ihn gedrückt hatte, wie er sich nachts zu mir umdrehte, wenn ich ängstlich zu ihnen ins Schlafzimmer gelaufen kam, wie es im Bad roch, aus dem Haufen dreckiger Wäsche, all das fand ich wieder in diesem Moment in der Nacht und stellte erschrocken fest, dass es alles nichts anderes war als der schweißige, betäubende Dunst seines Unterleibs.

Ich hob den Kopf und schüttelte mich, als müsste ich etwas vertreiben. Dann drehte ich mich auf den Rücken und öffnete die Augen, ich sah die Nacht über mir zwischen den Zweigen der Bäume, die hellgrau und falsch angestrahlt wurden von den Laternen am Rande der Wiese. Ich sah die Ansammlung der Zelte, die jetzt ihre Farben verloren hatten, wie eine Geisterstadt ohne Geister. Ich sah hinüber auf die Matte neben mir, auf den dunklen Haufen aus Stoff, und es war nicht auszumachen, was sich darunter verbarg. Anton hatte sich tief in ihrem Schlafsack vergraben und am Ende noch die Kapuze zugezogen. Ich lehnte mich ganz nah heran und versuchte eine Spur ihres Geruchs zu erhaschen, aber nichts davon drang durch die Daunen zu mir heraus. Ich sagte, so leise ich konnte, »Anton«, ich wartete einen Moment und sagte es noch einmal, »Anton«, ich sagte sogar »Antonia«, aber sie rührte sich nicht.

Leiser als ein Flüstern fragte ich sie, ob sie das kenne, sich so alleine zu fühlen, dass kein Mensch etwas daran ändern könne und erst recht keine Menschenmenge. Ob sie das kenne, sich so sehr verloren zu haben, dass man gar nicht mehr glaube, etwas verloren zu haben, sondern nur noch verloren zu sein, sodass man sich gar nicht mehr auf die Suche nach sich selbst mache und nur noch reglos darauf warte, endlich gefunden zu werden. Ich fragte sie, was wir beide hier miteinander täten und wohin das mit uns führen solle, und dann fragte ich sie, was wir alle zusammen hier eigentlich täten und wohin das Ganze am Ende führe. Inmitten all dieser guten Menschen fühlte ich mich mit einem Mal überflüssig und nutzlos, jeder von ihnen war im Begriff, die Welt zu retten, und doch überfiel mich in diesem Moment die Einsicht, für immer in der schlechtesten aller denkbaren Welten gefangen zu sein, einfach weil es keine andere gab. Ich erwartete keine Antwort, weder von ihr, die mich nicht einmal hören konnte, noch von mir selbst, aber es tröstete mich, dass womöglich auch niemand sonst eine Antwort auf meine Fragen wusste. Und ein wenig tröstete es mich wohl auch, dass ich jemandem leid tat, auch wenn es am Ende nur ich selbst war.

Bevor ich einschlief, hörte ich noch, wie irgendwo jemand ein Geburtstagsständchen anstimmte. Es klang fröhlich und falsch und wurde auch nicht besser, als andere Stimmen dazustießen. Mein letzter Gedanke an diesem Tag: Jetzt bricht die Geisterstunde an, die Stunde der Gespenster. Was würden sie uns an diesem neuen Tag bringen, die Geister, die Fledermäuse, die guten und die bösen Feen? Ich hatte einen schlechten Geschmack auf der Zunge, und mein Mund war zu trocken, um ihn herunterzuschlucken. Mein Gesicht glühte, von der Sonne, von der Luft, von der Aufregung. Mir brannten die Lippen, das war das Letzte, was ich spürte.

Rückkehr

17

Es gibt den Tag der Hinfahrt und den Tag der Heimkehr. An dem einen bricht man auf, gespannt auf sein Ziel, man fährt ins Leere, Helle, Ungewisse, man breitet die Arme aus. Und dann gibt es den anderen Tag, an dem alles zu einem Abschluss kommt, an dem man Zelte abbricht, statt sie aufzubauen, an dem man für sich allein bleibt, in Gedanken, und anderen aus dem Wege geht. Es ist der Tag, an dem man die Arme vor der Brust verschränkt, zu Boden schaut, an dem man schweigt. Es gibt den Anfang und das Ende, wie es das Ein- und das Ausatmen gibt. Das eine ist Anspannung, das andere Erlösung. Es gibt Vorbereitung und Vollendung, es gibt den Tag des Zorns, und dann gibt es den Tag der Rache, und der erste der beiden war nun vorbei.

Als wir erwachten, war es hell. Selbst wenn wir nicht gleich wussten, wo wir waren. Es war nicht die Helligkeit eines neuen Tages, das Licht kam von den Seiten, während der Himmel über uns noch dunkel war. Ich schreckte hoch, geblendet, erschrocken, und rieb mir die Augen. Wo immer ich war, irgendetwas lief verblüffend schief, in meinem Kopf hob und senkte es sich, wie in einer alten Erinnerung. Die Kopfhaut klebte mir heiß und frierend am Schädel, wie nach dem Haarewaschen, und ich hatte Durst. Zwischen den Bäumen standen Einsatzfahrzeuge, an ihren ausgefahrenen Teleskopstangen hingen Fächer voller Scheinwerfer, einzelne, strahlende Blüten, und warfen ihr kaltes Licht durch die Zweige. Neben mir entdeckte ich die anderen, Kordel war von der Isomatte gerutscht und lag eingerollt und verschlungen im Gras. Dahinter Holger, die Hände über der Brust gefaltet, als würde er mit geschlossenen Augen beten. Anton stand noch immer der Mund offen, ich vermochte sie kaum anzusehen. Dann ein Räuspern, als würde die ganze Welt sich räuspern, jemand pustete von weit außen über uns her, und eine Stimme sagte aus der Höhe: »Hallo, hallo. Hier spricht die Polizei.« Ein Knacken, ein dumpfes, überlautes Schlucken, dann fuhr die Stimme fort: Bei der gestrigen Durchfahrt des Einsatzfahrzeugs hätten sich Unbekannte durch die hintere Tür Zugang zum Wageninneren verschafft und aus dem Ladebereich etwas entwendet. Das Lager werde geräumt, in fünf Minuten hätten wir uns vor dem Gasthaus einzufinden.

Sie hielten es nicht einmal für nötig, uns mitzuteilen, was genau sie vermissten. Wie sollten wir ihnen da beim Suchen helfen? Ich kniff die Augen zusammen und sah mich um: Das Zeltlager war von Polizisten umstellt, sie hatten ihre Plexiglasschilde vor sich aufgebaut, dicht an dicht, eine niedrige, durchsichtige Mauer, wie eine Theke, an der sie standen und warteten, einer klopfte mit seinem Schlagstock einen verträumten Takt auf den Rand wie gestern Abend Wolf mit den leeren Wasserflaschen, was mich gleich wieder durstig werden ließ, einige stützten ihre Arme darauf, manche hatten die Helme abgenommen. Sie hatten keine Angst vor uns.

»Kurz nach drei«, murmelte Anton und versuchte mit dem kleinen silbernen Stift vom Verschluss ihrer Armbanduhr in eines der Löcher zu treffen. Als das geschafft war, saß sie einfach da, die Hände im Schoß, sie starrte ins Leere und drehte wie von selbst am Rädchen der Uhr, um sie aufzuziehen, und zog sich selbst mit auf dabei. Ich dachte an unser Erlebnis heute Nacht und was daran wohl Einbildung gewesen war. Manchmal kniff sie die Augen zusammen, ich entdeckte ein paar Krümelchen Schlaf, die ihr noch in den Wimpern hingen, ihre Haare fielen ihr in dicken Strähnen über das Gesicht, sie sah schön aus. Mir wurde klar, dass ich noch nie neben ihr aufgewacht war. Als sie nicht aufhörte zu drehen, sah ich auf die Uhr in ihrem Schoß, sie musste versehentlich das Rädchen herausgezogen haben, mit jeder Drehung verstellte sie nur die Zeiger der Uhr, die in einem wilden Tanz über das Ziffernblatt sprangen.

Noch immer sprach die Stimme über uns dahin, sie zählte Straftatbestände auf, mögliche Konsequenzen, erläuterte den geplanten Ablauf und die Folgen, falls wir ihren Anordnungen nicht nachkommen würden, warnend, lockend, drängend wie ein Muezzin. Holger krabbelte aus dem Schlafsack, griff neben sich nach seinen Waschsachen und verschwand hinter dem Zelt. Ich schloss mich ihm an. Wir hatten diese komische Angewohnheit, eher gegeneinander zu leben als zusammen, aber in den Kleinigkeiten des Alltags blieben wir doch Geschwister. Und dass wir uns nach dem Aufstehen die Zähne putzen gingen, daran vermochte weder unsere Missgunst noch eine Hundertschaft Polizisten etwas zu ändern.

Ich erreichte ihn an einem Busch, gerade zog er sich die Unterhose wieder hoch. Die Anwesenheit anderer Menschen schien ihn nicht zu berühren. Ich ließ mir etwas von seiner Zahnpasta geben, und nebeneinander standen wir auf dem Rasen hinter dem Zelt, schweigend wie Männer, wie Kinder, wie irgendjemand. Wir putzten uns die Zähne wie an jedem anderen Tag, wie wir es gelernt hatten. Ich versuchte ohne die Hilfe unserer Sanduhr die zwei Minuten abzuschätzen. Nachdem ich bis sechzig gezählt hatte, huschte eine dunkel gekleidete Gestalt vorbei und flüsterte »Parole Ramona«, mir kam es vor wie Reste eines Traumes. Das Zahnfleisch tat mir weh, es war stumpf, wir hatten alle zu wenig getrunken. Ich hob den Kopf, um Ausschau nach Sternen zu halten, aber das Flutlicht war stärker, es blendete so sehr, dass noch die Schwärze des Himmels von seinem Glanz überstrahlt wurde. Wir spuckten trocken ins Gras und schlugen die Zahnbürsten ins Leere aus, in die dunkle Luft.

18

Birte hatte sich als Einzige gewehrt. Wir standen an der Ecke des Gasthauses zusammen, dicht gedrängt, ganz langsam hatte sich die Kette der Polizisten enger gezogen, um nach und nach ein Zelt nach dem anderen hinter sich zu lassen, als würde ein Landstrich erobert. An jedem neuen Hindernis verharrte die Reihe für einen Moment, bis sie sich kurz trennte, öffnete, zerriss, die beiden losen Enden strichen um das neu eingenommene Objekt herum, dicht an seinen Grenzen entlang, vorsichtig stiegen sie über Zeltleinen und vergaßen auch nicht, jedes Mal einen Blick ins Innere zu werfen, um zu prüfen, ob der Ort auch wirklich ganz von seinen Bewohnern aufgegeben war.

Und erst als wir selbst weggedrängt worden waren, hatte ich im Umdrehen bemerkt, dass hinter dieser Reihe eine zweite, langsamere folgte, die jedes Zelt genau kontrollierte, sie warfen die Taschen vor die Eingänge und leerten sie aus, man konnte meinen, sie suchten die verschwundenen Juwelen der Königin.

So hatte sich das Lager allmählich geleert, war überrollt worden vom Rest der Welt, der diese Andersartigkeit in ihrer Mitte nicht ertrug. Einer nach dem anderen waren wir hinausgedrängt worden, hierher, zum kleinen Durchlass in der Mauer, an der Ecke des Gasthauses, hinter dem die Busse standen, mit laufendem Motor.

Noch immer war es Nacht, noch immer stach das Licht der Scheinwerfer auf die Szene wie auf einen leeren Parkplatz, auf ein Spielfeld nach dem Spiel, auf ein Denkmal, das niemand mehr sah. Wir hatten unsere erste Schlacht verloren, sie hatten uns überrascht, und keiner von uns war beherzt genug gewesen für einen Gegenangriff, für ein Zeichen des Aufbegehrens, wir waren zu verblüfft gewesen, zu müde, zu unentschieden, ob dies noch Traum war oder schon Tag, sie hatten uns alle auf dem falschen Fuß erwischt.

Nur Birte hatte es zu einem Einspruch gebracht, obwohl auch der genau genommen nur gegen die Umstände zielte, nicht gegen die Tatsache unserer Vertreibung. Am Rande der Mauer, wo die Menschen sich drängten, war sie stehen geblieben, um einem anderen den Vortritt zu lassen, und der Polizist in ihrem Rücken hatte geglaubt, darin ein Zeichen des Widerstands zu erkennen, und sie so heftig geschubst, dass sie stolperte, gegen die Lederjacke ihres Vordermanns fiel und sich an den Nieten die Wange aufriss. Es war, wie ich erkannte, ausgerechnet der Ramona-Mann, den Holger und ich kurz vorher beim Zähneputzen getroffen hatten, seine Parole half ihm hier auch nicht mehr. Birte hatte sich die blutende Wunde gehalten und ihn angeschrien, was ihm einfalle, obwohl er gewiss der Letzte war, den eine Schuld traf.

Dann war es an uns, die Busse zu besteigen. Wir gingen von selbst, sie mussten uns nicht tragen. Einer nach dem anderen stiegen wir auf das kleine grüne Plastikhöckerchen, das sie vor den Eingang gestellt hatten. Innen ein schmaler Korridor, von dem die einzelnen Zellen abgingen, sie schlossen uns ein. Kritzeleien, oben ein schmales Fenster, das tatsächlich vergittert war. Wen wollten sie beeindrucken? Ich zog mich an der Wand hoch, um einen Blick hinauszuwerfen, aber alles, was ich aus dem spitzen Winkel hinunter auf die Straße zu sehen bekam, waren Hosenbeine, Stiefel, Reifenspuren, und bald schon konnte ich mich dort oben nicht länger halten. Ich nahm Platz auf der Bank, ich war erschöpft, ich hätte gern noch einen Schluck getrunken vor der Abfahrt. Meine aktuellen drei Wünsche wären Wasser, Schlaf und Ruhe gewesen, dafür hätte ich sogar morgen in der Schule auf unseren Heldenstatus verzichtet. Ich knöpfte meine Anzugjacke zu, das Nichtstun ließ mich frieren. Natürlich hatten wir für diesen zweiten Tag geeignetere Kleidung eingepackt, Trainingsjacken und feste Hosen, aber die lagen unberührt im Zelt. Als die Kette der Polizisten uns erreichte und sie mit ihren Schlagstöcken deutlich machten, wie eilig sie es hatten, waren wir einfach in die Sachen geschlüpft, die vom Vorabend noch neben uns lagen. Unsere Garderobe hatte seit dem Aufbruch am Vortag etwas an Glanz verloren, die Polizisten jedenfalls waren von unserem Aufzug nicht sonderlich beeindruckt gewesen.

Der Bus fuhr an, und schon warf es mich hin und her, es war ja nicht zu erkennen, wohin wir fuhren, wann eine Kurve kam, wann sie bremsten. Ich hockte auf meinem Sitz, den Oberkörper an die glatte, graue Sperrholzwand gepresst, nur mein Kopf pendelte bisweilen noch zur Seite, und ich wäre sicher bald eingeschlafen, wenn ich nicht auf einmal Bernds Stimme gehört hätte und die vertraute Melodie. Von den Seiten fielen jetzt die anderen mit ein, und auch ich erinnerte mich an meinen Part. Wieder sangen wir es erst einmal gemeinsam, bevor wir uns auf die einzelnen Stimmen verteilten, *Ich hatte viel*

Bekümmernis, es passte, auch wenn ursprünglich wohl andere Arten von Kümmernis gemeint gewesen waren, und obwohl immer mal einer von uns nicht weiterwusste oder einen Einsatz verpasste, klang es schön und stark und ermutigend. Ich hätte gern gewusst, wie es unseren Begleitern gefiel.

Wir fuhren, dann hielten wir an, fuhren weiter, um bald darauf wieder stehenzubleiben, man hörte den Fahrer sprechen, der sich über irgendetwas ärgerte, dann ging es erneut voran. In der Zelle war es dunkel. Wir fuhren jetzt langsamer als zu Beginn, wohl im Konvoi. Ich wunderte mich, wie oft wir abbogen und Schlenker machten, immerzu kippte ich zur Seite, als führen wir in Wellenlinien oder Schleifen, womöglich kam mir das auch nur so vor, weil es sonst keine Eindrücke gab und ich dem Schwanken ausgeliefert war. Ich saß da, als hätte man mir ein Tuch um die Augen gebunden, und drehte mich im Kreis, immer weiter, obwohl ich doch die Orientierung längst verloren hatte. Wo hatte ich das kürzlich schon einmal erlebt, dass immer neue Hände nach mir griffen und mich drehten, sie lachten, in meine Dunkelheit fragte jemand, wie viele Finger das seien, aber ich konnte ja nichts erkennen und nannte einfach irgendeine Zahl, und sie lachten wieder und knoteten das Tuch enger und drehten mich weiter, und als sie mir am Ende tatsächlich einen Löffel in die Hand drückten, hatte ich längst die Lust auf den Schatz verloren, man hatte ja bei den anderen schon gesehen, was es gab, und mir war längst so schlecht, dass mir der Sinn nicht mehr nach Süßigkeiten stand. Ich schlug ein paarmal ins Leere, in ihre Rufe hinein, warm und kalt, wärmer, heiß, sie widersprachen einander, aber ich wusste ja, dass sie alle beim Topf standen vor Aufregung, also kroch ich einfach auf ihre Stimmen zu, ich schlug selten und fest, in der Hoffnung, einmal einen von ihnen zu erwischen, und dann hörte ich unter meinem Schlag den metallenen Klang des Topfes und hatte es endlich geschafft, ich zog mir das Tuch vom Kopf und konnte wieder atmen, auch wenn es sich noch immer drehte in mir.

Nach einer ganzen Weile erst hielten wir an, ich war wohl etwas weggedämmert und hatte Mühe, wieder zur Besinnung zu kommen. Im Aufwachen nahm ich mir vor, bald einmal etwas für meinen Kreislauf zu tun. Im Fensterausschnitt sah ich, dass es inzwischen tatsächlich hell geworden war. Wieder hatte ich ein Kratzen im Hals, vielleicht vom Singen vorhin, von den hohen Tönen.

Sie ließen uns einfach aussteigen, sie hatten sich nicht einmal unsere Ausweise zeigen lassen. Die Luft war durchsichtig und leicht, es versprach ein heißer Tag zu werden. Der Himmel blendete, als wir hinaustraten auf den unbefestigten Straßenrand, obwohl die Sonne noch gar nicht aufgegangen war. Im Staub der abfahrenden Busse sahen wir uns um, wir waren die Einzigen, die herausgelassen worden waren, eine Busladung voll, auch wenn man bei dieser Art des Transports nicht auf große Passagierzahlen kam. Es fiel uns noch nicht einmal ein, durchzuzählen, wir standen jeder für sich am Straßenrand, nur Anton stand bei Birte, die noch losgelaufen war und sich vor den letzten Bus gestellt hatte, um überhaupt etwas zu tun, wie sie sagte, als sie zu uns zurückkam. Wir hatten von ihrer Aktion gar nichts mitbekommen. Der

Bus sei einfach ganz langsam und stetig auf sie zugefahren, bis ihr am Ende nichts anderes übrig geblieben war, als zur Seite zu springen.

Kordel war offensichtlich zu dünn angezogen für die Uhrzeit, sie war ganz blass und sah aus, als würde sie gleich weinen. Keiner sprach, aus irgendeinem Grund freuten wir uns kaum, wieder frei zu sein, wieder beieinander, als wäre es den kleinen Zellen im Gefängnisbus gelungen, uns tatsächlich zu trennen. Vielleicht schämten wir uns voreinander für das Erlebnis unserer Ohnmacht. Ich jedenfalls hätte mich gern gewaschen, aber das mochte auch daran liegen, dass ich mich wirklich nach Wasser sehnte.

Außer dem Vorschein der Morgenröte gab es keinen Hinweis, der uns bei der Orientierung hätte behilflich sein können. Eine trockene Heidelandschaft, von der schmalen Asphaltstraße durchzogen, auf deren Böschung wir standen. Einzelne Birken in ihrem grünen Laub. An den Seiten Waldränder aus Kiefern. Keine Menschen, nicht einmal Tiere, oder zumindest keine sichtbaren. In welchen Schöpfungstag hatten sie uns verbannt? Über uns vereinzelt rosafarbene Wolken, ohne Richtung auch sie. Hier half mir die ganze Vorbereitung nicht, das Lesen, die Landkarten, unser Wendlandspiel, so lange ich auch daran gesessen hatte. War das wirklich ich gewesen, der vor unserem Aufbruch behauptet hatte, hier weit und breit jeden Strauch und jeden Grashalm zu kennen? Hier draußen war das alles fort, ich stand inmitten einer unübersehbaren Menge von Sträuchern und Halmen und kannte keinen einzigen davon. Wir sahen zu Bernd hinüber, und er nickte einfach in die Richtung, aus der wir gekommen waren.

Erst beim Losgehen fiel uns auf, dass Wolf fehlte, nicht einmal beim Singen im Polizeibus hatte ihn jemand vermisst, und jetzt erinnerte sich Holger auch wieder, dass er schon beim Einstieg draußen geblieben war. Holger sagte, er habe noch gehört, wie sie Wolf am Eingang zurückhielten, und dann habe er selbst die hinterste Zelle bekommen. Mir an seiner Stelle hätte es ein furchtbar schlechtes Gewissen bereitet, nicht schon bei der Abfahrt protestiert zu haben. Er hätte ihnen klarmachen müssen, dass Wolf zu uns gehörte, dass sie ihn irgendwie mitzunehmen hatten. Wieder einmal schämte ich mich dafür, dass mein Bruder sich nicht selbst für seine Fehler schämte.

Holger musste etwas gemerkt haben, er sah mich böse und verständnislos an, wahrscheinlich einfach, weil ich ihn selbst böse und verständnislos ansah. Doch bevor wir uns streiten konnten, kam Bernd zu uns und klopfte Holger auf die Schulter, es sei klug gewesen, nichts zu verraten, und da verstand ich auf einmal, dass sie uns niemals gemeinsam hätten aussteigen lassen, wenn sie auf die Idee gekommen wären, wir könnten zusammengehören.

Holger grinste, ich hätte schwören können, dass es ihm selbst nicht klar gewesen war. Schon immer waren seine schönsten Triumphe die gewesen, für die er sich nicht hatte anstrengen müssen.

Gerade als wir uns auf den Weg machten, ging hinter dem Waldrand die Sonne auf. Wir liefen auf dem grasigen Seitenstreifen im Gänsemarsch hintereinander her, dabei hätten wir uns ebenso gut über die ganze Breite der Straße verteilen können, es sah nicht danach aus, dass hier noch einmal ein Fahrzeug entlangkäme. Und weil ich ganz hinten ging, sah ich sie alle vor mir, auch wenn Holgers Rücken mir die direkte Sicht verbarg. Doch die Sonne half mit, sie malte unsere wandernden Schattenrisse auf die Fahrbahn, schmal und lang gezogen stiefelten wir quer über die Straße hinweg, immer vorwärts, alle im gleichen Abstand voneinander: vorne Bernd, dann Kordel mit ihren beim Gehen wippenden Zöpfen, als Nächstes Birtes kleiner, dicker Schatten, gefolgt von Anton in der Samtlatzhose, aus der die dürren Knöchel herausragten, als liefe sie auf Stelzen, dahinter Holger, der beim Gehen immer etwas hüpfte, und am Ende unserer Reihe ich. Wir zogen über den Asphalt wie flache Schemen. Die Fortbewegung schien uns keine Mühe zu bereiten, wir glitten einfach dahin, ein Abbild unserer selbst, und niemand von uns wusste, dass es eine Welt jenseits der Straßenoberfläche gab, dass wir sechs schwarzen Geschöpfe nur die Arme in die Höhe hätten strecken müssen, zur Seite, um hinauszuspringen und frei zu sein. Ich versuchte mir auszumalen, was jeder von uns gerade dachte, aber es gelang mir nicht einmal bei mir selbst.

19

Es hatte dieses Spiel gegeben. Die Leute vom Gewaltfreien Training nannten es das Gerechtigkeitsspiel, und als wir die Regeln hörten, mussten wir lachen, aber nachher wurde es dann doch ernst. Sie zeigten uns den großen runden Tisch und baten uns, Platz zu nehmen. Als alle saßen, ging der Spielleiter mit einem Säckchen herum, aus dem jeder einen Zettel zog. Darauf standen die Namen der Kontinente, mit rotem Filzstift. Anton war Südamerika, ich Afrika, Birte Nordamerika, Kordel bekam Australien, was ich auch gerne gewesen wäre. Holger ärgerte sich, weil er Europa sein sollte, er hatte mal wieder nicht verstanden, worum es ging. Bernd zog den Warschauer Pakt und fing gleich an zu meckern, das sei gar kein Kontinent, aber der Spielleiter sagte, es sei trotzdem wichtig genug. Wolf bekam das restliche Asien. Als alle sich einigermaßen beruhigt hatten, ging der Spielleiter raus und kam mit einer riesigen Torte zurück, die er zwischen uns in die Mitte des Tisches stellte. Sie war dreistöckig und mit Schokoladenguss, in den Sahnetupfen auf der Oberseite steckten Erdbeeren. Mir fiel auf, dass ich lange nichts mehr gegessen hatte.

Wir sollten die Zettel umdrehen, und dort stand, wie viel jeder von der Torte bekam. Australien und Südamerika kriegten je ein Stück, wobei das südamerikanische etwas schmaler sein sollte als das australische. Dem Warschauer Pakt wurden zwei Stücke zugeteilt, von einem durfte Asien mal beißen. Als Birte ihren Zettel umdrehte, wurde sie rot und wollte nicht verraten, was draufstand, aber der Spielleiter sagte, das gehöre dazu, also räusperte sie sich und las vor, dass Nordamerika ein Drittel der Torte zustehe. Europa bekam den Rest, also immer noch ziemlich viel, und Holger wollte sich schon darauf stürzen, aber erst musste er zu Ende vorlesen, und da stand noch, er solle Afrika eine der Erdbeeren abgeben. Als ich sie mit den Fingern aus der Schlagsahne hob, merkte ich, dass es nur eine halbe war.

Der Spielleiter packte Teller, Gabeln und Servietten aus, außerdem ein langes Messer, mit dem er die Portionen zuteilte. Wir anderen saßen herum, und keiner sagte ein Wort. Als deutlich wurde, dass Birtes Anteil nicht auf einen Teller passte, schob Wolf ihr seinen hin, weil er ja ohnehin nur bei Bernd abbeißen durfte, und ich machte es ihm nach. Wozu für eine halbe Erdbeere noch Geschirr dreckig machen?

Man aß schweigend. Ich stützte das Kinn in die Hände, dabei ging es mir eigentlich gar nicht darum, zu zeigen, dass ich bereits fertig war. Ich wusste einfach nicht, was ich sonst machen sollte. Es sah lecker aus, ich merkte, dass auch Anton, als sie ihr Stück aufgegessen hatte, zu den anderen hinüberschaute. Holger aß direkt von der Kuchenplatte, Birte saß über ihre Stücke gebeugt und kämpfte beharrlich, der Gedanke, dass sie ja gar nicht alles selbst essen mussten, schien ihnen nicht zu kommen. Irgendwann machte Birte eine kleine Pause und sah zu uns auf, mit so einem Schulterzucken und hochgezogenen Augenbrauen, als stehe es außer Frage, dass sie zu bemitleiden war. Dann wischte sie sich den Mund ab und aß weiter.

Es ist mir nachher nie mehr gelungen, Birte anzuschauen, ohne an dieses Bild zu denken, wie sie noch kauend die Hand zum Mund führt, um ein Aufstoßen zu verbergen, ihre kleinen, innen liegenden Augen wurden ein bisschen glasig dabei, sie atmete tief ein und stach dann die Gabel ins nächste Stück.

Anschließend sollten wir der Reihe nach von unseren Erlebnissen während des Spiels berichten, und ich hatte mir sogar schon etwas zurechtgelegt über Ohnmacht und Wut und was es mit einem macht, auch in Richtung Gewalt. Aber dann war direkt vor mir Holger dran gewesen und hatte gesagt, es habe ihm durchaus gefallen, mal zu den Reichen zu gehören, und dabei hatte er so zu Birte rübergelacht, die den Kopf senkte, damit man nicht sah, dass sie grinsen musste. Also sagte ich nur, es sei mal eine ganz interessante Erfahrung gewesen.

Das Spiel bildete den Abschluss des Gewaltfreien Trainings, und wenn es der Höhepunkt gewesen sein sollte, war er ziemlich missglückt. Wir haben an dem Tag alle nicht mehr viel miteinander geredet. Abends im Bett stellte ich mir vor, Anton sei bei mir. Ich malte mir aus, dicht hinter ihr zu liegen, ganz ruhig und fast ohne zu atmen, meine Knie in ihren Kniekehlen, fast stieße ich an ihren Po, und erst im Einschlafen fiele mir auf, dass wir noch immer unsere Kontinente waren. Wir lägen da wie Afrika und Südamerika, dicht aneinander, wie vor der Kontinentalverschiebung, und da machte auch ich meinen Frieden mit der ganzen Sache.

20

Anton fand den roten Punkt als Erste, er war schon ganz verblasst von all den Fingern, die darauf getippt hatten. Und jetzt kamen unsere Finger noch hinzu, dicht gedrängt standen wir vor der Wanderkarte. Der kleine rote Punkt lag im Nirgendwo am linken Kartenrand, der Überzug aus Plastik hatte sich gelöst und Regenwasser hineingelassen, das nun an dieser Stelle kondensierte, als liege ein Dunstschleier über der Gegend, auch wenn davon am Himmel über uns nichts zu sehen war. Als wir die Karte genauer betrachteten, stellten wir fest, nicht ganz im Nirgendwo gelandet zu sein, immerhin markierte der Punkt den Ort, an dem die grün gestrichelte Rundlingsdorf-Tour den blau durchgezogenen Fernwanderweg Ostsee–Adria kreuzte. Holger dachte laut über die Möglichkeit nach, unsere Pläne noch zu ändern, es entbrannte ein kurzer Streit, ob wir uns eher Richtung Ostsee oder zur Adria aufmachen sollten.

Mir war weniger zum Lachen zumute als den anderen. Auf der gesamten Karte hatte ich keine größere Straße entdeckt, und selbst wenn sich direkt hinter ihren Rändern die Möglichkeit ergeben sollte, per Anhalter wegzukommen, war mir nach einem Blick auf den Kartenmaßstab klar geworden, dass wir bis dahin ein ganzes Stück unterwegs sein würden. Ob die nächste Bundesstraße aber auf dem Weg zur Ostsee oder zur Adria auf uns wartete, war reine Glückssache. Ich bückte mich, um mir die Schuhe fester zu knoten.

Anfangs war es nichts als ein roter Punkt, in der gleichen Farbe wie der Punkt auf der Karte, als hätte er einen Ausflug gemacht und kehrte nun zurück. Ich hätte sie gar nicht so schnell erkannt. Als ich mich wieder erhoben hatte und ein bisschen an der Wanderkarte lehnte, weil mir vom plötzlichen Aufstehen schwindelig geworden war, kam er aus der Ferne heran. Bernd sprach gerade über Wassertemperaturen, es ging wohl immer noch um die Adria.

»Schaut mal«, unterbrach ihn Anton, »da kommen unsere Engel.«

Als sie uns entdeckten, stellten sie das Blaulicht an. Es sah tatsächlich aus, als würden sie fliegen. Sie fuhren in Schlangenlinien über die Straße, ich fürchtete schon, der Wagen würde jeden Moment zur Seite kippen. Sie spielten mit der Lichthupe und winkten, aufgekratzt, als käme ein Hund herangelaufen, um an seinem Herrchen hochzuspringen. Zumindest schienen sie Spaß zu haben.

Ohne zu blinken, bogen sie zu uns auf den Wanderparkplatz. Thorsten mit dem Schnurrbart saß am Steuer, Hauke hockte im Korb der Leiter, und auch wenn sie nicht ausgefahren war, sondern flach in der Halterung lag, war das sicher nicht erlaubt. Er hielt seine Feuerwehrmütze mit den Händen fest und grinste zu uns herunter. Dirk saß auf der Beifahrerseite. Noch bevor der Wagen zum Stehen gekommen war, öffnete er die Tür und sprang heraus. Er hielt eine völlig zerknitterte Landkarte in der Hand.

»Was macht ihr denn hier?«, fragte er.

»Dreimal darfst du raten«, sagte Bernd. »Wir spielen Katz und Maus.«

»Sieht eher so aus, als spielten die das mit euch.«

»Kann sein. Und was macht ihr?«

Statt einer Antwort tippte Dirk auf die Beifahrertür, wo das Wappen der Güldener Feuerwehr aufgemalt war. Es glänzte in der Morgensonne. Ringsherum standen in silberner Schreibschrift die vier Aufgaben, wie er sie uns beigebracht hatte: *Retten. Löschen. Bergen. Schützen.* Sein Finger zeigte auf die erste von ihnen.

»Wie habt ihr uns gefunden?«

Wir hatten uns alle in die Fahrerkabine gequetscht. Die Fenster waren heruntergedreht, wir mussten schreien, um uns verständlich zu machen. Dirk hatte zwei Notsitze ausgeklappt, in seinen blauen Shorts und den Hausschuhen sah er aus wie ein Bademeister. Bernd hatte Kordel auf den Schoß genommen, Birte saß auf Holger, der unter ihr keinen besonders glücklichen Eindruck machte. Anton und ich hockten dicht aneinandergedrückt im Fußraum. Nur Hauke war wieder hinauf in seinen Korb geklettert. Dirk fächelte sich mit der Landkarte Luft zu wie eine Opernbesucherin, wenn es auf der Bühne zur Sache ging.

Sie seien uns einfach hinterhergefahren. Dirk erklärte, sein Schlafzimmerfenster gehe hinaus auf die Hauptstraße, und irgendwann sei es seinem Unterbewusstsein nicht mehr gelungen, die Lautsprecherstimme und das bis an die Zimmerdecke blitzende Blaulicht der wartenden Polizeibusse in seine Träume einzubauen. Noch im Schlafanzug setzte er die kurze Telefonkette der Freiwilligen Feuerwehr Gülden in Gang, und obwohl es bei genauerer Betrachtung Mängel am Sitz ihrer Uniformen gegeben habe, hätten sich die beiden anderen Mannschaftsteile kaum zwei Minuten später abfahrbereit vor dem Tor des Spritzenhauses eingefunden. Thorsten am Steuer fing an zu lachen, im Gegensatz zu ihm hätten sie es immerhin geschafft, aus der Schlafanzughose herauszukommen, worauf Dirk sagte, er sei für die Mobilmachung verantwortlich gewesen, da könne man nicht auf jedes Detail achten. Dann fuhr er fort, nach einer Weile habe sich der Konvoi geteilt, und zunächst hätten sie sich an den falschen Teil gehängt. Am Ende, als sie merkten, dass wir zu keiner der dort freigelassenen Gruppen gehörten, seien sie wieder umgedreht und in dieser Richtung kreuz und quer gefahren, bis sie uns auf dem Wanderparkplatz entdeckt hätten. Von seinem Rücksitz aus ernannte Holger sie alle zu Helden des Widerstands, seine Stimme klang ein bisschen gepresst, was wohl an seiner Sitzposition lag. Dirk ließ die Ehrung unkommentiert.

Wir schwiegen alle für einen Moment. Es war heiß im Wagen, Anton kauerte sich neben mir unter das Handschuhfach, dessen Kante auch ihr in den Rücken drücken musste. Sie hatte den Kopf auf die Knie gelegt, die Finger unter dem Kinn verschränkt wie im Gebet. Ihre Schulter war an meine gepresst, ich spürte, dass sie ebenso schwitzte wie ich, es fehlte nicht viel, und wir würden beide miteinander verschmelzen. Vor mir leuchteten Dirks weiße Knie. Wenn der Wagen beschleunigte, wurde ich gegen seine behaarten Beine gedrückt, und jedes Mal, wenn ich mich wieder von ihnen löste, wischte er sich die Unterschenkel ab. Im Ausschnitt des Fensters flogen die Schatten der Alleebäume vorbei und liefen über Antons Gesicht und über meines wohl auch.

Ich räusperte mich und rief in den Lärm des Fahrerraums hinein: »Ich müsste dann mal an das Wasser.«

Dirk sah zu mir herunter, als hätte er mich noch gar nicht bemerkt. »Wasser? Welches Wasser?«

»Einfach Wasser. Löscht das Feuer, löscht den Durst. Habt ihr nichts dabei?«

»Warum sollten wir?«

»Aber … wir sind doch bei der Feuerwehr. Ist hinten nicht alles voll damit?« Um ehrlich zu sein, war das mein erster Gedanke gewesen, als ich das Fahrzeug hatte herankommen sehen.

»Du glaubst im Ernst, wir fahren hier mit einem gefüllten Löschwassertank durch die Gegend, um nach euch zu suchen? Da gehen fünfhundert Liter rein, das wiegt eine halbe Tonne. Der ist nie voll.«

»Womit löscht ihr denn sonst?«, fragte Birte und stützte sich auf die Lehne des Fahrersitzes.

Thorsten drehte sich zu ihr um. »Wenn es hier draußen mal brennt, brauchen wir sowieso mehr. Die Heckpumpe da hinten knallt tausendfünfhundert Liter die Minute, da kommen wir mit Bordmitteln nicht lange hin. Das tröpfelt ein paar Sekunden, dann ist es vorbei, davon lässt sich ein richtiges Feuer nicht stören. Nee, wir gehen irgendwo an einen Löschteich und jagen es raus. Das rauscht hier einfach durch. Für den kleinen Brand im Aschenbecher haben wir immer sechzig Liter Schaummittel griffbereit.«

Ich versuchte zu schlucken, aber mein Gaumen war zu trocken. »Können wir denn irgendwo mal anhalten?«

»Es ist Sonntag, Bruder. Um die Uhrzeit kriegst du am leichtesten was zu trinken, wenn du dich beim Abendmahl anstellst. Aber wir schauen mal, ob irgendwo was offen hat.«

Er beugte sich hinunter und schaltete das Radio ein, offensichtlich war er das Gespräch leid. Er drehte eine Weile am Frequenzregler, und weil er dabei nur ab und zu auf die Straße schaute, griff irgendwann Dirk hinüber und hielt für ihn das breite, schwarze Lenkrad. Er saß ganz still und schaute durch die Windschutzscheibe hinaus, traumverloren, die Finger seiner linken Hand lagen ruhig in den Vertiefungen des Lenkrads, als umschlössen sie die Knöchelchen einer anderen Hand. Es war eine kleine, freundliche Geste, Thorsten reagierte nicht einmal darauf, sie konnten sich aufeinander verlassen. Es sah aus, als hätten sie nie etwas anderes gemacht.

21

»Einen schönen Tag, verehrte Hörerinnen und Hörer. Sie haben das Radio Wendland eingeschaltet, Sie machen sich strafbar damit. Wir haben heute wieder einmal das Vergnügen, zu jeder vollen Stunde Nachrichten aus dem Landkreis zu senden, mit Informationen zu geplanten Blockaden, mit freundlichen Hinweisen auf bevorstehende Polizeiaktionen, mit belebender Musik. Auch wir machen uns damit strafbar, das verbindet uns. Wir senden, solange wir können. Drücken Sie uns die Daumen, dass niemand uns findet. Sollten Sie irgendwo hinter einem Busch auf ein kleines Paket stoßen, mit Kassettenrekorder, Kabeln und allerlei technischem Gerät: Das ist keine Bombe. Das sind wir. Einfach lächeln und weiterschlendern. Und wenn Sie heute an einem Peilwagen der Bundespost vorbeikommen – immer schön grüßen, die Herren machen auch nur ihren Job. Und sie haben es nicht immer leicht dabei, dafür sorgen wir schon.«

Man hörte, dass der Sprecher das nicht jeden Tag machte. Er gab sich Mühe, geschmeidig zu klingen, heiter zugewandt, mit der augenzwinkernden Gelassenheit eines Conférenciers, dabei las er seinen Text offensichtlich ab. Und seine Stimme war längst nicht so beschwörend, wie er vorgab, manchmal brach sie vor Aufregung. Aber er hatte sein Vergnügen und war unüberhörbar stolz auf sich, also waren wir es auch.

Während er noch sprach, wurden im Hintergrund die ersten Takte von »Riders on the Storm« hochgefahren, und gerade als wir mitzuwippen begannen, wurde es noch einmal leiser, und in fast zärtlichem Flüsterton setzte er nach: »Wir strahlen aus, damit der Landkreis nicht strahlt.« Schon kehrte die Musik zurück, und im selben Moment begann Jim Morrison mit seinem düsteren Gesang. Es war unglaublich, sie machten Radio, um das System zu bekämpfen, und moderierten ihre Sendung wie der Ansager eines Autoskooters. Auf einmal verstand ich, was es hieß, jemanden mit seinen eigenen Waffen zu schlagen.

Dirk drehte das Radio lauter, und alle sangen mit, auch ich, obwohl ich mit dem Text ein wenig hinterherhinkte. Bei »Girl, you gotta love your man« wandte ich mich zu Anton um, sie lachte beim Singen, und ihre Augen leuchteten. Die Hände hatte sie zu Fäusten geballt und trommelte damit den Takt, auf dem Sitzbezug, auf dem Schaltknüppel, auf Dirks nackten Knien. Thorsten fing wieder an, Schlangenlinien zu fahren, in jeder Kurve knallten Anton und ich gegeneinander, und ohne dass es mich wirklich störte, wurde mir ein bisschen übel dabei.

In der Nähe von Tespe stieg Birte aus. Sie wollte sich auf die Suche nach Wolf machen, um gemeinsam mit ihm nach Gülden zu kommen, wo wir schon einmal das Zelt abbauen und die Sachen packen sollten, damit wir uns anschließend alle zusammen wie geplant ans Blockieren machen könnten. Es hatte einen kleinen Streit gegeben, ob es klug sei, sich noch weiter aufzuteilen. Dirk war dagegen gewesen, und auch ich hielt es für keine wirklich sichere Lösung, andererseits hätte Wolf, selbst wenn wir ihn gefunden hätten, beim besten Willen nicht mehr in die Fahrerkabine gepasst. Außerdem hatte Kordel es eilig, nach Gülden zu kommen, um ihre Kontaktlinsen zu suchen, die sie im Zelt vergessen hatte, ihr sei schon ganz schwindelig. Birte war nicht davon abzubringen, Wolf eigenhändig beizustehen – vielleicht hatten wir irgendetwas zwischen den beiden nicht mitbekommen.

Noch immer war es früh am Morgen. Unser kleiner Ausflug hatte so zeitig begonnen, dass wir unserem Tagesprogramm kaum hinterherhinkten. Wäre alles nach Plan gelaufen, säßen wir wahrscheinlich gerade erst beim Frühstück. In meiner Vorstellung sah ich uns nach einer langen, friedlichen Nacht in unsere Schlafsäcke gewickelt vorm Zelt hocken und mit verstrubbelten Haaren stumm etwas Heißes trinken. Und dass ich für einen Moment neidisch auf dieses Bild von uns war, auf diese andere Möglichkeit unserer selbst, obwohl dort auf der Wiese in Wahrheit doch niemand saß, schob ich einfach auf meine tiefe Müdigkeit.

Und ehe es mir noch gelang, an etwas Belangloses zu denken, hatte mein vorgestelltes anderes Ich dort vorm Zelt die Sache schon in die Hand genommen. Ich kannte ihn, er war groß darin, Sachen in die Hand zu nehmen, Initiative zu zeigen und Verantwortung, größer jedenfalls, als ich es war. Er vereinigte so viele gute Eigenschaften in sich, dass es einem unheimlich werden konnte. Er war beweglicher, aufmerksamer, antrittsschneller als ich selbst, er war, man konnte es nicht anders nennen, lebendiger. Mein Mut war ein Mut des Gedankens. Sein Mut war einer der Tat, schon weil Gedanken ihm fremd waren. Eben noch hatten wir in meiner Vorstellung vorm Zelt gestanden und mit dem Abbau begonnen, die anderen hatten Taschen zum Wagen getragen, während er bereits die Metallheringe aus der trockenen Erde zog, da war ihm durch die Zweige der Bäume am Waldrand hindurch etwas aufgefallen, ein Glanz nur, ein Schimmer, aber es reichte aus, ihn in Alarmbereitschaft zu versetzen. Er erkannte die Farbe wieder, das Orange der Castorbehälter, er wusste Bescheid. Und statt sich, wie jeder andere es getan hätte, mit seinen Vertrauten zu besprechen, stürzte er einfach los.

Er musste erkannt haben, instinktiv, dass zum Reden keine Zeit blieb, und zum Denken erst recht nicht. Er rannte einfach hinauf zum Waldrand, über die Felder auf die Straße zu, auf der nun der Castor zwischen den Bäumen hervorkam, eskortiert von einigen unwirklich langsam dahingleitenden Polizeifahrzeugen. Auch der Tieflader fuhr nicht schnell, aber bis zum Waldrand war es weit, ich sah die Gestalt über die Ackerfurchen stolpern, langsam und klein und verletzlich im Vergleich zu dem gepanzerten Behälter. Und jetzt erst begriffen wir anderen es und riefen uns zusammen: Sie hatten tatsächlich den Castor auf den Weg gebracht, obwohl dies doch nur der Tag der Übung sein sollte, unser Test für den ersten Transport, sie hatten einfach ernst gemacht, um uns zu verhöhnen, zum Beweis, dass sie keine Angst vor unseren Spielchen hatten.

Wir hatten uns in einer Reihe hinter dem Mäuerchen aufgestellt und sahen hinüber, wo mein anderes Ich nun neben dem Gefährt entlanglief, das mit seinen vielen kleinen Rädern an einen Spielzeugtausendfüßler erinnerte, wie Kinder ihn hinter sich herziehen. Wir sahen ihn nach einer der Streben des Tiefladers greifen und sich hinaufziehen auf die Plattform, die den Castorbehälter trug. Er stand direkt an der Außenhaut, wir hatten gelernt, dass der Mantel einen Teil der Strahlen zurückhielt, nicht jedoch die gefährlichen Neutronen, wir kannten die Diskussion über die relative Wirkung einzelner Strahlungsarten, und auch wenn die Faktoren zum Berechnen erlaubter Mengen Gegenstand ideologischer Grabenkämpfe waren, wussten wir doch alle, dass er dort oben in kürzester Zeit seine Jahresdosis erreichen würde. Selbst die Polizisten in den Begleitfahrzeugen wurden regelmäßig ausgetauscht, obwohl sie einen viel größeren Abstand zum Behälter hielten.

Wir sahen ihn zögern, er wusste, dass sie ihn entdeckt haben mussten, er wollte etwas unternehmen, bevor sie bei ihm wären. Schon bremste das vordere Begleitfahrzeug und hielt an, über Funk vom hinteren verständigt, und während wir noch überlegten, was er tun könne, allein gegen die Maschine und ihre Bewacher, sahen wir den kleinen weißen Beutel in seiner Hand, in dem er eben noch die Zeltheringe gesammelt hatte. Einen von ihnen nahm er heraus, zusammen mit dem Gummihammer, er beugte sich hinunter und trieb mit wenigen Schlägen einen der Eisenstifte in den Sicherheitsmantel des Reifens, wir glaubten zu hören, wie der erste Schlauch mit einem jämmerlichen Seufzen seine Luft verlor, und nachdem er sich auf dem Rand der kleinen Plattform weitergehangelt hatte, auch der zweite, und dann der dritte und immer so fort, bis der ganze Tieflader zur Seite gesunken war und eingeknickt und schief verharrte, wie im Schmerz.

So sahen unsere Träume aus. Ich stellte mir vor, das alles geschehe tatsächlich, ich malte mir aus, wie ich zurückkäme zu den anderen, während hinter mir die Polizisten und die Wachmannschaften zusammenliefen, um sich ein Bild von dem Unglück zu machen. Ich würde ganz langsam über das Feld zurückgehen, den weißen Beutel in der Hand, vielleicht würde ich ein bisschen mit ihm schlenkern, damit es alles noch leichter aussah, vielleicht würde ich hinaufsehen in den Himmel, aus Dank und weil man das so tat, berstend vor Stolz.

Ich machte das manchmal, mir solche Heldengeschichten ausdenken, aber mit der Wirklichkeit hatten sie kaum etwas zu tun. Anton stieß mich in die Seite, ich nahm den Kopf von den Knien und sah auf. Wir hatten angehalten.

22

Ob wir bitte einmal schauen wollten? Dirk sah sich in der Fahrerkabine um und tippte Kordel auf die Schulter, die sich zum falschen Fenster hinuntergebeugt hatte. Was wir dort draußen sähen, sei das Schiffshebewerk Scharnebeck, ein Wunder der Ingenieurskunst. Achtunddreißig Meter Hubhöhe, hundert Meter nutzbare Troglänge, zum Zeitpunkt seiner Errichtung das größte Schiffshebewerk weltweit.

Ich war beeindruckt. Von Superlativen ließ ich mich leicht beeindrucken, auch wenn ich bis eben nicht einmal gewusst hatte, was ein Schiffshebewerk überhaupt tat. Wenn ich ehrlich war, wusste ich es noch immer nicht. Zum Glück gab es Dirk.

»Ein Schiffshebewerk hebt, wie schon der Name verrät, Schiffe. Der Kanal überwindet hier eine Stufe runter zur Elbe, da wäre man mit Schleusen nicht weitergekommen. Wir mussten sowieso irgendwo übers Wasser, da dachte ich, ihr könnt ruhig mal einen Blick darauf werfen.«

Er beugte sich über Anton hinweg zur Beifahrertür und ließ sie so schwungvoll aufspringen, dass wir fast hinausgefallen wären. Anton und ich kletterten ins Freie und streckten uns erst einmal. Als Bernd hinter Kordel herauskam, machte er sogar ein paar Sprünge in die Luft, zum Lockern seiner Glieder oder aus Freude über die Befreiung von der Last auf seinen Knien. Für einen Moment torkelten wir alle ein bisschen durcheinander, geblendet und benommen, dann rief Dirk uns an der Aussichtsplattform zusammen.

Was wir sahen, war Beton. Hohe, graue Türme, die seitlichen Wände waren in Gitter unterteilt, lauter kleine Fenster, durch die man hindurchschauen konnte ins Leere. Auf den ersten Blick sah es aus wie sozialer Wohnbau, nur dass niemand darin wohnte. Am Fuße der Türme stand das Wasser des Kanals, eben fuhr ein Frachter hinein. Langsam glitten die Torflügel durchs Wasser aufeinander zu und schlossen sich hinter ihm, ohne ein Geräusch.

Dann löste sich etwas in dem Bild, es ruckte, vor unseren Augen begann sich all das in die Luft zu heben, der Trog, das Wasser und mit ihnen das Schiff, während sich auf der gegenüberliegenden Seite ein ebensolcher Kasten zu senken begann. Es sah leicht aus, unangestrengt, als wäre jeder von uns in der Lage gewesen, es mit eigenen Händen in Bewegung zu versetzen. Jetzt glitt das Schiff an uns vorbei, hinauf, dem Himmel entgegen, so selbstverständlich, als gäbe es für Schiffe keine andere Richtung. Schon verschwand die Reling hinter der Kante des Trogs, dann die Aufbauten, die blaue Flagge am Heck, und dann war nur noch die dunkle Unterseite zu sehen, der flache Kiel eines fliegenden Schiffes. Überall sammelte sich das Wasser und lief in kleinen Rinnsalen herab, die hin und her sprangen, unberechenbar und launisch wie ein Rudel kleiner Tiere, wie Guerillakämpfer, wie wir selbst, wenn wir endlich einmal zur Tat schreiten würden. Es rauschte und tropfte und glitzerte im Sonnenlicht, längst war die Luft wieder warm geworden, man hätte sich darunterstellen mögen, hinabspringen ins Wasser, es austrinken, aber dann beugte ich mich vor und schaute in die Tiefe und sah, dass dort unten gar kein Kanal mehr war, nur ein leeres Becken, modrig und feucht, mehr gab es dort nicht. Sie hatten einfach ein Stück Wasserstraße herausgenommen, einen einzelnen Happen, und nichts zurückgelassen.

Während die anderen noch der nächsten Fahrt zuschauten, stiegen Anton und ich auf der anderen Seite der Tore hinunter zum Wasser, wo sich der Kanal verbreiterte. Hier war es völlig still, tatsächlich geschah das Heben der Schiffe fast lautlos. Wir stützten die Arme aufs Metallgeländer und schauten hinab, als gäbe es in dem Kanal etwas zu sehen. Er lag ganz ruhig unter uns, der Himmel spiegelte sich darin, sodass das Wasser leuchtend hell erschien, obwohl ich ja wusste, wie dunkel es in Wirklichkeit war. Einzelne hoch aufgetürmte Wolken zogen darin vorüber, durch ein helles, leuchtendes Blau, vielleicht würde sich die Hitze heute noch entladen. Mir war, als stünde ich auf dem Kopf und blickte im Hinunterschauen hinauf in die Luft, mir verschwammen die Entfernungen. In welche Höhen hätte es mich, wäre ich hinabgesprungen, hinaufgetragen? Zu kleinen Flocken zusammengeballt trieben Birkenpollen auf dem Wasser, wie Einschlüsse, wie Fehler, daran hielt ich mich fest.

Am gegenüberliegenden Ufer lag ein weißes Motorboot, ein Mann stand mit freiem Oberkörper an der Reling und rauchte, dann und wann zog er an seiner Zigarette und stieß einige Rauchkringel aus, die rasch und spurlos in der Luft verwehten. Sein Bauch wölbte sich weit über den Bund der Sporthose, sicherlich wog er so viel wie wir beide zusammen. Auch er schaute zu uns herüber oder ins Leere, und vielleicht gehörte auch er zu den Spiegelbildern, die es hier gab. Er sah nicht aus, als habe er Eile, seine Passage anzutreten.

Ich hob die Hand, um ihn zu grüßen, aber von der anderen Seite kam nichts zurück, weder ein Gegengruß noch überhaupt ein Zeichen, dass er meine Geste wahrnahm. Und während ich mich vorher nur locker mit ihm verbunden gefühlt hatte, durch den Zufall unseres Hierseins, kam es mir nun so vor, als stünde er dort drüben bereit und warte auf irgendetwas, das unweigerlich eintreten müsste, sodass er ebenso gut in aller Ruhe ausharren konnte, bis es von selbst geschah. Ohne dass ich es wollte, verwandelte sich die ziellose Lässigkeit seines Nichtstuns in ein Abwarten, bekam eine Richtung, eine Absicht, und wieder einmal bezog ich das alles nur auf mich selbst. Womöglich hatte er da drüben einfach die Augen geschlossen und sonnte sich, ich konnte es ja nicht wirklich erkennen. Dann hob er doch noch den Arm, langsam, ein wenig, aber nur, um seine Zigarettenkippe ins Wasser zu schnipsen. Schon ließ er die Hand wieder sinken, legte sie zurück auf die Reling und blieb so stehen, ohne sich weiter zu rühren. Und auch die Ringe, die sich um den kleinen, tanzenden Stummel auf der himmelblauen Oberfläche des Wassers ausbreiteten, verloren sich ohne jede Spur.

Dirk pfiff uns zurück zum Wagen, wir zwängten uns in die warme Kabine und fuhren weiter. Thorsten schob eine Kassette ein, Bay City Rollers, mir war alles recht. Ich schloss die Augen und legte die Stirn an den Aschenbecher in der Mittelkonsole, ich stellte mir vor, es sei Antons Schulter. Wir hatten alle entschieden zu wenig Schlaf gekriegt.

23

In Dahlenburg machten wir halt, um an einer Tankstelle Getränke zu besorgen, aber sie hatte geschlossen. Wir rüttelten an allen Türen, wenigstens an einen Wasserhahn mussten sie einen doch lassen, aber es war alles verschlossen. Bernd zog den Zapfhahn aus der Dieselsäule und zielte damit in die Luft, er plante wohl einen Überfall. In seinem Rücken griff Holger nach dem Füllstutzen vom Superbenzin und schlich sich gebückt an Bernd heran. Als er bei ihm war, sprang er auf, hielt ihm den Lauf seiner Waffe an den Rücken und knurrte: »Hände hoch!« Ich konnte nicht erkennen, ob er mit dem verschmierten Ende wirklich Bernds Anzugjacke berührte, aber es hätte mich nicht gewundert. Bernd jedenfalls schnellte herum, ob im Spiel oder aus echtem Schreck, war nicht zu erkennen. Es kam zu einem kurzen Gerangel, doch bevor die beiden sich gegenseitig zerfleischten, entschieden wir anderen auf ein Duell nach alter Art. Holger und Bernd willigten ein, verzichteten aus Trotz aber auf Sekundanten.

Feierlich zogen sie ihre Jacken aus und warfen sie über das Gitter zum Ausklopfen der Fußmatten, dann traten sie mit grimmiger Entschlossenheit gegeneinander an, Auge in Auge. An ihren dicken, blauen Plastikschläuchen sahen sie aus wie ferngesteuerte Spielzeugkrieger. Anfangs waren es noch einzelne Schüsse, die sie aufeinander abgaben, anschließend bliesen sie in siegesgewisser Ruhe den Rauch von der Mündung ihrer Waffen. Als aber beide Gegner wiederholt ihre Unverwundbarkeit unter Beweis gestellt hatten, stellten sie um auf Serienfeuer und gaben bald schon ganze Salven ab, denen der andere nur durch einen beherzten Sprung zur Seite entkam, um schon im Abrollen seinerseits erneut den Gegner ins Visier zu nehmen. Doch alle Kugeln verfehlten ihr Ziel, und irgendwann entschied Bernd, dass sein Magazin leer geschossen sei, ein-, zweimal noch betätigte er den Abzug, mit einem verwunderten, erschrockenen Gesichtsausdruck, wozu er leise »Krrk, krrk« machte, dann aber zögerte er nicht, sich aus Zapfhahn und Schlauch einen Bogen zu fertigen, von dem er eine ganze Serie Pfeile auf Holger abschoss, der inzwischen dazu übergegangen war, seine Waffe wie ein Lasso über dem Kopf zu schwingen, was Bernd zu einem Überraschungsangriff mit dem Kriegsbeil verleitete, er hielt seine Waffe hoch in der Luft und ließ sie von dort auf Holgers Rücken niederfahren, mit schmerzverzerrtem Gesicht wandte der Angegriffene sich um und erwischte Bernd am Hals, beide Kontrahenten hielten sich ineinander verkeilt und stachen besinnungslos aufeinander ein, bis Holger die Flucht hinter eine Zapfsäule gelang, wo er auf einen Eimer mit Wischwasser stieß. Der Schwamm verfehlte Bernd knapp, aber als Holger den Eimer nahm und zurück zu seinem Gegner lief, hob Bernd die Hände zum Zeichen der Kapitulation. Da kannte er Holger schlecht. Noch im Laufen stemmte er den Eimer in die Höhe und holte mit einer verblüffend ruhigen Bewegung aus, das Wasser fuhr aus dem Eimer wie eine lange, durchsichtige Zunge und blieb auch in der Luft beisammen, als eine einzige, geschlossene Gestalt aus flüssigem Glas, in deren Bögen sich das Sonnenlicht spiegelte, und nur ganz an den Rändern begann die Form eben in Kaskaden kleinster Tropfen zu reißen, als sie auch schon mit einem Klatschen auf Bernds Kopf zerbrach.

Wir anderen standen herum und johlten, nur ich war ein bisschen traurig, dass das ganze Wasser auf dem staubigen Pflaster der Tankstelle gelandet war.

Bernd sah recht angegriffen aus, wir trockneten ihn, so gut es ging, mit dem Krepppapier aus dem Spender von der Ölkontrolle ab. Dirk knotete Bernds Hemd und Hose an die Leiter des Feuerwehrwagens, Kordel steckte noch die Zapfhähne zurück. Beim Einsteigen fragte mich Bernd, nur mit Unterhose und der trocken gebliebenen Anzugjacke bekleidet, ob wir den Platz tauschen könnten, und so nahm ich Kordel auf den Schoß und sah beim Weiterfahren aus dem Fenster.

In den Orten, durch die wir kamen, standen alte Höfe aus dunklem Fachwerk oder Ziegeln, an den Enden der Dachfirste kreuzten sich hölzerne Pferdeköpfe und hielten ungerührt Ausschau. Es waren kaum Menschen zu sehen, und auch auf den Straßen war niemand unterwegs. Was, wenn es uns gelang, alle Strecken zu blockieren, und wir niemanden damit störten? Wäre das ein Erfolg, weil jede Form der Bewegung unterbunden war, oder brauchten wir zum Zeichen unseres Sieges die aufgehaltene, wütende Menge, als Beweis unserer Stärke? Auf einmal hatte ich Angst, all unsere Anstrengungen könnten sich als nutzlos erweisen und aller Vorbereitung zum Trotz einfach verpuffen. Ich musste an die Vorträge zum zivilen Ungehorsam denken, wie es die Mächtigen erschüttere, wenn ihre Macht ins Leere lief. Anton hatte diesen Satz auf ihr Federmäppchen geschrieben, *Stell dir vor, es ist Krieg und keiner geht hin,* jetzt erst bekam ich eine Ahnung davon, was er bedeutete. Wie es sein musste, wenn der eigene Plan ungehört verpuffte, ohne Resonanz. Und zum ersten Mal war ich froh über die Anwesenheit der Polizei. Sie würde uns helfen, sichtbar zu werden.

Jedes Ortsschild, das wir passierten, war überpinselt mit dem Schriftzug *Gorleben,* als sei jedes dieser Dörfer der eine Ort, um den sich alles rankte. Auch diesen Spruch hatte ich nie richtig verstanden, *Gorleben ist überall,* es hatte mir einfach nicht eingeleuchtet. Da half auch nicht, dass man dem Satz nicht entkommen konnte, er hatte mir von Plakaten entgegengeleuchtet, von Transparenten, von den Heckscheiben der Autos auf dem Parkplatz vor der Mensa. Ich begegnete ihm auf Straßenlaternen, an Wohnungstüren, auf den Ansteckern meiner Freunde. Bei einem der Vorbereitungstreffen hatte ich mich zu Kordel hinübergebeugt und geflüstert: »Gorleben ist überall ist überall«, aber sie hatte es im Lärm der Diskussionen wohl nicht richtig mitbekommen.

Erst hier begriff ich plötzlich, worum es ging. Wenn jeder einzelne Ort, in den wir kamen, Gorleben war, wenn die Wegweiser in der Dorfmitte überall nur nach Gorleben führten und auch am Ortsausgang immer nur das in wenigen Kilometern folgende Gorleben angezeigt wurde, gab es kein Entkommen. Es war tatsächlich überall. Mir wurde schwindelig. Wir sollten es alles auf uns beziehen, wir sollten uns alle fürchten. Ihre Angst sollte zu unserer werden. Dabei waren wir doch den ganzen

Weg hergekommen, weil Gorleben genau hier war, und nur hier. Ich drehte mich im Kreis. Eben darum schien es wohl zu gehen.

Mir fiel der andere Satz ein, der jetzt überall zu lesen war – *Gorleben soll leben*. Ich hatte nichts dagegen.

24

Dass Thorsten bremste, merkte ich im ersten Moment nur, weil Kordel auf meinem Schoß plötzlich leichter wurde. Ich hatte ihr eine Hand um die Hüfte gelegt, und nun riss es an diesem Arm, als sie nach vorne flog. Ich hörte, wie ihr Kopf gegen die Verkleidung der Decke schlug, dann prallte ich selbst mit der Schläfe gegen ihren Rücken, der mir hart erschien. Vorne schrie Holger auf, und ich hörte, dass Anton ein dumpfes Stöhnen von sich gab. Wir waren alle nicht angeschnallt gewesen, und der Aufprall nahm uns ziemlich mit. Als ich aufsah, krümmte Thorsten sich auf dem Fahrersitz zusammen, er hatte wohl das Lenkrad abbekommen. Kordel drehte sich langsam zu mir um und rieb sich die Augen, als wäre sie gerade aus einem schlechten Traum erwacht.

Dirk war der Erste, der die Fassung zurückgewann, er berührte jeden von uns an der Schulter und sah allen in die Augen, um zu prüfen, ob uns etwas Ernsthaftes zugestoßen sei. Meinem Eindruck nach wirkten wir ziemlich mitgenommen, aber er nickte, als hätten wir es einigermaßen glimpflich überstanden, und sagte bei jedem, das werde schon wieder. Am Ende holte er ein Taschentuch heraus, um Kordels Stirn zu säubern, die ein bisschen blutete.

Wir hörten Schritte über uns, und alle schauten erschrocken auf, aber dann sahen wir, dass es nur Hauke war, der aus seinem Korb geklettert kam. War er sonst mit einem Satz hinunter auf den Boden gesprungen, so ließ er sich jetzt vorsichtig auf die Motorhaube hinab, ganz langsam rutschte er über die Windschutzscheibe, mit dem Gesicht zu uns, und es war nicht festzustellen, ob der entsetzte Ausdruck von seinem eigenen Schmerz herrührte oder aus Mitleid über unsere erschrockenen Blicke. Dann ließ er sich weiter hinab zum Boden, und als er sicher unten angekommen war, setzte er sich in den Straßengraben und stützte seinen Kopf in die Hände.

Sofort kamen schwarz gekleidete Menschen zu ihm gerannt und standen um ihn herum, die einen wollten ihm aufhelfen, während die anderen schon eine Jacke über ihm ausbreiteten. Es kam zu einem kleinen Disput, von dem ich kein Wort verstand, ich sah nur, wie sie miteinander stritten, fast zogen sie an ihm, aber da flog schon die Beifahrertür auf, und auch die Fahrertür wurde geöffnet, Arme griffen herein, sie streichelten uns, zerrten an uns, jemand fühlte meinen Puls, und erst als ich auf der Straße stand, ein wenig zittrig noch in den Knien, begriff ich, warum Thorsten überhaupt so scharf gebremst hatte.

Sie hatten ein Drahtseil über die Fahrbahn gezogen, das direkt vor dem Wagen von einer Straßenseite zur anderen lief. Es war an den Leitplanken befestigt, im rechten Straßengraben lag noch die Winde, mit der sie es gespannt hatten, und jetzt verstand ich auch, was sie die ganze Zeit riefen: dass es ein Versehen gewesen sei, dass sie nur einmal ausprobieren wollten, ob es funktioniere, dass sie zu vertieft gewesen seien, um uns herankommen zu hören, dass sie es auf uns doch gar nicht abgesehen hätten.

Sie gehörten zu uns. Sie waren Teil des autonomen Blocks, aber sie gehörten doch zu uns. Jetzt meinte ich sogar, manche von ihnen von der Versammlung am Vorabend wiederzuerkennen. Hinter Anton stand der Mann, der nachts beim Zähneputzen »Parole Ramona« geflüstert hatte, immer wieder strich er ihr über das Haar, aber sie schien es nicht einmal zu bemerken. Wir waren dem Guten in die Hände gefallen, das hier wild und unbedarft aufgelodert war, ziellos, ungerichtet, im festen Glauben an die eigene Notwendigkeit, ans eigene Recht. Wir hatten die Seiten gewechselt, waren vom Täter des Guten zu seinem Opfer geworden, und beinahe hätte es uns den Hals gebrochen.

Es war, freundlich ausgedrückt, keine besonders gute Idee gewesen. Immerhin kämpften wir auf derselben Seite. Aber auch jedem anderen gegenüber war ihre Drahtseilkonstruktion doch eine ziemlich grobe Sperre – oder eben eine besonders gelungene. Wirkungsvoll jedenfalls war sie ganz offensichtlich. Aber ging es tatsächlich nur um Wirkung?

Während sie mit der Winde das Seil lockerten – wobei sich der Ramona-Typ die Finger klemmte –, entschieden wir, dass Dirk das Steuer übernehmen sollte. Thorsten machte einen etwas angeschlagenen Eindruck.

Allmählich wurde es unruhig in der Gruppe. Holger wollte endlich zur Sache kommen, und Anton stimmte ihm zu, Kordel zog es zurück zum Zelt zu ihren Kontaktlinsen, ich hätte mich gut ein bisschen in die Sonne setzen und etwas trinken können, Bernd wollte sich erst einmal einen Überblick verschaffen, Dirk ging es darum, uns zur Seite zu stehen, Hauke war es wohl eher egal, solange überhaupt etwas passierte, Thorsten dagegen wollte nichts als seine Ruhe – allerdings lehnte er es ab, Haukes Platz im Feuerwehrkorb zu übernehmen, sodass wir nach dem Beschluss, ein paar von uns irgendwo zur Blockade aussteigen zu lassen, während die anderen den Gemeindebus holten, beim Weiterfahren regelrecht übereinanderlagen.

Bernd, Holger, Anton und ich stiegen an der Bundesstraße 191 aus und winkten dem roten Rettungswagen hinterher, der Richtung Gülden weiterfuhr. Dann standen wir alleine am Straßenrand, Kiefernwälder auf beiden Seiten, von einer Reihe Birken gesäumt, die Straße verschwand schnurgerade zwischen den Bäumen, die sich in der Ferne immer näher an die Fahrbahn heranzudrängen schienen.

Und jetzt? Sollten wir uns einfach auf die Straße stellen und warten, bis jemand kam? Wie selbstverständlich waren wir erst einmal hinter der weiß durchgezogenen Fahrbahnbegrenzung stehen geblieben, wir waren es nicht anders gewohnt. Anton traute sich als Erste hinaus auf die Straße, sie machte ein paar Schritte, schaute sich zu uns um und nickte, dann ließ sie sich im Schneidersitz auf dem Mittelstreifen nieder, es sah gefährlich aus. Wir gingen hinterher, ich sah, dass Holger, bevor er auf die Fahrbahn trat, kurz zur Seite schaute, einmal links, einmal rechts und wieder links, dann erst lief er los.

25

Vielleicht wäre es an einer verkehrsreicheren Straße einfacher gewesen. Uns kam es an dieser Stelle leichter vor, gerade für den Beginn, immerhin war es übersichtlich, es ließ uns Zeit, uns immer wieder neu zu ordnen, aber womöglich hätten wir uns anderswo gar nicht neu ordnen müssen. Vielleicht hätte der Rückstau einer großen Anzahl von Fahrzeugen eine eigene Kraft entwickelt, eine Kraft, die man uns vieren alleine nicht zugestand.

Nachdem sich wohl eine Viertelstunde lang niemand gezeigt hatte, kamen die Fahrzeuge in regelmäßigem Abstand. Als Erstes näherte sich ein weißer Volkswagen Jetta, gesteuert von einer allein reisenden älteren Dame. Sie bremste schon ein ganzes Stück vor uns ab, blieb in der Mitte der Fahrbahn stehen, betätigte – wohl aus Nervosität – die Scheibenwischer, um dann in einer langen Folge von Vor- und Rückwärtsstößen, bei denen der Motor ihres Wagens wiederholt erstarb, zu wenden und dorthin zurückzufahren, woher sie gekommen war.

Die nächsten Fahrer waren weniger reserviert. Der voll besetzte Kleinbus einer Installationsfirma brach einfach auf den Seitenstreifen aus und rappelte über die Grasnarbe an uns vorbei, während die Insassen noch rasch die Scheiben herunterkurbelten, um uns zu verhöhnen, aber im Durcheinander ihrer Rufe waren die einzelnen Schimpfwörter zum Glück kaum zu verstehen, und wieder einmal war allein das »Drüben« zu erkennen, die herausgestoßene Kurzform, die das dazugehörige »Geht doch nach« längst verloren hatte, wie man sich nuschelnd »Tag« wünschte oder »'n Abend«.

Zwei Männer im Passat hielten unbeirrt auf uns zu, ohne ein Zeichen, dass wir ihnen auffielen, jedenfalls sprachen sie weiter lachend aufeinander ein, obwohl die Musik ihres Autoradios so laut durch die geschlossenen Scheiben zu hören war, dass ich mir nicht vorstellen konnte, wie sie auch nur ein Wort von dem, was der andere sagte, verstanden. Erst unmittelbar vor uns verlangsamten sie ihre Fahrt, machten aber keine Anstalten, wirklich anzuhalten, sondern rollten beharrlich weiter auf uns zu, wobei sie mehr zueinander schauten als auf die Straße, sie gestikulierten wild und stießen sich an die Schultern. Am Ende sprangen wir zur Seite und ließen sie passieren, was sollten wir tun? Sie fuhren mit quietschendem Keilriemen davon.

Nicht anders erging es uns mit einem Traktor, einem Molkereifahrzeug, einem Überlandbus – sie ließen sich von uns nicht aufhalten. Einen älteren Mofafahrer mit geschultertem Rechen versuchten wir in ein Gespräch zu verwickeln, einfach weil er so langsam fuhr und sich nicht hinter einer Windschutzscheibe verstecken konnte. Aber er spuckte nur aus und fuhr im Slalom zwischen uns hindurch, Anton lief noch ein Stück neben ihm her und schrie auf ihn ein, sie rief »Halbwertszeit«, sie rief »Generationen«, aber es drang wohl nicht bis unter seinen kleinen Helm. Ich war schon froh, dass er nicht mit seinem Rechen auf sie losging.

Einmal kam ein Hubschrauber heran und stand einen Moment hoch über uns, als wir gerade einen Kastenwagen der Bundespost aufzuhalten versuchten. Ich bildete mir ein, das Gesicht des Piloten im Fenster zu sehen, wie er sich zu uns herabbeugte, ohne Regung. Selbst wenn er es wollte, er hätte zwischen den eng stehenden Bäumen keinen Platz zum Landen gefunden. Am Ende gelang es dem Briefträger durch stetiges Vor- und Zurücksetzen, durch Antäuschen und Wechsel der Fahrspur eine Lücke in unsere kleine Kette zu reißen, durch die er davonschoss, und bald darauf wandte sich auch der Hubschrauber neuen Zielen zu.

Eine Frau allerdings stoppte direkt vor uns und stieg aus, der Motor ihres Kleinwagens tuckerte im Leerlauf weiter. Sie sah uns lange an, einen nach dem anderen, mit ganz und gar leerem, müdem Gesichtsausdruck, und fing dann auf einmal an zu schreien, was wir uns eigentlich einbilden würden. Was sie uns getan habe, wie wir uns anmaßen könnten, in ihr Leben einzugreifen. Ob wir wüssten, was das mit ihr mache, sie sei doch kein Atomkraftwerk, sie habe mit alldem nichts zu tun. Es sei auch ohne uns schwierig genug.

Sie war erregt, aber hier draußen zwischen den Bäumen, unter dem klaren, offenen Himmel fanden ihre Worte keinen Widerhall. Ihre Stimme war schrill, ohne Resonanz, man sah eher, wie laut sie schrie, als dass man es wirklich hörte. Das Gesicht war rot gefleckt, sie hatte kurze, dünne Haare, durch die man ihre Kopfhaut sah. Man hätte ihr in diesem Moment nicht zugetraut, jemals eine Führerscheinprüfung bestanden zu haben. Betreten sahen wir von einem zum anderen.

In der Vorbereitung hatten wir uns das Ziel gesetzt, mit den Menschen ins Gespräch zu kommen. Wenn wir sie erst einmal so weit hätten, dass sie uns zuhörten, war uns um die Kraft unserer Argumente nicht bange gewesen, wir konnten uns beim besten Willen nicht vorstellen, mit guten Worten nicht überzeugen zu können. Hier aber, bei unserer ersten Konfrontation, kam ich mir plötzlich vor wie einer dieser Zeugen Jehovas, die lächelnd im Treppenhaus standen, wenn ich neugierig zur Wohnungstür gelaufen war, um zu sehen, wer da klingelte. Siegesgewiss hatte einer von ihnen zu reden begonnen, während sich der andere stumm ein Neues Testament vor die Brust hielt. Es war ihnen anzusehen, wie überzeugt sie von ihrer Mission waren, wie gewiss, mit ihrer Predigt direkt in mein Herz zu dringen, während ich nur darüber nachdachte, wie ich am schnellsten zurück zum Fernseher käme, wo ein Tierfilm lief, der mich eben noch gelangweilt hatte, doch im Vergleich zu einem Gespräch mit den beiden schmalen Männern kam mir das Warten aufs Schlüpfen eines Schmetterlings vor wie reine Lust.

Der Unterschied zwischen den beiden im Treppenhaus und uns hier auf der Straße war nur, dass ihnen immer klar war, wer zu reden beginnen sollte. Wir dagegen saßen im Schneidersitz auf dem Asphalt, nur Anton hatte sich ein Stück Pappe untergelegt, das sie im Straßengraben gefunden hatte, und jeder von uns fragte sich im Stillen, wie wir der Frau klarmachen sollten, dass wir es waren, die recht hatten, und nicht sie.

Vielleicht lag es an diesem Gedanken, dass wir zunächst überhörten, worum es der Frau eigentlich ging. Erst allmählich dämmerte mir, dass sie sich gar nicht unseretwegen so aufregte. Sie habe ihren Sohn verloren, er sei seit heute Nacht einfach verschwunden und sie könne ihn nirgendwo finden. Zu Hause stehe das Frühstück fertig auf dem Tisch, ein richtiges Sonntagsfrühstück, mit seiner Lieblingssalami und dem Orangensaft, sie habe an alles gedacht, aber als sie ihn wecken wollte, sei sein Bett leer gewesen, seitdem fahre sie hier durch die Gegend, und jetzt kämen auch noch wir, dabei werde zu Hause doch alles kalt.

Bei der Erwähnung des Frühstücks war ich hellhörig geworden, ich konnte mir das alles so gut vorstellen, vor allem den Orangensaft, auch wenn ich nicht verstand, was daran kalt werden konnte. Unterdessen war Bernd aufgestanden, er ging zu der Frau hinüber und fasste sie am Arm, er war einfach gut in so etwas. Leise sprach er auf sie ein, während sie noch weiterschrie, aber ich war mir recht sicher, zu verstehen, was er sagte: »Wir werden Ihren Sohn wiederfinden.«

Ich weiß nicht, ob es alles nur ein Trick von ihm gewesen war oder echtes Mitleid, jedenfalls saßen wir nur Momente später im Auto der Frau, die Gabriele hieß. Sie war auf einmal ganz zutraulich geworden und hatte sich uns allen mit Handschlag vorgestellt. Ihr Auto war in einem schrecklichen Zustand, auf dem Fußboden lagen leere Plastikflaschen herum, und der Beifahrersitz quoll über von zerknülltem Küchenpapier, man konnte nur hoffen, dass die Blätter nicht alle von den Tränen dieses Morgens genässt waren.

Gabriele fuhr langsam, mit vorgebeugtem Oberkörper, aber immerhin fuhr sie. In ihrem Jetta war es kaum geräumiger als bei der Feuerwehr, Bernd, Anton und ich drängten uns nebeneinander auf der Rückbank, doch es war unsere einzige Chance gewesen, dort wegzukommen. Während der Fahrt redete sie weiter, dass sie uns ja verstehe, dass es natürlich nicht mehr so weitergehe, man müsse den Menschen helfen, auch wenn sie selbst schon zu alt sei, dabei mitzumachen. Sie sagte »Hilfe zur Selbsthilfe«, sie sagte »erhobenen Hauptes«, es war nicht so, dass wir etwas davon verstanden.

Wie das alles zusammenhing, dämmerte uns erst, als sie meinte, wir seien anständige junge Leute, wir würden – falls wir ihn denn wiederfänden – ihrem Dirk sicherlich gefallen. Anton schaute fragend zu mir herüber, und beide zuckten wir mit den Schultern, ich konnte ja auch nicht sagen, ob es alles nur ein dummer Zufall war. Holger aber, der auf dem Beifahrersitz saß, traute sich, die Frau zu fragen, was ihr Sohn denn so für Hobbys habe. Gabriele wandte erschrocken den Kopf zu ihm, als sei ihr eine Idee gekommen, im Flüsterton sagte sie: »Er hätte mir doch gesagt, wenn er eine Brandschutzübung gehabt hätte.« Nach ihrer Schilderung hatte ich mir ihren Sohn eher als Grundschüler vorgestellt und nicht als heimlichen Anführer der Feuerwehrortsgruppe Gülden. Ich fragte mich, wie meine Eltern über mich sprachen, wenn sie sich Sorgen um mein Wohlergehen machten. Falls es dazu jemals kam.

26

Im Stillen hatte ich gehofft, Gabriele würde uns zu sich nach Hause einladen, damit wir uns Dirks Frühstück teilten, bevor es restlos kalt geworden war. Doch so weit kam es nicht. Holger fand in ihrem Autoradio den Sender Wendland, der gerade die Elf-Uhr-Mitteilungen ausstrahlte. In der Art einer Staumeldung zählten sie auf, von welchen Punkten die Kradmelder zuletzt Blockaden durchgegeben hatten, es waren ziemlich viele. Zum Abschluss spielten sie sogar den kleinen Piepton ein, der das Ende des Verkehrsfunks anzeigte. Gabriele fuhr gleich rechts ran, um zu überlegen, wo es noch eine freie Strecke gäbe. Wir kamen auf der sandigen Böschung zum Stehen. Es war still hier, auch wenn sich der Motor im Leerlauf weiterdrehte, und keiner sagte ein Wort. Ohne den Fahrtwind wurde es sofort heiß in ihrem kleinen Wagen, aber niemand von uns wagte, ein Fenster zu öffnen. Gabriele starrte unbeweglich vor sich hin. Man konnte ihr zusehen, wie sie nachdachte, ihr Blick krabbelte über die Windschutzscheibe wie eine Fliege. Schließlich legte sie mühsam den Rückwärtsgang ein, sie musste beide Hände zu Hilfe nehmen, so schwer ließ sich die Schaltung bedienen. Dann hängte sie den Arm über Holgers Kopfstütze wie in den alten Filmen, schaute über die Schulter nach hinten und setzte einfach zurück. Sie fuhr schnell, der Wagen ruckte dabei, und weil wir anderen uns nicht umzusehen trauten, war es ein bisschen wie auf der Kirmes, wenn die Gondel in der Luft stehen bleibt und auf einmal wieder zurückzufallen beginnt, hinab in die Tiefe. So ging es vielleicht hundert Meter weit, in kleinen Schlangenlinien, weil es beim Rückwärtsfahren ziemlich schwierig ist, die Spur zu halten, und sie andauernd korrigieren musste, was alles nur noch schlimmer machte. Durch das Seitenfenster sah ich, dass wir dem kleinen Abwassergraben am Straßenrand immer wieder ziemlich nahe kamen. Mir wurde ein bisschen schlecht, und ich griff neben mir nach Antons Hand, fand aber nur ihr Bein, in das ich mich kurz verkrallte wie aus einem plötzlichen Schreck, um es gleich darauf wieder loszulassen, aber da griff Anton schon selbst herüber und fasste nach meiner Hand, ganz von allein fuhren unsere Finger ineinander, wie früher, und so verschränkt ließen wir sie liegen, ohne Bewegung.

Gabriele hätte ebenso gut wenden können, aber entweder versetzte die Sorge um ihren Sohn sie noch immer in Panik, oder aber sie hatte sich von der allgemeinen Anarchie dieser Tage anstecken lassen und nahm das Ganze als Abenteuer. An einer Kreuzung bremste sie endlich ab, legte den Vorwärtsgang ein und bog mit quietschendem Keilriemen in einen kleinen Feldweg ein. Wir fuhren an Getreidefeldern entlang, an deren Rändern der Klatschmohn blühte, viel zu früh im Jahr, aber auch das Korn war schon hoch aufgeschossen und längst nicht mehr grün. Aus dem Seitenfenster sah ich die Rispen, die unbeweglich und starr in die Luft standen wie aufgerichtete Härchen, ich sah das alles, die niedrige Mauer aus Feldsteinen am Wegrand, den einzelnen gewaltigen Stamm auf der Anhöhe, schwarz verkohlt vom Blitz oder von einem Feuer, mit dem im Herbst ein Bauer sein abgeerntetes

Feld gerodet hatte. Ich sah den staubigen Boden des Weges, über den wir holperten, dass es uns hin und her warf, mit seinen ausgefahrenen Furchen und Vertiefungen, in denen sich im Frühjahr das Regenwasser gesammelt hatte und die jetzt ausgetrocknet dalagen, sodass wir eine lange Staubfahne hinter uns herzogen, und hoch oben darüber sah ich klein eine Lerche am Himmel, die unbeweglich in der Luft stand, fast meinte ich über den Lärm unseres Motors hinweg zu vernehmen, wie sie aus voller Brust sang und tirilierte, aus Jubel über die Welt, und von hier unten her schaute ich ihrem Glück zu und gab ihr recht, bis ich am Ende merkte, dass sie allmählich größer wurde und ein Hubschrauber war.

Er näherte sich rasch. Auch wenn er seine Position am Himmel noch immer nicht veränderte, war nun bereits die Bewegung der Rotoren zu erkennen, dann senkte er sich allmählich, er schien uns tatsächlich zu verfolgen. Ich sagte den anderen, was ich sah, aber wir hatten keine Alternative, als immer weiterzufahren auf dem einmal eingeschlagenen Weg. Holger kroch fast zu uns auf die Rückbank, um auch etwas zu erkennen, Anton und ich hatten uns längst wieder losgelassen, ob wegen der Beobachtung von vorn oder von hinten machte nun keinen Unterschied. Kurz bevor er ganz zu uns aufgeschlossen hatte, drehte sich der Hubschrauber ein wenig, man erkannte in der offenen Tür einen Mann in dunkelgrauer Uniform, mit ausdruckslosem Gesicht zeigte er auf uns herab, dann griff er nach einem Fotoapparat und legte auf uns an, wahrscheinlich hatte er es auf unser Nummernschild abgesehen, dann flog der Hubschrauber in geringer Höhe über uns hinweg, sodass zu beiden

Seiten des Weges die Ähren flach niedergedrückt wurden und auch vor uns der Staub aufwirbelte und uns die Sicht nahm. Wir kamen an eine Abzweigung, und weil wir nicht unter dem Ungetüm hindurchfahren wollten, das vor uns in der Luft lauerte, bog Gabriele nach rechts und gab Gas, und wirklich blieb der Hubschrauber hinter uns zurück, verharrte noch für einen Moment in Bodennähe, bevor er sich mit plötzlichem Schwung erhob und nach Norden abdrehte, die Spitze unmerklich gesenkt wie ein lauerndes Tier.

Es war kaum mehr ein Feldweg, eher eine Treckerspur, grob zerfurcht, mit Grasbüscheln in der Mitte, die über den Fahrzeugboden strichen wie etwas, das nach uns griff, und der weiße Feldstein kratzte so schrill am Blech der Karosserie, dass wir uns in den Sitzen aufrichteten, als komme das Geräusch direkt aus dem Polster unserer Rückenlehnen. Dass wir in eine Falle gescheucht worden waren, bemerkten wir erst, als uns der Weg über eine Kuppe führte. Direkt hinter der Anhöhe lief er aus in eine große Wiese, und darauf standen bis hinunter zu einem kleinen Wäldchen Mannschaftswagen in geraden Reihen. Die meisten Polizisten saßen wohl in ihren Fahrzeugen, sie hatten die Türen geöffnet, um Luft hereinzulassen, aber manche von ihnen hockten auch draußen im Schatten der Wagen in Gruppen zusammen und rauchten, einige hatten sich auf die Stoßstangen gesetzt. Sie schienen zu warten. Es mochten bis zu ihnen noch ein paar Hundert Meter sein, wahrscheinlich waren sie von der Hubschrauberbesatzung längst auf den Fang vorbereitet worden, und wirklich sammelte sich schon eine Gruppe an der Seitentür ihres Wagens, die Männer sprangen hinein, und noch bevor sie die Tür geschlossen hatten, begann das Fahrzeug langsam zurückzurollen. Ich bewunderte Gabriele, die ohne anzuhalten das Lenkrad herumriss und durch eine am linken Wegrand offen stehende Einfahrt setzte. Die Weide hinter dem Gatter war leer, aber ganz hinten am anderen Ende stand ein weiteres Tor offen. Gabriele schaltete in den ersten Gang und rappelte mit aufheulendem Motor über die harte Erde der Wiese, während ich versuchte, bei all dem Wackeln im Rückfenster zu erkennen, ob uns jemand folgte, doch noch war keiner zu sehen. Hinter dem Gatter schloss sich ein Weg an, der links von Hecken, rechts von einem Graben begrenzt wurde. Auf der anderen Seite des Grabens zog inmitten eines Kartoffelfeldes ein Trecker seine Bahnen. Gerade als wir auf den Weg einbogen, sah ich, dass hinter uns der Mannschaftswagen auf die Weide bog, mit eingeschaltetem Blaulicht.

Der Bauer musste es gesehen haben. Wie immer er die Situation auch einschätzte, er reagierte schnell. Ich sah, wie sich hinter dem Schlepper die Arme der Spritzdüsen hoben, dann wendete er auf der Stelle und holperte mitten durch die Kartoffelpflanzen zur Ausfahrt des Feldes. Als wir dort eintrafen, hatte er uns den Weg schon abgeschnitten, sein Traktor stand quer zwischen Graben und Hecke, gerade schwang sich der Bauer vom Führersitz herunter und landete mit einem Sprung auf dem Boden. Er überragte kaum die Hinterreifen. Auf der Rückseite der Fahrerkabine hing ein orangefarbener Tank, halb gefüllt mit einer dunklen Flüssigkeit, die er eben noch verspritzt hatte. Ich konnte nicht lesen, was auf dem

Behälter stand, der Bauer hatte den Motor laufen lassen, sodass das Gefährt sacht vibrierte, aber das Orange sah so gefährlich aus, dass es nur etwas Giftiges sein konnte, ein Insektenmittel oder etwas gegen Pilze.

Wir hielten an, und er kam auf uns zugerannt, erst aus der Nähe zeigte sich, wie aufgebracht er war. Er lief direkt zur Fahrertür und rüttelte daran, aber Gabriele hatte im letzten Moment das Knöpfchen gedrückt, und so stand er draußen und schrie uns an, das geschehe uns recht, gleich hätten sie uns, und obwohl wir ihm zahlenmäßig ja überlegen waren, zweifelte keiner von uns daran, dass wir besser daran taten, uns seiner Wut nicht auszuliefern. Und doch: Wir mussten sehen, dass wir von hier wegkamen. An seinem Traktor aber passten wir nicht vorbei, und schon holperte von hinten der Mannschaftswagen heran.

Es war vielleicht nicht anständig von uns, immerhin war Gabriele wirklich hilfreich gewesen, aber man muss uns zugutehalten, dass die Situation kein langes Abwägen erlaubte. Wir sahen dort hinten das Polizeifahrzeug näher kommen und sahen gleichzeitig, dass der Bauer wutentbrannt ein paar Schritte darauf zu machte, da bedurfte es kaum einer Abstimmung. Als Bernd seine Seitentür aufstieß, folgte Holger sofort, und auch Anton und ich schnallten uns ab und kletterten hinaus, Anton allerdings beugte sich, bevor sie die Tür zuschlug, noch einmal kurz hinunter und sagte: »Sorry, geht nicht anders.«

Erst wollte Bernd sich ans Steuer des Traktors setzen, aber Anton stieß ihn weg, und mir fiel der Reiterhof ein, auf dem sie früher ihre Sommerferien verbracht hatte.

Also nahmen wir drei auf den Kotflügeln Platz, und Anton musste nur den Gang einlegen, der Motor lief ja noch.

Es ruckelte ziemlich, wir klammerten uns am grünen Plastik des Fahrersitzes fest, aber es tat gut, wieder an der Luft zu sein, und obwohl wir nicht schnell fuhren, kam doch so etwas wie Fahrtwind auf. Auf dem ersten Stück schauten Anton und ich uns manchmal noch um, ob sie sich nicht einfach Gabrieles Auto schnappen und hinterherkommen würden, aber dann hielt Holger Gabrieles Autoschlüssel in die Luft wie eine Trophäe, er hatte ihn vor dem Aussteigen noch abgezogen, und Anton schüttelte den Kopf und sah Holger mit vorwurfsvollem Blick an, als wolle sie fragen, ob man so etwas denn mache, aber dann drückte sie den roten Knopf der Hupe und ließ ihn gar nicht mehr los. Dreckig und dumpf, kaum hörbar hinter dem Knattern, ertönte die Fanfare unseres kleinen Sieges.

27

Man konnte nur hoffen, dass Gabriele für unsere Frechheit nicht büßen musste. Wir nahmen Holger das Versprechen ab, ihr den Autoschlüssel eigenhändig zurückzugeben, sollten wir Gülden jemals wiedersehen. Bald erreichten wir einen Teerweg und kurz darauf ein Dorf, Clenze, ich kannte den Namen aus unserer Vorbereitung, und am Wegweiser in der Ortsmitte fiel mir beim Blick auf die Nachbardörfer auch ein, wo wir uns befanden. In diesem Teil des Spielplans war es leicht gewesen, die gegnerischen Figuren zwischen Grenze und Wäldern in die Enge zu treiben. Den einzigen Ausweg stellte die Bundesstraße dar, die westlich des Ortes verlief. Dorthin wollten wir.

Als wir die Kreuzung erreichten, machten sie die Straße gerade zu. Es waren zwei Frauen, beide schon ein wenig älter, in diesen farbenfrohen Kleidern, aus denen immer etwas wie Angst spricht. Jetzt erinnerte ich mich auch wieder, dass man die Bundesstraße 71 den Frauengruppen zugeteilt hatte. Eine von ihnen, Gertrud, Ende dreißig, mit Strähnchen, begrüßte uns überschwänglich, sie stützte sich auf den morschen Ast einer Birke und erklärte, den Vormittag über seien sie weiter östlich im Einsatz gewesen, in gemeinsamen Aktionen, die aber jedes Mal rasch geräumt worden seien. Irgendwann habe man ihnen sogar eine eigene Hundertschaft zugeteilt, die sie mit gezücktem Schlagstock nicht mehr aus den Augen ließ, sodass ihnen am Ende gar nichts anderes übrig blieb, als sich in kleine Gruppen aufzuteilen und auszuschwärmen, um lieber verstreut und auf die Schnelle zu stören. Gertrud zwinkerte uns zu und erklärte, ursprünglich sei ihr Plan gewesen, zum Blockieren ausschließlich ihre Körper einzusetzen, aber im Eifer des Gefechts hätten sie entschieden, zu Materialblockaden überzugehen, etwas anderes ließ ihre dezentrale Strategie auch gar nicht zu. Sie stieß mit dem Ast auf den Boden, um ihre Aussage zu unterstreichen, dann versuchte sie zum wiederholten Male, sich mit dem Zeigefinger einen unsichtbaren Gegenstand aus dem Auge zu wischen. Vielleicht zwinkerte sie uns deshalb die ganze Zeit über zu. Ich hatte den Eindruck, dass sie es mit all dem Wischen nur noch schlimmer machte, inzwischen zog sich eine Spur aus Birkenfasern und Moos über ihre Wange und ließ sie aussehen wie einen traurigen Indianer auf dem Kriegspfad.

Eine weitere Frau tauchte auf, die aus dem Unterholz eines nahe gelegenen Waldes einen meterlangen Baumstamm heranzog, mit weit vorgebeugtem Oberkörper, das Ende ihres roten Seidenschals hing herunter wie die Zunge eines Hundes. Alle paar Schritte machte sie eine Pause und klopfte sich die Hände ab. Holger, Anton und Bernd liefen gleich hinüber, um ihr zu helfen, während ich auf der Suche nach weiterem Material in den Wald ging.

Zwischen den Bäumen war es still, gleichzeitig wurde es kühler, und ein feuchter Geruch von Übergang lag in der Luft. Man konnte förmlich herausschmecken, wie unter der obersten Laubschicht nackte, blinde Würmchen Blätter in Humus verwandelten, wie sich winzige Larven unablässig ihrer Verpuppung entgegenfraßen, wie letzte Samenkörner darauf warteten, dass ihr Keimling die Schale durchstieß. Ich lief ein wenig im Unterholz herum und setzte mich dann auf einen umgestürzten Baumstamm, den schon Efeu überwucherte. Mir war danach, mich auf dieses grüne Bett zu legen und ein bisschen zu dösen, einfach nur für einen Moment die Augen zu schließen, um die Abfolge der Ereignisse zu unterbrechen. Wie lange war es her, dass wir uns auf den Weg gemacht hatten? Trug ich überhaupt noch die dreiundzwanzig Pfennig bei mir, unseren Notgroschen zum Telefonieren? In der Tasche meiner Anzughose waren die Münzen nicht mehr zu finden. Wie anders es war, tatsächlich hier zu sein, in meiner Vorstellung waren wir so viel zielstrebiger gewesen, immer hatte ich nur dieses Bild vor Augen gehabt, wie wir im Zentrum langer Autoschlangen saßen, die sich nach allen Seiten vor uns stauten. Im Vergleich erschien mir die Wirklichkeit unvollkommen und verwaschen.

Vorsichtig setzte ich eine Assel vom Efeu herunter, ich machte es mir in einer Astgabel bequem und hatte wohl auch für einige Sekunden die Augen geschlossen, als von der Straße aufgeregtes Rufen herüberdrang. Gleich sprang ich auf, um hinaus aus dem Wald zu laufen und zurück in die Welt, die Sonne blendete, sodass ich anfangs nur die Frauen sah, wie sie dort herumhüpften, und womöglich lag es an dem Gegenlicht, dass ich einen kurzen, ungerechten Moment lang glaubte, sie veranstalteten einen bizarren Tanz um ihre Barrikade. Dann aber sah ich, wie sich hinter ihnen etwas den Weg entlangschlängelte, auf dem auch wir gekommen waren, ein grün-weißer Tausendfüßler, der mir bekannt erschien. Ganz langsam und bedächtig zog sich der Konvoi aus Einsatzwagen den flachen Hügel hinab, als hätten sie keine Eile, uns zu erreichen, so gewiss waren sie sich ihrer Beute.

Es blieb nicht viel Zeit, also krempelte ich mir einfach die Ärmel meiner Anzugjacke hoch, griff nach dem erstbesten Ast zu meinen Füßen und trug ihn hinüber zur Straße. Inzwischen hatte Holger auf dem Führersitz des Treckers Platz genommen und schob an den Hebeln herum, ich hatte keine Ahnung, was er im Schilde führte. So versunken, wie er aussah, erinnerte er mich an früher, wenn wir uns auf dem Spielplatz unserer Siedlung darum gestritten hatten, wer an den Bagger im Sandkasten durfte. Für gewöhnlich hatte Holger vorgeschlagen, dass wir uns damit abwechselten, was ich gerne annahm, auch wenn es dann immer er war, der beginnen durfte. Mit ausdruckslosem Gesicht hatte er dagesessen, die eine Hand am Auslöser der Schaufel, die andere am Hebel für den Arm des Baggers, ganz allmählich war der Sand aus der einen Ecke des Kastens verschwunden und hatte sich in der gegenüberliegenden gesammelt, wo sich ein Hügel bildete, von dem ich wusste, dass er in jedem Moment genauso groß war wie das Loch, das sich auf der anderen Seite auftat. Und wie zur Bestätigung meiner Gedanken hatte mein Bruder am Ende die Schaufel in diesen Haufen gestoßen und alles Fuhre um Fuhre wieder zurückgeladen, bis beide verschwunden waren, der Kegel aus Sand und der Kegel aus Leere, und dann weiter darüber hinaus, bis sie die Plätze getauscht hatten, und wieder zurück, immerzu floss der Sand von einer Seite zur anderen, als riesige Sanduhr, die das ewige Gleichmaß der Zeit längst umgestoßen hatte, und doch lief noch immer der

Sand hin und her und wieder hin und wieder her und gab der Unaufhörlichkeit einen Takt, bis ich am Ende genug davon hatte und schaukeln ging.

Die Barrikade war unterdessen gewachsen, Anton kletterte darauf herum und versuchte die Stämme noch fester ineinander zu verkeilen, ihre Latzhose war bedeckt mit Rindenstücken und Erde. Ich reichte ihr meinen Ast hinauf, und sie stieß ihn mit Gewalt zwischen die anderen, dann streckte sie mir die Hand entgegen, ich gab ihr meine, und sie sprang herunter auf die Straße.

Es kam nicht infrage, mit dem Traktor weiterzufahren, hier auf der Bundesstraße hätten sie uns im Nu eingeholt, aber wir konnten ihn immer noch als zusätzliche Sperre stehen lassen. Die Frauen waren schon in ihren Ford Taunus geklettert und wollten gerade losfahren, als Bernd zu ihnen hinüberrannte, er riss eine Tür auf und wandte sich nach wenigen Worten zu uns um, wobei er mit den Armen fuchtelte und rief, wir sollten uns beeilen. Auf dem Weg zum Auto sah ich mich um, Holger saß noch immer auf dem Führersitz des Traktors, inzwischen war es ihm gelungen, den Hebel ausfindig zu machen, mit dem sich die Pumpe in Gang setzen ließ, die Feldspritze senkte sich bis knapp über den Boden, und aus hundert kleinen Düsen quoll ein feiner Sprühnebel über die Straße. Holger löste die Feststellbremse und schob den Regler für das Standgas vor, ruckelnd setzte sich der Traktor in Bewegung und ließ eine breite nasse Spur hinter sich zurück. Die anderen im Auto hatten unterdessen zu schreien begonnen, damit Holger endlich zu uns kam, und Anton, die vorne im Wagen auf Gertruds Knien saß, knallte schon die Beifahrertür zu, aber ich sah, dass Holger oben auf seinem Sitz nur lachte, er fuhr eine ganze Runde um die Barrikade und hielt erst an, als der schwarze Kreis auf dem Asphalt geschlossen war. Dann riss er den Zündschlüssel heraus und wohl auch ein paar der Kabel, kam zu uns herübergerannt und warf sich einfach lang gestreckt in die offen stehende Hintertür mitten auf unsere Schöße. Im selben Moment fuhren wir los, und nach ein paar Metern gelang es mir auch, die Tür hinter Holger zuzuziehen.

Im Wegfahren sah ich durch das Rückfenster die am Straßenrand haltenden Mannschaftswagen, noch im Herausspringen streiften sich die Polizisten ihre Handschuhe über und stürzten auf die Barrikade zu, ein riesiges Mikadospiel, das es in seine Teile zu zerlegen galt. Ich dachte noch, dass wir es ihnen noch immer zu leicht gemacht hatten, und vielleicht stellte ich mir in diesem Moment zum ersten Mal vor, das alles würde brennen. Ich konnte mich nicht dagegen wehren, kaum dass ich daran gedacht hatte, sah ich es lodern, die Flammen schlugen hinauf in einen dunklen Nachthimmel, den es in Wirklichkeit doch noch gar nicht gab. Dann aber verlor ich hinter einer Biegung der Straße das Bild schon aus den Augen.

28

»Und ihr wollt die Leute wirklich nicht überzeugen?«

»Wollen wir schon. Schaffen wir aber nicht.«

»Ihr braucht Argumente, dann kriegt ihr sie. Du musst sie in die Enge treiben. Die lassen sich das natürlich nicht anmerken. Aber nachher geht es ihnen nicht mehr aus dem Kopf. Nachts liegen sie wach und überdenken das Ganze noch mal. Dann habt ihr es geschafft.«

»Überdenken! Du hast Ideen. Wer ändert schon seine Meinung? Mache ich selbst ja auch nicht.«

»Sei nicht so verbohrt. Ihr seid doch selbst irgendwann dazugestoßen. Und warum? Weil einer euch überzeugt hat. Ich weiß noch, wie es bei mir losging. Es war mein Gemüsehändler, ich habe ihm sofort geglaubt. Wenn er mit jemandem ins Gespräch kam, hat er einfach nicht lockergelassen. Ein bisschen ist er mein Vorbild geworden.«

Ein bisschen? Wenn die Kopie wirklich nach dem Original kam, konnte ich mir ausrechnen, wie er auftrat. Die Frau jedenfalls war nicht ganz von hier, so viel stand fest. Es war die mit dem roten Seidenschal. Sie hieß Annelore und fuhr den Ford. Annelore redete unerträglich laut, als seien wir Ausländer oder irgendwie gebrechlich und sie müsse sich mühsam verständlich machen. Um das Gesagte zu unterstreichen, trat sie am Ende ihrer Sätze kurz aufs Gaspedal und ließ den Wagen dann ein wenig rollen, bevor sie erneut beschleunigte, das war wohl ihre

Art, möglichen Zweifeln durch eine kleine Attacke zuvorzukommen. Der Motor jaulte jedes Mal hoch, wir schossen noch eine Spur schneller voran, ich klammerte mich ohnehin die ganze Zeit schon an die Rückenlehne des Beifahrersitzes. Dort hockte Gertrud und hielt Anton mit den Armen umklammert, in dem kleinen Spiegel ihrer Sonnenblende sah ich, dass sie noch immer blinzelte, obwohl sie sich mithilfe des Spiegels endlich die Fliege aus ihrem Auge geholt hatte. Aber noch immer kniff sie die Augen so heftig zusammen, dass ich es wohl auch ohne Spiegel bemerkt hätte, das Klimpern war regelrecht zu hören. Erst vermutete ich, es sei ihre Art, Zustimmung zu signalisieren, ein Nicken mit den Lidern, um Annelore beizupflichten. Aber dann sah ich, wie ihre Hand den Gurt umklammert hielt, und verstand, dass sie einfach Angst hatte und im Bewusstsein ihres Todes alle paar Sekunden die Augen schloss.

Annelore redete weiter von der Pflicht zur Aufklärung, vom Erbe der Bürgerbewegungen, von der schweigenden Mehrheit, die zu einer gemeinsamen Stimme finden müsse. Wenn sie glaubte, etwas besonders Kluges gesagt zu haben, drehte sie sich zu uns um, aus Höflichkeit oder vor Aufregung oder um einen stärkeren Eindruck zu machen. Ich sah sie nie an, sondern starrte an Gertruds Kopfstütze vorbei durch die Windschutzscheibe hinaus nach vorn, aus Besorgnis und um Annelore einen Hinweis darauf zu geben, wo die Straße zu finden wäre, falls sie danach suchte. Für Momente sah sie wieder nach vorne und steuerte den Wagen mit einer raschen Bewegung zurück auf den Mittelstreifen, an dem sie sich offenbar orientierte. Die mittige Fahrweise hatte den Vorteil, dass ein gewisser Abstand zu den Straßenrändern blieb, der jedoch schnell schrumpfte, sobald sie sich mit einem Lächeln wieder zu uns umwandte. Im Stillen hoffte ich für den Fall, uns könnte jemals ein Auto entgegenkommen, dass am Steuer nicht ausgerechnet Annelores Gemüsehändler saß, in ähnliche Diskussionen verstrickt.

Wahrscheinlich ärgerte sie sich einfach über Bernd, der nicht aufhörte, ihr mit seiner immer etwas überheblich klingenden Stimme von hinten ins Wort zu fallen. So ein Verhalten war sie offensichtlich nicht gewohnt, die meisten duckten sich wohl, wenn sie zu reden begann. Da kannte sie Bernd aber schlecht, der in der Mitte der Rückbank saß, halb auf meinem, halb auf dem Schoß der dritten Frau, die sich mit leiser Stimme als Waltraud vorgestellt hatte, die Ellenbogen auf den noch immer quer über allen liegenden Holger gestützt, und dagegenhielt, ohne eine Miene zu verziehen. Man merkte, dass seine Lässigkeit Annelore ärgerte, aber dennoch hörte sie nicht auf zu lächeln, einmal nahm sie sogar die Hand vom Lenkrad, fasste nach hinten und berührte ihn an der Schulter, wir wären beinahe am nächsten Baum gelandet.

Kurz nach dem Aufbruch bei der Barrikade hatten wir an einem Bahnübergang halten müssen. Ich selbst war noch ziemlich in Sorge, ob nicht doch jemand die Verfolgung aufgenommen hatte, aber Annelore kurbelte schon die Scheibe herunter und fragte ein paar Jungs, die auf ihren Bonanza-Fahrrädern mit uns warteten, ob sie denn wüssten, was auf diesen Schienen eines Tages Schlimmes hergefahren werden solle. Und während die sich noch mit feixend verzogenen Mundwinkeln ansahen und einer leise »Chaoten« murmelte, hatte Annelore sich schon selbst die Antwort gegeben: Da komme bald ein Zug mit gefährlichem Gift, der alle krank machen werde, und wahrscheinlich hörte sie gar nicht, wie der Junge fragte, ob der Zug bei ihr womöglich bereits durchgekommen sei, denn schon fügte sie jubelnd hinzu, sie müssten sich aber keine Sorgen machen, denn jetzt sei sie ja da, um dagegen zu kämpfen und die Eisenbahn zu stoppen, da würden sie staunen, aber so stark sei sie nun einmal, was nur daran liege, dass so viele andere zu ihr hielten. Im selben Moment bog tatsächlich der Zug um die Ecke, krachend und gewaltig ratterte ein Wagen nach dem anderen vorüber, dass uns die Ohren dröhnten. Der Boden bebte, der Fahrtwind peitschte die staubigen Grasbüschel neben den Schienen, und unser Gespräch erstarb.

Dann fuhr der letzte Waggon vorbei, klirrend hoben sich die Schranken, und die Jungs düsten los, wobei sie von Zeit zu Zeit ihre Lenker in die Höhe rissen, um für einige Pedalumdrehungen allein auf den Hinterrädern zu fahren, hoch aufgerichtet und stolz wie Tiere im Kampf. Annelore dagegen kurbelte erst noch ihr Fenster zu, sodass wir nicht verstanden, was die Jungen uns hinterherriefen, als wir weit auf der linken Fahrbahn bedächtig an ihnen vorüberglitten.

In die Stille hinein hatte Bernd gefragt, was das denn jetzt sollte. So hatte die ganze unselige Diskussion begonnen, in deren Verlauf Annelore immer schneller geworden war, im Sprechen wie im Fahren.

Nun schoss sie sich auf die Frage ein, wie Bernd ohne Überzeugungsarbeit die Transporte stoppen wolle, und wiederholte sie in immer neuen Variationen. Ob er wirklich meine, der Ministerpräsident habe seinerzeit die Planung für das Endlager abgeblasen, weil er nicht mehr daran glaubte. Nein, er habe bloß den Glauben verloren, dass man es den Leuten einfach unterjubeln könne. Genau dafür brauche man am Ende die Menschen. Und die Angst der Politiker vor diesen Menschen. Ob er wirklich so naiv sei zu glauben, dass sie die Atommülltransporte aufhalten könnten, auch wenn sie das den Kindern eben weisgemacht habe. Annelore sah sich zu uns um und zwinkerte verschwörerisch. Gertrud griff nach dem Lenker, um ein wenig gegenzusteuern, Annelore bemerkte es nicht einmal. Da könne er sich in den Weg stellen, soviel er wolle. Sie sei hier, um mit den Menschen ins Gespräch zu kommen. Der Protest sei dazu nur der Anlass.

Sie glaubte wohl, Bernd damit erledigt zu haben. Ich ahnte, dass er es genau darauf angelegt hatte, war aber gespannt, wie es ihm gelingen würde, sich aus der Affäre zu ziehen.

Bernd lehnte sich zurück und breitete die Arme aus. Noch immer saß er ja auf unseren Knien und traf mit der Hand Waltraud im Gesicht. Doch es schien ihn nicht zu stören, ja, er legte seine Arme sogar Waltraud und mir um den Hals wie um die Lehnen zweier Stühle. Obwohl Annelore sich nun wie zum Trotz gar nicht mehr zu ihm umwandte, wusste er, dass sie ihn im Rückspiegel ansah. Mit der Pose des Zynikers machte er es sich bequem, ehe er endlich zu reden begann:

»Weißt du, mir sind die Leute egal. Mir geht es ums Geld. Ob einer dafür ist oder dagegen, interessiert doch in Wirklichkeit keinen. Der sitzt hier in seinem Häuschen und ist dagegen. Na und? Am Ende ist er es nur, weil du mit ihm geredet hast, und wahrscheinlich sogar nur aus Angst, dass du weiterredest. Wenn du heute einen dazu bringst, dir zu glauben, lässt er sich morgen einreden, dass nur mit Atomkraft seine Fritteuse weiterblubbert. Die Leute sind auch für die Todesstrafe. Und? Haben wir die Todesstrafe? Nein, haben wir nicht. Dafür haben wir Mittelstreckenraketen, obwohl die Mehrheit dagegen war. Weißt du, mit wie vielen Leuten ich damals geredet habe, bis alle gegen die Stationierung waren? Sogar meine Eltern haben unterschrieben. Meine Eltern! Und hat es was genutzt? Die waren so lange dagegen, bis die Dinger gekommen sind, dann war es ihnen egal. Jetzt ist es zu spät, da kann man nichts mehr machen. Das wissen die anderen natürlich, das planen die mit ein. So kommt man nicht weiter. Die müssen sich selbst dagegen entscheiden. Und wann entscheiden die sich gegen etwas? Wenn es ihnen zu teuer wird. Ich bin hier, um es teuer zu machen. Wir brauchen Entsetzen, wir brauchen Skandale, wir brauchen Fehler der anderen Seite, über die sich die schweigende Mehrheit erregt. Sie können mich von der Straße tragen, sie können mir den Atommüll über die Füße fahren, sie können an jeder Kreuzung eine Hundertschaft stationieren, das ist mir egal. Aber es wird teuer. Weißt du, was so ein Polizist am Tag bekommt? Nicht viel, aber zusammen geht es richtig ins Geld. Die kriegen Urlaubssperre und werden von überall her angekarrt, das muss man erst mal bezahlen. Oder einer von uns tut sich was bei ihrem Einsatz, und wir verklagen den Staat, das wird erst recht unbezahlbar. Dann können die das hier vergessen. Hauptsache, am Ende rechnet es sich nicht mehr. Im gleichen Moment werden sie sagen, dass die Atomkraft doch nicht so toll ist, wie sie immer behauptet haben. Und am nächsten Tag ist das alles hier vorbei. Dafür bin ich da, und nicht, um dir beim Reden zuzuhören.«

29

Endlich meldete sich Gertrud vom Beifahrersitz, es sei gleich drei, wenn es uns recht sei, würde sie mal nach dem Radio Wendland suchen. Mir war das Bein eingeschlafen, ich zog es unter Bernd weg, um alles mal auszustrecken, und erst in dem Moment bemerkte ich, wie sehr es schon wehtat. Gertrud schaltete das Radio an und drehte die Lautstärke gleich ziemlich hoch, wahrscheinlich waren alle mal ganz froh über eine Pause. Außer Bernd und Annelore hatte niemand geredet, aber auch Holger und die anderen Frauen wirkten regelrecht erschlagen. Waltraud zauberte eine Thermoskanne hervor und schüttete sich einen Schluck Tee ein. Ich sah ihr beim Trinken zu und fragte dann, ob ich wohl auch etwas haben könne, aber sie entschuldigte sich, das sei der letzte Rest gewesen, sie hätten bei der Hitze alle Vorräte ausgetrunken.

Gertrud fand die Frequenz nicht gleich und drehte eine ganze Weile am Regler hin und her, aber es rauschte nur, mal heller, mal dunkler, flirrender und wieder glatt. Wir saßen da und versuchten, in dem Durcheinander etwas zu erkennen, aber da war nichts als lauter Grautöne, ein Nebel, durch den wir fuhren, der immerzu Färbung und Konsistenz wechselte, ohne je aufzuklaren. Dann ein schriller Ton, und dahinter, erst verdeckt von dem Pfeifen, bald aber schon klar, kam die Stimme eines Mannes und meldete, der britische Rockstar Elton John habe den polnischen Arbeiterführer Lech Wałesa in dessen Wohnung besucht, wo beide Autogramme austauschten. Schweigend fuhren wir weiter und lauschten den Nachrichten: jüdische Terroristen verhaftet, die Sprengstoff in den Bussen einer arabischen Omnibusfirma anzubringen versucht hatten. War ich als Einziger davon enttäuscht, dass von uns keine Rede war?

Als der Mann am Ende noch über das Wetter geredet hatte – »weiterhin trocken und zu heiß für die Jahreszeit« –, drehte Gertrud den Regler weiter und fand auf einmal doch noch unseren Sender. Die Musik zwischen den Mitteilungen war traurig und düster. »This is the end, my only friend«, klagte der Sänger, und Holger erklärte, das seien die Doors. Ich schob Bernd zur Seite, um mein anderes Bein auszuschütteln.

Zu jeder gemeldeten Blockade drehte der Moderator die Musik leiser und rief sie aus wie eine Losnummer, die gerade den Hauptpreis gewonnen hatte. Die Reihe der Störaktionen war kürzer als beim letzten Mal, offenbar hatte die Gegenseite die Oberhand gewonnen. Aber am Ende seiner Aufzählung fuhr er das Lied noch einmal herunter, wartete einen Moment und flüsterte dann dicht am Mikrofon, jetzt komme er zum Höhepunkt der Sendung. Wieder eine Pause, die Stimme des Sängers kam aus einer anderen Welt, die fern und dumpf sein musste, es klang, als singe er unter der Fußmatte hervor. Anton hatte das Gesicht in den Händen verborgen, vor Müdigkeit, vor Enge oder Überforderung, sie tat mir leid. Holger richtete umständlich seinen Oberkörper auf und rief nach vorne, sie sollten lauter machen, bevor er sich zurücksinken ließ auf Waltrauds Schoß.

Gerade als Gertrud an dem Rädchen gedreht hatte, begann der Moderator wieder zu sprechen. Wie ein Conférencier rief er in den Äther hinaus, ob wir ihn auch alle hören könnten. Bernd nickte stumm, sonst aber reagierte keiner von uns. Der Ansager machte ohnehin schon weiter: Beherzt gähnte er ins Mikrofon, räusperte sich kurz und fragte dann, ob wir auch so schrecklich unausgeschlafen seien. Wieder nickte Bernd, und wenn ich nicht tatsächlich viel zu müde gewesen wäre, hätte ich es ihm gleichgetan. Schließlich, fuhr der Mann fort, sei ganz Gülden mitten in der Nacht aus dem Schlaf gerissen worden. Und warum? Weil der Polizei etwas verloren gegangen sei. Ein »Gegenstand«. Er betonte das Wort, als handele es sich um ein schmutziges Geheimnis. Am Vorabend sei die Besatzung eines Polizeiwagens so leichtsinnig gewesen, mit ihrem Dienstfahrzeug die Menge zu durchqueren, die nach dem Ende der Versammlung vor dem Gasthaus Behr zusammenstand. Bedauerlicherweise hätten sie es versäumt, sich vorher davon zu überzeugen, dass ihr Kofferraum ordnungsgemäß verschlossen war. Im Gerangel sei es Unbekannten gelungen, die Klappe zu öffnen und etwas zu entwenden, das die Polizei seither nach Leibeskräften suche. Auf der Suche nach diesem verlorenen »Gegenstand« sei der Einsatzleitung nichts Besseres eingefallen, als einfach alle aufzuwecken und wegzufahren. Dummerweise hätten sie es aber versäumt, die Besatzungen der Transportbusse aufzufordern, ihre Passagiere vor dem Aussteigen zu durchsuchen. Der Mann machte eine Kunstpause. Bis vor fünf Minuten sei er selbst davon ausgegangen, es sei wahrscheinlich einfach eine dieser grün-weißen Mützen weggekommen, was ihm nicht wirklich erheblich erschienen wäre, auch wenn er so eine selbst immer schon mal besitzen wollte. Eben gerade aber habe sich ein Augenzeuge der Aktion bei ihnen gemeldet, und sein Bericht gebe der Sache einen neuen Dreh. Bei jenem entwendeten Gegenstand handele es sich in Wirklichkeit – hier machte er eine kleine Kunstpause – um eine echte Dienstpistole. Man hörte Geräusche im Hintergrund, ein Stöhnen, ein Jauchzen, jemand klatschte nah am Mikrofon, einzelne, trockene Schläge, die bald nachließen. Selbstverständlich gebe es schon eine Anzeige gegen unbekannt. »Also«, rief der Sprecher triumphierend, »greift doch alle mal in eure Taschen, ob da etwas drinsteckt, was nicht hineingehört. Vielleicht seid ihr ja die Unbekannten. Und damit ihr auch sicher unbekannt bleibt und damit sich keiner aus Versehen etwas tut, haben wir uns was Schönes ausgedacht. Wer immer den Gegenstand bei sich hat, versteckt ihn irgendwo, ruft uns an, dann holen wir das ab und fahren damit zum Büro des Ministerpräsidenten, um uns Finderlohn zu holen. Das wird bestimmt ein Aufreger. Bis dahin: Seht zu, dass ihr euch nicht damit erwischen lasst. Und stellt mir nichts Böses damit an. Ach, und noch etwas. Das Ganze ist natürlich ein Gewinnspiel. Im Versteck lassen wir dem ehrlichen Finder zum Dank etwas liegen. Wie wäre es mit einer echten Dienstmütze, als Erinnerung. Mal sehen, wo wir die jetzt wieder herkriegen.« Er las noch die Telefonnummer vor. Dann drehte er die Musik wieder hoch.

Wir hatten alle Fenster geöffnet, so heiß und stickig war es im Wagen. Ich beugte mich zur Seite und ließ den

Kopf hinaushängen, um etwas Luft zu bekommen, aber so stark der Fahrtwind auch war, es blieb trocken und warm, und selbst als ich den Mund öffnete, um mir den Rachen zu kühlen, trocknete er nur noch weiter aus, ich musste schlucken, und weil es nichts zu schlucken gab, musste ich husten und zog den Kopf schnell wieder zurück. Die anderen guckten mich an, als hätte ich mich hinausstürzen wollen.

Auf einmal rief Anton: »Wasser!«, und im ersten Moment dachte ich, es sei ein Wunsch, ihr Verlangen habe sie einfach übermannt, aber sie hatte tatsächlich etwas entdeckt. Vor uns auf der Straße war ein Stück Asphalt dunkel von Feuchtigkeit, und auf einmal fielen auch einige Tropfen auf die Windschutzscheibe. Ohne mit der Wimper zu zucken, bremste Annelore ab und blieb mitten auf der Straße stehen, zum Glück war gerade niemand hinter uns.

Es war ein Wassersprenger. Langsam strich seine Fontäne über die Reihen des Maisfeldes neben uns und bis hinüber zum Rand, wo sie kehrtmachte, um allmählich wieder zurückzugleiten zum anderen Ende des Feldes. Der Strahl war kräftig und klar, unbeirrbar glitt er über die Pflanzen hin und ebenso selbstverständlich wieder zurück, in der Bewegung eines riesigen Scheibenwischers, nur dass dieser hier nässte, statt zu trocknen. Ein löchriger Vorhang aus Tropfen fiel darunter herab, in dem sich das Sonnenlicht brach, man hätte nicht sagen können, welche Farbe das Wasser hatte. Alle paar Sekunden aber wurde die gemächliche Bewegung unterbrochen, die Fontäne riss auf und zerplatzte in einer Wolke feinster Tröpfchen, in die hinein gleich schon ein neuer Strahl fuhr, der es nun übernahm, jede einzelne Pflanze zu wässern, und nur ganz in der Mitte leckte die Spitze des Strahls ein paar Meter über den Feldrand hinaus und erreichte den Rand der Straße, wo wir standen.

Holger rief: »Worauf warten wir?« und zog am Türöffner, um hinauszuspringen, aber offenbar war die Kindersicherung drin, jedenfalls gelang es auch mir nicht, sie zu öffnen, um endlich an die Luft und zum Wasser zu kommen. Gertrud ließ Anton los und stieß die Beifahrertür auf, die beiden quollen hinaus und befreiten uns, und gerade als wir hinüberlaufen wollten, stieg Annelore aus und sagte leise: »Wer weiß, was sie ins Wasser getan haben.«

Wir schauten uns an, keiner sagte ein Wort. Auch die Frauen sahen nicht so aus, als hätten sie viel Kontakt zu Bauern. Wer wusste schon sicher, wie natürlich das alles noch war. Aber wir hatten von Dünger gehört, von Insektenschutzmitteln, von Pflanzengiften, wir wussten alle, dass die Industrialisierung der Landwirtschaft weit fortgeschritten war. Die Blätter der Maispflanzen leuchteten grün. Auf einmal hatte ich das Bild vor Augen, wie wir schreiend unter dem Wasserstrahl herumliefen wie spielende Kinder, dabei waren uns schon die Haare ausgefallen, und die Kleider hingen uns in Fetzen vom Leib. Ich versuchte mir noch einzureden, dass es so schlimm schon nicht kommen würde, aber als nicht einmal Bernd etwas entgegnete, schwieg auch ich, und nach einer Weile stiegen wir einfach zurück in den Wagen, Gertrud umklammerte Anton noch fester als zuvor, schweigend fuhren wir weiter.

30

Ich wollte nie, dass Menschen sterben. Schon als Kind nicht, wie andere Kinder auch. Ich war gerade eingeschult worden, als auf einmal eine Lehrerin fehlte. Sie hieß Frau Kolberg und unterrichtete Sachkunde und Werken. Etwas kleiner als die anderen, etwas dicker, etwas dunklere Haare, aber hätten wir es deshalb ahnen sollen? Sie war die Erste gewesen, die uns eine Hausaufgabe stellte, nach ein paar Tagen. Jedem von uns teilte sie ein Blatt Papier aus, auf das mit blassem Strich der Umriss eines Pfeils gedruckt war. Die Blätter rochen nach dem Nagellack meiner Mutter, wir hielten sie uns vor die Nase und spielten, wir seien betrunken, und Frau Kolberg war die Einzige, die nicht lachte.

Den Pfeil sollten wir mit rotem Filzstift ausmalen, möglichst ordentlich und ohne die Linie zu überqueren. Zu Hause weinte ich, als mir der Stift ausrutschte und das Rot sich nicht radieren ließ. Am nächsten Morgen saßen wir da, die Blätter vor uns auf den Tischen, in allen Rottönen leuchteten unsere Pfeile und zeigten in jede Richtung. Irgendwann stand einer auf und klebte sein Blatt ans Lehrerpult. Ein anderer klemmte seines in den Kartenständer, und schon hatten wir alle unsere Tesafilmrollen in der Hand, und jeder klebte seinen Pfeil irgendwo an die Wand, an seinen Stuhl, an einen der Garderobenhaken. Einer hatte ihn sich sogar an die Stirn geklebt. Meiner zeigte zur Tür, weil ich annahm, dafür sei er gedacht gewesen, als Schild für den Notausgang. Andere ließen ihren zur Tafel zeigen, manche zum Fenster oder zum Waschbecken. Dann ging die Tür auf, und man sagte uns, Frau Kolberg sei krank. Die Blätter wurden eingesammelt.

Wir haben nie erfahren, wohin sie hätten zeigen sollen, und erst später fiel mir auf, dass keiner der Pfeile nach oben gerichtet war. Es hieß, sie habe am Vortag ihre Kinder aus dem Kindergarten abgeholt, gleich nach der Stunde, und sei mit ihnen in den Botanischen Garten gefahren. Mit dem Benzinkanister in der Hand müssen sie über die Kieswege gezogen sein. Bei den Bananenstauden hat sie den Deckel abgeschraubt und sich damit übergossen, dann angezündet. Ich schlief schlecht in den Tagen danach, ich sah noch immer ihre Kinder dort stehen, nebeneinander, wie sie ihrer Mutter zusahen. Alles, was ich mich fragte, war, wie sie noch hatte Auto fahren können. In der Schule baten sie uns zu sagen, wenn es uns Angst machte oder wenn wir etwas nicht verstanden. Wir versprachen es.

Wie gesagt, ich wollte nie, dass Menschen sterben, das wird nicht allein an diesem einen Erlebnis gelegen haben. Ich habe einfach nie begriffen, wozu es gut sein soll.

Mit zwölf schrieb ich dem Kreiswehrersatzamt unserer Stadt eine Postkarte, ich würde den Dienst an der Waffe verweigern. Sie antworteten mir, das sei in meinem Alter nicht möglich. »Bis zum Erreichen der Wehrfähigkeit wird Ihr Antrag zurückgestellt.« Es war das erste Mal, dass mich jemand siezte. Ich schrieb zurück, es habe keine Eile, andererseits werde sich daran gewiss nichts mehr ändern. Wir könnten die Prozedur also ebenso gut gleich hinter uns bringen. Es wurde ein langer Brief, auch wenn er letztlich wenig mehr enthielt als das Versprechen, niemals Gewalt anzuwenden. Ich saß am Küchentisch meiner Eltern, die damals noch zusammenlebten, von meiner Mutter hatte ich mir einige Bögen ihres Briefpapiers erbeten. Beim Schreiben schimmerte die linierte Unterlage durch, die sie mir dazugelegt hatte. Mit dem Finger fuhr ich die Schnitte und Kratzer im weißen Plastik der Arbeitsplatte nach und sagte mir die Fragen auf, die einem bei der Anhörung gestellt wurden. Der Abend im Park mit dem Vergewaltiger, der meine Freundin umklammert hält, meine entführten Eltern, der entfesselte Diktator auf dem Balkon, und am Rande des Bildes immer ich, der einfach dabeisteht und nicht recht weiß, was ein Vergewaltiger ist, ein Diktator oder eine Freundin. Aber jedes Mal, wenn ich mir in der Fantasie eine Pistole in die Hand zu drücken versuchte, hob ich abwehrend die Hände. Und als es mir am Ende mit dem Hinweis, es sei doch nur eine Vorstellung, doch gelang, machte dieses Ich, das ich selbst war, eine so jämmerliche Figur, dass jeder Vergewaltiger, jeder Entführer und jeder Diktator auf den ersten Blick begriffen hätte, dass von mir keine Gefahr ausging, einfach weil dieser Kerl, der ich selbst sein sollte, nicht einmal anständig eine Waffe zu halten verstand. Ich schrieb, ich lebte seit Jahren gewaltfrei, seit der letzten verlorenen Schulhofprügelei, ich sei so friedlich, dass es allmählich angezeigt wäre, ein Gewalttraining mit mir zu veranstalten, ich schrieb, ich hätte es alles durchgespielt und immer verloren, sie hätten keinen Kämpfer an mir, ich sei zum Helden einfach nicht geboren.

Meine Mutter sah gerührt aus, als ich den Brief beim Abendbrot vorlas, mein Vater lachte und klopfte mir quer über den Tisch auf die Schulter, Holger schüttelte nur stumm den Kopf. Ich bekam einen Eingangsvermerk, in dem stand, das Schreiben sei zu meinen Akten genommen.

»Mensch, ist das schön. Und das soll alles in die Luft fliegen?« Annelore klappte die Blende herunter, so hell leuchtete der Abendhimmel vor uns. Am Ende der Straße stand die untergehende Sonne. »Sieht doch aus wie ein Atompilz, oder?« Bernd hüstelte, aber er überließ es Holger, zu erklären, dass sie da wohl etwas verwechsle. Gorleben sei nicht Hiroshima. Ein paar abgeworfene Brennelemente würden da wenig Wirkung zeigen. Annelore sah sich um, das habe sie so nicht gemeint. Aber es hänge doch alles zusammen, und am Ende laufe die ganze Technik eben auf Zerstörung hinaus. Ich merkte, wie Bernd sich neben mir aufrichtete, und gewiss hätte auch dieses Gespräch wieder in einem Streit geendet, aber da sah ich im Gegenlicht die Silhouetten der Autos und konnte gerade noch Halt rufen, bevor wir auf einer der Stoßstangen landeten.

Sie standen in Zweierreihen, dicht an dicht, eine unbewegliche Parade. Wir stiegen aus und liefen zwischen den Autos herum, es war still und noch immer warm, und es war niemand zu sehen, die Wagen alle leer, wie friedliche Reste von Feierabendverkehr nach dem Abwurf einer Neutronenbombe.

Holger rüttelte an einigen Türen, sie waren verschlossen. Hinter einem Renault sah ich Anton, die sich über das Seitenfenster einer Ente beugte, die Augen abgeschirmt.

Dann richtete sie sich auf und rief, es seien welche von uns, da drin lägen die Plakate, die wir auch geklebt hätten. Was für eine Überraschung. Dabei verrieten schon die Aufkleber auf den Heckscheiben, mit wem wir es zu tun hatten, eigentlich hätten sogar die Autotypen genügt. Als Junge war ich immer davon ausgegangen, »Atomkraft, nein danke«-Aufkleber dürften nur auf VW-Käfern kleben, einfach weil ich es nie anders sah.

Aber warum war keiner hier, und wo waren sie alle hin? Was war das für eine Blockade, die uns Blockierer blockierte? Und hatten wir das Recht, eines der vordersten Autos aufzubrechen und damit weiterzufahren, wenn wir dafür unseres hinten stehen ließen, sodass die Schlange insgesamt nicht kürzer wurde? Wenn alle das so machten, würde sich die ganze Blockade langsam nach hinten schieben, eine gemächlich rückwärtsrollende Raupe aus stehen gelassenen Autos, die sich unaufhaltsam ihren Weg bahnte, bis zurück auf die Autobahn und quer durchs Land, durch die Städte, an den Häusern vorbei, aus denen sich staunende Menschen beugen, und keiner kann etwas dagegen unternehmen, weil niemand da ist, den man belangen könnte.

Vielleicht hätten wir es geschafft, wenn wir beim Auto geblieben wären. Wir hätten sitzen bleiben können, während einer von uns sich kurz einen Überblick in der näheren Umgebung verschaffte. So aber wanderten wir ganz allmählich immer weiter durch die Reihen der verlassenen Wagen wie durch eine Geisterstadt. Und wirklich waren die meisten Autos nicht mehr ganz neu, sondern eher heruntergekommen, manche waren bunt bemalt, von den Radkappen eines Opel Kadett leuchteten zwei lachende rote »Atomkraft, nein danke«-Sonnen, aber der Wagen war so unglücklich geparkt, dass die eine von ihnen auf dem Kopf stand, den Mund zu einer missmutigen Grimasse verzogen, die Faust hinunter zum Asphalt gereckt.

Wir hatten uns viel zu weit von Annelores Auto entfernt, als wir das Zischen hörten. Ich drehte mich um, und da stand am Ende der Wagenreihe auf einmal ein grüner Panzer, als sei er eben dort gewachsen. Ich dachte dieses Wort, Panzer, einfach weil es danach aussah, auch wenn ich gleich wusste, dass da kein echter Panzer stand. Der Lauf seiner Kanone war viel zu kurz, und das Gefährt fuhr auf Rädern statt auf Ketten, aber es sah tatsächlich aus wie gepanzert. In die Karosserie aus glatten grünen Stahlplatten war ein Band schmaler Sehschlitze eingelassen, die sich mit Visieren aus dem gleichen grünen Metall schützen ließen. Die meisten davon waren zumindest ein Stück weit hochgeklappt, sie standen nach allen Richtungen in die Luft, als klimpere ein vieläugiges Insekt mit seinen langen Wimpern. Der Mann auf dem Dach trug Parka und Helm wie ein anständiger Richtschütze, vorne aus dem Lauf der Kanone fielen kleine Tropfen hinunter auf das Blaulicht an der Kante des Führerhauses, und jetzt sah ich auch, dass sich auf der Fahrbahn unter ihm schon ein großer nasser Fleck zeigte. Der Mann beugte sich über seine Waffe, Bernd rief »Vorsicht«, und gerade als ich mich hinter den Kadett geduckt hatte, schoss eine Fontäne über uns her. Der Strahl brach sich an den Scheiben eines VW-Busses hinter mir, es prasselte und spritzte, von allen Seiten trommelten Wasser und Lärm auf mich ein, ich wandte den Kopf, um mich zu schützen, auf den Karosserien um mich herum liefen Bäche durch den Staub und sammelten sich auf dem Asphalt zu kleinen Seen. Dann verebbte das Pladdern, und ich richtete mich auf, um mir Orientierung zu verschaffen, aber schon kehrte die Fontäne zurück und traf mich an der Schulter wie ein gewaltiges, durchsichtiges Schwert, sodass ich niederstürzte und für einen Moment liegen blieb. Ich leckte über meine nassen Lippen. Vor mir sah ich Holger, der sich gebückt vorwärtskämpfte, und daneben Anton, an einen Rückspiegel geklammert. Ihre Haare glitzerten von Wassertropfen. Ich meinte zu sehen, wie der Schatten des Strahls über ihr Gesicht jagte. Bernd machte uns ein Zeichen, ich richtete mich auf, und geduckt liefen wir hinter ihm her, im Schutz der Fahrzeuge, wir sprangen über Pfützen, auf einmal begann es alles zu riechen wie nach einem Regenschauer im Frühjahr, es roch nach Teer und Gummi und Erde, und durch diesen Geruch hindurch kämpften wir uns zurück zum Wagen.

Noch immer strich die Fontäne über die Autodächer hinweg und durch die engen Kanäle zwischen den Wagenreihen, ein Suchscheinwerfer aus hartem, nassem Licht. Vor mir sah ich Bernd, der schon beim Auto war und einsteigen wollte, als der Strahl ihn traf, seine Hand wurde von der Tür gerissen, es schleuderte ihn herum, mit der anderen Hand bekam er den Griff zu packen und war doch machtlos gegen die Gewalt des Wassers, das gegen die Tür drückte. Bernd stand im Kranz der Fontänen und zerrte mit aller Kraft, aber es tat sich nichts, bis auf einmal Annelore bei ihm war, mit beiden Händen hielt sie ihren Autoschlüssel vor sich wie eine Taschenlampe und schloss den Wagen auf. Die beiden sprangen hinein, der Strahl schlug die Tür hinter ihnen zu, aber Bernd gelang es mit den Füßen, sie wieder aufzustemmen, und dann rannten wir einer nach dem anderen hinterher und kletterten über die beiden hinweg ins Innere des Wagens.

Einen Moment lang lagen wir einfach übereinander auf dem Beifahrersitz und im Durchgang zur Rückbank und rangen nach Luft, draußen wurde es still, und alles, was es in der plötzlichen Lautlosigkeit zu hören gab, war das Keuchen unseres Atems. Ich schnappte mit dem Mund nach dem Rand meines nassen Kragens und lutschte ein bisschen daran. Dann stieß Annelore gegen einen Hebel, und auf einmal war da das leise schmatzende Geräusch der Scheibenwischer, und wir mussten lachen und kriegten uns gar nicht mehr ein, und erst als Waltraud plötzlich den Kopf hob und ernst wurde, rappelten auch wir uns wieder auf.

Hinter den weiterlaufenden Scheibenwischern sahen wir, dass die seitlichen Luken des Wasserwerfers offen standen, immer weitere Polizisten in Kampfmontur sprangen heraus. Wir krochen auf unsere Plätze, jemand zog die Fahrertür zu und drückte das Knöpfchen hinunter. Holger stellte den Scheibenwischer aus. Anton klappte die Sonnenblende herunter und betrachtete sich in dem kleinen Spiegel. Annelore griff nach dem Gurt und zog ihn über sich, zögerte und ließ ihn wieder los.

Es war Waltraud, die aussprach, was auch ich die ganze Zeit schon dachte: Wir waren eingesperrt. Es wäre besser gewesen wegzulaufen, wie all die anderen, die ihre Autos zurückgelassen hatten, sich zwischen den Bäumen zu verstecken, statt zurück zum Wagen zu kommen. Ich sah die Polizisten herankommen, mit gezückten Schlagstöcken, die Schilde an den Leib gepresst. Vor dem Auto blieben sie stehen. Wir sahen uns an, irgendjemand öffnete eine Tür, und wir stiegen aus. Und erst da, in dem kurzen Augenblick, als wir zurück waren in der Abendluft, die noch immer dampfte von all dem Wasser, und uns umschauten, geblendet vom Licht der untergehenden Sonne, das sich in den Visieren ihrer Helme brach, als wir spürten, wie vom Asphalt her noch die ganze Feuchtigkeit aufstieg, und bewegungslos erwarteten, dass sie endlich etwas mit uns taten, fiel mir auf, dass Bernd nicht mehr bei uns war.

31

Meine Eltern haben mich nie verprügelt. Man streitet ja darüber, ob eine gewisse Härte daheim oder in der Schule vorbereitet und wappnet für kommende Gefahren. Womöglich hätte es mir geholfen, zumindest in diesem Moment. Bei meinen Eltern aber hatte ich immer den Verdacht, sie hätten sich so sehr unter Kontrolle, dass sie sich alles vornehmen konnten. Und irgendwann hatten sie eben verabredet, ihre Kinder nicht zu schlagen, sodass es ihnen einfach nicht passierte, nicht einmal in der Wut. Wahrscheinlich wollten sie nur nicht ins Stottern kommen, wenn jemand fragte, ob ihnen schon einmal die Hand ausgerutscht sei.

Doch wenn wir stritten, sah ich es in ihren Augen. Sie waren zu allem bereit. Das waren die Momente, wenn sie sich zu mir herunterbeugten. Ganz dicht vor meinem Gesicht zischten sie mir zu, ich müsse wohl erst einmal zu mir kommen, aber ich spürte, wie mühsam sie dabei ihre Zähne zusammenpressten, um sie nicht in mein Fleisch zu schlagen. Ich spürte die Finger meiner Mutter in den Oberarmen, wenn sie mich schüttelte, und ich hätte sagen können, wann sie sich das letzte Mal die Nägel geschnitten hatte. Ich kannte das Gefühl, wenn mein Vater mich hinauf in mein Zimmer begleitete, damit ich dort zur Ruhe käme, und mir dazu sacht den Arm auf den Rücken drehte. Sie hätten niemals offene Gewalt angewendet, aber manchmal wünschte ich, sie hätten einfach mal die Kontrolle verloren, damit sich das alles endlich zeigte.

Die Polizisten ahnten, welche Mühe ihnen bevorstand, um die Straße wieder frei zu bekommen, und die Einzigen, die sie dafür belangen konnten, waren wir. Holger schlug mit dem Oberkörper gegen die offen stehende Fahrertür, Anton bekam einen Tritt in die Kniekehle, als sie nicht gleich die Hände auf dem Autodach hatte. Annelore landete halb auf der Motorhaube, sie hatte wohl etwas zu sagen gewagt. Mich griff sich ein Junger, er hielt mir die Hände auf dem Rücken zusammen und drückte mich gegen die Beifahrertür, die Kante der Dachreling schnitt mir in den Hals, ich spürte das Leder seiner Handschuhe und merkte, dass er Angst hatte. Nicht vor uns, ich fühlte am ganzen Körper noch, wie er mich abgetastet hatte, er war nicht zimperlich gewesen. Aber er war unsicher, ob er alles richtig machte, und sah sich immerfort nach allen Seiten um. Ich versuchte mir sein Äußeres einzuprägen, um ihn bei Bedarf identifizieren zu können, auch wenn unter dem Helm nicht viel zu erkennen war. Natürlich trug er Oberlippenbart, aber das half nicht weiter, man hätte ganze Hundertschaften durchkämmen müssen, um auf einen Glattrasierten zu stoßen. Um Polizisten wirklich auseinanderzuhalten, war es nötig, ein Gespür für die Nuancen ihrer Oberlippenbärte zu entwickeln.

Zur groben Charakterisierung hatten wir ein System von Grundmustern entwickelt. Es gab das heimliche Original, eine sich an den unteren Rändern leicht aufspreizende Bürste, der wir nach dem Kontaktbereichsbeamten unseres Stadtteils den Namen Manfred gegeben hatten und der man meist in Blond begegnete. Recht häufig sah man auch Uwe, einen borstigen, immer etwas nackt aussehenden Drei-Tage-Schnurrbart. Natürlich gab es das Modell Willi mit den leicht eingedrehten Spitzen, es gab noch immer hier und da den scharf geschnittenen, typisch kastigen Adi, selten einmal stieß man auf Schorsch, einen schmalen Streifen dicht über der Lippenkante, der ausschließlich in Schwarz auftrat, wie mit dem Kajal gezogen. Mein Polizist hatte einen buschigen roten Schnauzer, für den er bei Weitem nicht alt genug war, ich gab ihm den Modellnamen Antje. Als er merkte, dass ich ihn beobachtete, drehte er mir den Kopf zurück und drückte meine Stirn aufs Autodach. Er roch betäubend frisch nach Duschlotion.

Als ich den Kopf hob, sah ich, dass auf dem Autodach kleine Pfützen stehen geblieben waren. Auf ihrer Oberfläche lag ein öliger Schimmer und ließ sie im Gegenlicht glitzern. Die einzelnen Lachen wölbten sich über dem Metall empor wie weiche Kissen, zusammengenommen bildeten sie ein Ornament ineinanderlaufender Formen. Nirgendwo harte Ecken oder eine gerade Kante, alles blieb friedlich und sanft. In den Lücken zwischen größeren Flächen standen einzelne Tropfen und lösten wie hingetupft die Gegensätze auf, als hätte ein ausgleichender Schöpfer nicht ertragen, dass der Widerspruch zwischen trocken und nass zu offensichtlich wurde.

Wer immer dieses Bild aufs Autodach getuscht hatte, der Wind, der Zufall, der Polizist im Wasserwerfer: Wir hätten es nicht besser gekonnt. Hätte man uns ein Blatt Papier hingelegt, dies wären die Muster gewesen, die wir gekritzelt hätten. Und anschließend hätten wir die Linie mit dem Finger noch verwischt, um jede Grenze aufzulösen. Dies war die Gestalt, der wir anhingen. Wir liebten das Runde, das Weiche, wir wollten keinen klaren Strich, wir wollten das Aquarell. Unser Reich war das Ungefähre. Wir hatten die Konsistenz farbiger Blasen in einer Lavalampe.

Die Wasserlachen standen direkt vor meinen Augen, ich hätte es alles mit den Fingern zusammenstreichen und aus meiner Handfläche trinken können, aber ich traute mich nicht. Noch immer stand ja der Polizist direkt hinter mir, wer weiß, was er von mir gedacht hätte. Also streckte ich nur vorsichtig die Zunge heraus und leckte damit übers Metall, bevor ich sie schnell wieder zurückzog in den Mund, es schmeckte staubig und gut und ein wenig bitter. Einer der Polizisten gab über Funk unsere Daten durch, während ein anderer ins Innere des Wagens kletterte. Einen Moment noch schauten seine Stiefel zur Fahrertür heraus, dann verschwanden auch sie im Inneren des Wagens. Kurz darauf hörte ich, wie er rief, mit dem Autoradio könne man Polizeifunk empfangen, er müsse das Gerät ausbauen. Annelore schrie wie am Spieß, aber weil sie das schon die ganze Zeit tat, beeindruckte es keinen mehr. Mein Polizist ließ mich los, um seinem Kollegen zu helfen, ich beugte mich hinab und sah durchs Autofenster, wie sie mit zwei Handgriffen das Gerät aus der Mittelkonsole lösten, die Kabel ausstöpselten und den nackten schwarzen Kasten vorsichtig auf den Beifahrersitz legten, neben Birtes Fotoapparat, dessen Gehäuse offen stand, der Film war bereits entfernt.

Nachdem sie wieder hervorgekrochen waren und die Beute in einem Köfferchen verstaut hatten, gingen sie zu ihren Kollegen, die sich schon um Annelores Ford verteilt hatten, gemeinsam zählten sie auf drei und ruckten den Wagen Stück für Stück von der Straße herunter. Als er schräg auf der Böschung stand und die anderen sich die Hände abklopften, machte einer von ihnen noch rasch die Runde und ließ die Luft aus den Reifen. Annelores Ford Taunus ging in die Knie wie ein Tier, das sich zum Schlafen legt. Wir standen einfach dabei und schauten zu, ohne etwas zu unternehmen. Als er mit allen vier Rädern fertig war, schaute er auf die herausgedrehten Ventile in seiner Hand und sah dabei aus wie ein Kind, das sich stolz vergewissert, wie viele Ostereier es gefunden hat. Dann holte er aus und warf die Ventile in hohem Bogen in den Wald neben der Straße. Ich sah die vier kleinen Punkte durch den dämmrigen Himmel fliegen, erst nah beieinander und bald schon immer weiter voneinander entfernt, jeder für sich auf seiner eigenen Bahn, uneinholbar wie Sternschnuppen, ich überlegte, ob ich mir etwas wünschen dürfte und was es sein könnte. Ich dachte darüber nach, warum ich ihm nicht in den Arm gefallen war und ob ich es hätte schaffen können, wenn ich es wirklich gewollt hätte, und wie es dann weitergegangen wäre. Ich fragte mich, warum sie uns nicht befohlen hatten, beim Wegtragen des Autos mit anzupacken, und ob es heldenhaft gewesen wäre, das zu verweigern. Dann verwarf ich diese Gedanken und sah gerade noch, wie die vier kleinen Punkte vor der schwarzen Linie des Waldes verschwanden. Es war kein Aufprall zu hören.

Ich konnte nicht erkennen, ob sie Absprachen trafen, ob sie sich Zeichen gaben oder ob all das für sie ein so gänzlich vertrautes und selbstverständliches Spiel war, dass eine Abstimmung längst nicht mehr notwendig war. Während wir noch nicht einmal damit begonnen hatten, uns zu sammeln, hatten sie bereits die nächsten Autos von der Straße gehoben. An uns dagegen schienen sie das Interesse gänzlich verloren zu haben, wir wirkten wohl nicht gefährlich genug. Annelore fragte, wie wir jetzt bloß an eine Luftpumpe kämen, aber Holger winkte ab, das allein würde uns auch nicht weiterhelfen. Er sprang über den kleinen Wassergraben, der die Straße vom Waldrand trennte, und verschwand im Unterholz, offenbar auf der Suche nach den Ventilen. Ich sah Anton an, und sie zuckte mit den Schultern, also schlossen wir uns ihm an, was hätten wir tun sollen.

Auf dem Weg reichte ich Anton meine nasse Jacke zum Halten, während ich mir die Ärmel hochkrempelte, und Anton klopfte sie ein bisschen aus und wendete sie, dabei entdeckte sie das kleine Schildchen im Jackenaufschlag und las vor: *Hundert Prozent Polyamid, made in Bangladesh*. Ich muss sie ziemlich erstaunt angesehen haben, schließlich war ich immer davon ausgegangen, der Anzug sei aus reiner Schurwolle. Anton strich mir über den Ärmel meines Hemdes: »Du musst aber geschwitzt haben da drin. Da tut so eine Dusche doch ganz gut.« Dann las sie weiter, die Pflegehinweise und am Ende die Warnung: *Vorsicht, leicht entzündlich*, Anton schaute mich an, wie ich so begossen vor ihr stand, und musste lachen, das jedenfalls sei ja jetzt nicht mehr mein Problem. Sie gab mir die Jacke zurück, und ich wickelte sie mir um die Schultern, dann reichte ich ihr die Hand, und sie sprang über den trockenen Graben.

Es war ein aussichtsloses Unterfangen, das stand von vornherein fest. Zwischen den Bäumen war es längst zu dunkel, um so winzige Gegenstände noch erkennen zu können. Am Waldrand hatten wir einen Streifen Brennnesseln durchqueren müssen, und weil die Beine meiner Anzughose so kurz waren, hatte ich mir die Knöchel verbrannt. Ich blieb einen Moment zurück und rieb mir etwas Spucke auf die brennende Stelle, bevor ich zu den beiden aufschloss. Ich sah sie im Halbdunkel vor mir, zwei Schatten, die gebückt über den Waldboden tasteten, also ging auch ich in die Hocke und fuhr mit den Händen durch das feuchte Laub.

Worauf ich mit den Fingern stieß: eine kleine Glasflasche, die sich als leer erwies, allerlei halb vermoderte Äste verschiedener Stärken, ein Bündel zusammengeklebter Werbezettel für ein Wasserparadies, ein paar winzige, glitschige Pilze, die abknickten, sobald ich sie berührte. Ich wusste wieder, warum ich kein Freund des Waldes war. Was ich nicht fand: unsere Ventile, kein Einziges von ihnen, auch wenn ich bei jeder unter dem Laub aufgestöberten Buchecker glaubte, ich hätte sie entdeckt.

Plötzlich hörte ich es im Unterholz knacken und fürchtete schon, die Polizisten seien doch noch nicht fertig gewesen mit uns, da sprang hinter einer Reihe von Büschen Bernd hervor und lachte. Seine nasse Jacke trug er über dem Arm.

»Na, haben sie euch ordentlich rangekriegt?«

Holger sagte: »Dass einer verschwindet, merken sie nicht. Aber wenn wir es alle gemacht hätten wie du, wären sie schnell hinterhergekommen.«

Bernd hob die Hände, und als er nicht antwortete, fragte Anton, warum er überhaupt abgehauen sei, aber da winkte Bernd uns schon zu sich heran, und als wir bei ihm waren, flüsterte er, wir hätten hier nichts mehr verloren, und auch wenn er genau genommen Unrecht hatte, stand keinem von uns der Sinn danach, ihm die Sache mit den Ventilen zu erklären. Wir müssten zusehen, sagte er, dass wir zurück zur Bundesstraße kämen, um irgendjemanden zu finden, der uns mitnehmen konnte, aber auf dieser Stichstraße sollten wir uns besser nicht mehr zeigen, da komme sicherlich noch mehr Polizei, um beim Wegräumen der Autos zu helfen. Wir würden einfach querfeldein laufen, weit könne das nicht sein. Es hätte mich nicht gewundert, wenn er gesagt hätte, ein bisschen Bewegung tue uns ganz gut.

32

Der Wald öffnete sich auf einen Kartoffelacker, und hinter dem Acker begann eine Weide. Wir standen an dem kleinen Zaun, der beides trennte, der Boden hier war sumpfig und die Schuhe schwer von all den Erdklumpen, die beim Stapfen über den frisch gepflügten Acker kleben geblieben waren. Anton strich ihre Ballerinas an einem Zaunpfosten ab, aber es half nicht viel. Holger sagte: »Die schönen Schuhe«, ohne dass ich hätte entscheiden können, ob es einer seiner Scherze war.

Der Zaun war eher ein Hinweis als eine tatsächliche Absperrung, nichts als ein einsamer Draht, der sich hüfthoch zwischen den knorrigen Pfählen spannte. Vielleicht war es das, was mich misstrauisch machte. Eben weil er nicht so aussah, als könne sich irgendjemand dadurch abhalten lassen, die Wiese zu betreten, kam ich überhaupt auf die Idee, es stecke mehr dahinter. Gerade als Bernd die Hand nach dem Draht ausstreckte, um ihn hinunterzudrücken, rief ich: »Vorsicht, der könnte geladen sein.« Bernd fuhr zurück, und auch wenn Holger gleich einwarf, dann müssten die Klemmen im Holz isoliert sein, ließ Bernd sich auf die Knie seiner Anzughose nieder und schlüpfte unter dem Draht hindurch. Holger murmelte »Quatsch«, bückte sich aber auch und vermied bei der Durchquerung jeden Kontakt mit dem Metall. Dann standen beide auf der anderen Seite, die Knie braun von der Erde, und ich sah, wie schwer Anton sich tat, ihre Hose vollends zu ruinieren.

Von der Weide ragten die Zweige eines Busches zu uns herüber, davon brach ich ein Stöckchen ab, um Anton den Draht ein wenig anzuheben. Ich wusste nicht, was passieren würde, und auch wenn ich hoffte, dass der Stock trocken genug wäre, um nicht mehr zu leiten, war ich mir doch nicht sicher.

Mit einem Dorn berührte ich vorsichtig das Metall, aber sosehr ich mich auch konzentrierte, in den Fingerspitzen war nichts zu spüren. Also hob ich mit dem Stock den Draht in die Höhe, bis Anton darunter hindurchschlüpfen konnte. Als sie halb hinüber war, fiel mir ein, dass am Ende dieser Elektrozäune immer ein Kasten hing, ich erinnerte mich an das regelmäßige Klacken und wusste wieder, dass man nur in diesen Momenten einen Stromschlag bekam, und mich durchfuhr ein so jäher Schreck, dass meine Hand wegzuckte. Anton sah sich erschrocken um, weil der Draht sie am Hintern getroffen hatte, und ich griff schnell nach dem Stöckchen, das ihr aufs Bein gefallen war und sich in ihrer Hose verhakte, und sagte, es tue mir leid, ich hätte einen gewischt gekriegt.

Mir selbst war es egal, dass meine Hose beim Durchkrabbeln ein bisschen dreckig wurde. Die anderen waren schon weitergegangen, verstreut liefen wir über die Weide, auf der hier und dort diese Büsche wuchsen, Hagebutte oder Weißdorn, was auch immer, jedenfalls sahen wir deshalb die Tiere anfangs nicht, und als wir sie sahen, waren wir schon so weit, dass es keinen Unterschied mehr machte.

Es war ein richtiges kleines Rudel. Die Weibchen und die Jungtiere hielten sich versteckt, und obwohl sie uns längst gesehen haben mussten, bewegte sich keiner von ihnen. Ich hatte keine Ahnung, warum jemand Hirsche hielt und warum es ausgerechnet weiße Hirsche sein mussten, ob es einfach ein ausgefallenes Hobby war oder ob die Zucht womöglich etwas abwarf. Ich hätte erwartet, dass solche Tiere auf der anderen Seite des Zaunes lebten, in der Natur, in freier Wildbahn, in irgendeinem wilderen Land. Und wenn diese Tiere nun hier waren und nicht dort draußen, wo waren dann wir, wo gehörten wir hin? Ich freute mich über den Anblick, es war unser kleines Abenteuer, kein Wildpark, sondern echte Natur, und die Tiere waren so scheu, dass niemand Angst haben musste. Sie hatten die Ohren aufgestellt und reckten die Hälse, als wollten sie jemandem beweisen, wie aufmerksam sie waren. Ganz vorne stand der Bock und zeigte sein gewaltiges Geweih. Ich dachte darüber nach, ob nicht zu Hirschen immer auch ein Hochsitz gehörte und auf den Hochsitz ein Jäger, und ob so ein Jäger nicht immer gerade auf der Pirsch war nach einem schönen Stück Wild. Ich sah mich um, die Dämmerung hatte sich weiter gesenkt, es war genau die Tageszeit, zu der sich ein rechtschaffenes Stück Damwild aufmachte, vor dem Schlafengehen noch ein wenig zu äsen. Unwillkürlich duckte ich mich und schlich langsam weiter, der Längsseite der Weide entgegen.

Die anderen folgten meinem Beispiel. Bernd ging am Ende, er nahm von den Tieren nicht einmal Notiz. Als ich den Rand der Weide beinahe erreicht hatte, begann der Hirsch zu röhren. Ich weiß nicht, wer schon einmal einen röhrenden Hirsch gehört hat, man erlebt das ja eher in Öl als in echt. Wir liefen jedenfalls wie die Hasen, falls Hasen vor Hirschen die Flucht ergreifen. Der Hirsch folgte uns, mit gesenktem Haupt, das Geweih voran, für einen Moment dachte ich darüber nach, ob Hirsche Tollwut haben können. An dieser Seite der Weide war ein Stacheldrahtzaun gespannt, wir schafften es gerade noch hinüber, nur Bernd nicht, dessen Anzughose sich in den Stacheln verhakte, sodass er in der Bewegung innehielt. Vielleicht hätte er bei einer weniger teuren Hose nicht gezögert, und der Hirsch hätte ihn nicht mit seinem Geweih erwischt, das wirklich prächtig war. Ich war nicht in der Stimmung, die Enden zu zählen, aber es hätte mich nicht überrascht, wenn es ein Dutzend gewesen wäre. Sie trafen Bernd von allen Seiten. Und letztlich muss es an diesen Treffern gelegen haben, dass er doch noch über den Zaun kam, der Hirsch beförderte ihn einfach hinüber, auch wenn ein Teil seiner Hose am Weidenzaun hängen blieb. Wir mussten erst lachen, aber dann rannten wir natürlich hin, um ihm aufzuhelfen, und lachten nicht mehr, weil wir sahen, wie unglücklich er gefallen war. Beim Versuch, sich zu halten, waren ihm die Hände weggeknickt, während die Beine seltsam verdreht in der Luft geblieben waren, alles in allem ein ziemliches Durcheinander. Als es ihm gelang, sich an Antons Hand aufzurichten, sah man, dass die Hose nicht mehr wirklich gut aussah, wenn es denn überhaupt noch eine richtige Hose war. Seine Jacke war ihm aus der Hand gefallen, und ich bückte mich, um ihn damit zuzudecken, aber da sprang Bernd auf und wollte mir zuvorkommen, dabei sah ich längst, dass aus der Jackentasche etwas herausgerutscht war, und als ich näher kam, erkannte ich es auch.

Silbern und stumpf lag da vor uns im Gras eine Pistole. Sie zielte ins Leere.

33

Wir versprachen, Hilfe zu holen. Außerdem Wasser und Verbandszeug, Bernd hatte sich wirklich übel verletzt. Wir überlegten, ob einer von uns bei ihm bleiben sollte, aber ich wollte Holger nicht einfach mit Anton gehen lassen, und mit Holger allein mochte ich auch nicht sein, und er hatte gleich gesagt, dass er hier jetzt aber nicht den ganzen Tag herumsitzen würde. Was hätte ein Einzelner auch ausrichten sollen, ohne Wasser, und schließlich lehnte Bernd, während wir darum stritten, wie es weitergehen sollte, längst an einem Pfosten des Weidezauns, über den er eben gestürzt war, als komme er ganz gut allein zurecht. Er hatte die Knie mit seiner Jacke bedeckt, aber ich hatte die Schnittwunde gesehen, wo der Stacheldraht ihm den Unterschenkel aufgerissen hatte, wir hatten es nicht einmal auswaschen können, ich hatte das angeschwollene, verdrehte Knie gesehen und glaubte ihm, dass er nicht mehr gehen konnte. Hinter ihm graste der Hirsch, als habe er mit alldem nichts zu tun.

Also hatten wir uns zu dritt auf den Weg gemacht, bis zum Ende der angrenzenden Wiese und über einen kleinen Graben hinweg, dann einen von Menschen oder Tieren ausgetretenen Pfad entlang bis zu einem Forstweg, und vielleicht war es auf diesem größtenteils schweigend verbrachten Fußmarsch, dass Holger irgendwann mit den zehn kleinen Negerlein anfing. Und obwohl er recht hatte und wir tatsächlich immer weniger wurden, wollte ich das in dem Moment nicht hören, einfach weil ich nicht wissen wollte, wie es weiterging, weil mich die stillschweigend vorausgesetzte Unausweichlichkeit erschreckte, und wohl auch, weil ich fürchtete, dass er es sein könnte, der am Ende übrig blieb. Was war denn mit den anderen, die nicht mehr bei uns waren, hatten sie überhaupt den Eindruck, uns abhanden gekommen zu sein? Waren es aus ihrer Perspektive nicht vielmehr wir, die verschwunden waren? Aber, so tröstete ich mich, wie konnte am Ende meiner eigenen Geschichte ein anderer übrig bleiben als ich?

Ich wollte die beiden gerade fragen, ob sie auch manchmal das Gefühl hatten, aus der Mitte ihrer eigenen Welt herauszurutschen, als Anton Holger anfuhr, diese Sache mit den zehn kleinen Negerlein sei nicht so niedlich, wie er denke. Im Kern sei es eine zutiefst traurige Geschichte, die ihre Wurzeln in imperialistischem Gedankengut habe. Holger zog Luft durch die Zähne ein, als habe er sich verbrannt, eine verächtliche Geste, die ich längst kannte. Er setzte eben an, seine Identifikation mit einem der Neger als Ausdruck gelebter Solidarität darzustellen, als das Martinshorn losging.

Es waren die Feuerwehrjungs, das sahen wir von Weitem, auch wenn nicht gleich zu erkennen war, was genau sie dort taten. Sie wirkten ziemlich aufgedreht, und auch als wir endlich bei ihnen waren, brauchten wir einen Moment, um uns einen Überblick zu verschaffen. Sie parkten mitten auf einer Kreuzung, auf den Zufahrtsstraßen waren die ersten Fahrzeuge stehen geblieben und trauten sich offenbar nicht an ihnen vorbei. Die drei hatten nicht mehr als ihr kleines Feuerwehrauto und versuchten das durch einen besonders spektakulären Auftritt auszugleichen. Sie boten auf, was der Wagen hergab, das Blaulicht auf dem Dach des Führerhauses rotierte, Thorsten kauerte hinter dem Suchscheinwerfer und malte Schleifen in den Abendhimmel, Hauke stand im Korb am Ende der Leiter und zielte mit einem Schlauch auf die wartenden Autos, während Dirk ihn langsam durch die Gegend schwenkte, hinauf und hinab und am Ende einfach in großen Kreisen flach über die Kreuzung hinweg. Zusammen mit dem Heulen des Martinshorns machte es den Eindruck eines Rummelplatzes, wenn auch eines ziemlich eigenartigen. Ich versuchte nicht einmal, mir auszumalen, was in den Köpfen der Leute in den Autos vor sich ging. Immerhin trugen die drei ihre Helme, sodass es zumindest von Weitem nach einem Ernstfall aussah, nach dem Kampf gegen den Angriff einer unsichtbaren Macht, oder zumindest wie die Trockenübung dazu, und so etwas Ähnliches war es am Ende ja auch.

Als Dirk uns erkannte, ließ er Hauke in seinem Rettungskorb auf und ab hüpfen, sodass der sich am Geländer festhalten musste. Dann stieß er die Beifahrertür auf und winkte uns herein. Nacheinander kletterten wir zu ihm ins Führerhäuschen. Holger, der als Letzter heraufkam, schlug ihm zur Begrüßung auf die Schulter: »Dass ihr hier mitmacht. Ich dachte, ihr seid der Staat.«

»Du verwechselst da was. Der Staat sind die anderen. Wir sind freiwillig.« Dirk blieb sitzen, ohne mit der Wimper zu zucken, weit vorgebeugt, das Gesicht dicht an der Windschutzscheibe, um die Kreuzung im Auge zu behalten, die wartenden Autos und die schwankende Leiter, die er mit einem Hebel dirigierte. Er hatte recht, sie waren freiwillig hier, genau wie wir. Aber, sagte Dirk und sah jetzt doch zu uns her, er verstehe, was Holger meine. Sie hätten vielleicht ein wenig abfällig gewirkt. Inzwischen hätten sie noch mal über ihre Aufgaben nachgedacht, wir könnten uns sicherlich noch daran erinnern. Ich fiel ihm ins Wort und zählte sie auf: »Retten, Löschen, Bergen, Schützen.« Und, fuhr Dirk fort, da hätten sie auf einmal gedacht, es sei ihre Pflicht, mitzumachen.

Anton sah zu ihm hinüber. Dann sei ihre Aktion hier eine Art Präventionsprogramm? Dirk nickte. Sonst gebe es nachher nicht mehr viel zu löschen.

Von draußen hörten wir Hauke schreien, und als wir hinaussahen, verstanden wir auch, was los war. Dirk hatte im Reden vergessen, weiter mit dem Hebel für die Leiter herumzurühren, und einige Autofahrer nutzten den Moment, um an dem Feuerwehrwagen vorbei über die Kreuzung zu huschen. Hauke fuchtelte mit den Armen, abwechselnd brüllte er den Autos hinterher und zu uns herüber, und jetzt begriff auch Dirk, was Hauke wollte, und betätigte den Schalter für die Pumpe, und wirklich hob nach einem Moment ein ohrenbetäubendes Rumoren, Klopfen und Stampfen an, ein Röcheln, als erwache ein schlafendes Untier, es schnaufte und blies, und wir sahen, wie Hauke vor dem Fenster schon mit dem Spritzenhahn herumfuchtelte, obwohl Dirk ihm die ganze Zeit Zeichen machte, der Druck reiche noch nicht aus, doch bevor es ihm gelang, das Fenster aufzustoßen, um es ihm zuzurufen, hatte Hauke schon den Hebelarm umgelegt, und aus der Spritze ergoss sich ein ziemlich armseliger

Wasserstrahl, es gurgelte, spuckte, dann kam ein neuer Schwall, aber die Autos unter dem Rettungskorb stellten einfach ihre Wischer an und fuhren weiter. Hauke tobte, doch nach kurzer Zeit erstarb das Rinnsal ganz, und sosehr er den Schlauch auch schüttelte, es kam nichts mehr heraus.

Wir kletterten aus dem Wagen und setzten uns auf die Stoßstange, und auch Thorsten sprang von der Motorhaube herunter. Die Autoschlangen hatten sich aufgelöst, manchmal kam noch ein einzelnes Fahrzeug und bremste wegen des Blaulichts kurz ab, um dann im Schritttempo die Kreuzung zu überqueren, in falsch verstandener Ehrfurcht. So hatte es alles keinen Zweck. Auf diese Weise kamen wir nie ans Ziel, wir mussten zu härteren Mitteln greifen.

34

Im Wegfahren riefen Anton und ich uns noch die Frage zu, wer eigentlich auf die Idee gekommen sei, aber wir konnten uns nicht einigen. Sie meinte, Hauke habe damit angefangen, ich dagegen hatte Holger im Verdacht. Angefasst haben wir letztlich alle, anders hätten sich die Ballen auch gar nicht von der Stelle bewegen lassen. Vielleicht hatte Hauke sie von seinem Ausguck aus entdeckt, und Holger war dann eingefallen, wozu sie nützlich sein könnten. Widersprochen hatte jedenfalls keiner von uns, auch die Feuerwehrjungs nicht. Wir mussten jede der Rollen zu sechst schleppen, man bekam sie schlecht zu packen, aber Thorsten zeigte uns, wo man an den Seiten ins Stroh fassen musste, um auf den Nylonfaden zu stoßen, der alles zusammenhielt. Ich krempelte die Ärmel hoch und griff hinein, die Ähren stachen mir in die Haut, ich grub tiefer, doch jeder Faden, den ich erwischte, entpuppte sich zwischen den Fingern wieder nur als weiterer Halm und ließ sich knicken, ich schloss die Augen und tastete weiter, das Stroh kitzelte am Hals, und mir juckte die Nase, es roch staubig und alt, von der gegenüberliegenden Seite des Ballens hörte ich Holger niesen, ich wühlte zu allen Seiten, aber nirgendwo stieß ich auf das Band, das mir als Halt hätte dienen können, also griff ich am Ende einfach so tief hinein, wie es ging, umklammerte mit jeder Hand ein dichtes Nest Ähren, an dem ich mich festhalten konnte, und nickte den anderen zu.

Das schwierige Stück war der Anfang, mit dem kleinen Graben, der das Feld von der Straße trennte, dahinter wuchteten wir die Rollen einfach auf den Asphalt, als seien wir nicht nur Kinder, sondern Zwerge, die ihre riesenhaften Reifen vor sich hertrieben, immer in Gefahr, von ihrem eigenen Spielzeug überrollt zu werden. Und wenn die dicken Strohräder schließlich ausreichend Schwung hatten, um sich alleine auf der Straße zu halten, blieben wir einer nach dem anderen zurück und sahen ihnen nach, wie sie über die Strecke rumpelten, hinter sich eine Spur aus Stroh und Spreu und Staub, bis sie allmählich an Fahrt verloren und ins Torkeln kamen, dann müde zur Seite kippten, auskullerten und endlich liegen blieben.

Als wir sie alle vom Feld auf die Kreuzung befördert hatten, klopften wir uns die Hände ab und sahen an uns herunter, und Dirk sagte, mit uns sei wirklich kein Staat zu machen, aber das hatten wir ja eigentlich auch vorher schon gewusst.

Wir hatten nicht darüber gesprochen, was weiter damit zu geschehen hätte, es war wohl einfach allen klar gewesen, dass wir ein stärkeres Zeichen brauchten. Thorsten holte hinten aus dem Wagen den Reservekanister, irgendjemand hatte ein Feuerzeug dabei, und dann ging ein Licht nach dem anderen an.

Beim Wegfahren sahen wir uns um, Anton und ich waren zu Hauke aufs Dach geklettert, wir kauerten oben auf der Leiter und hielten uns an den hölzernen Streben fest, beim Anfahren fand Dirk nicht gleich den richtigen Gang, und es schüttelte uns so durch, dass wir auf einmal lachen mussten vor Schreck, und dann sahen wir wieder zurück, wo hinter uns die Kreuzung loderte, was warm aussah und friedlich, als würden die Flammen tanzen, und schwarz vor dem schwärzer werdenden Himmel sahen wir den Rauch aufsteigen und die Spur all der kleinen, einzelnen Funken, die durcheinandersprangen wie wild gewordene Glühwürmchen, jeder flog ganz für sich hin und her, und doch folgten sie einem gemeinsamen Strom wie wir alle, sie wurden hinaufgerissen in die Höhe, ob sie wollten oder nicht, bis sie auf einmal zur Seite getragen wurden und hinausfielen aus dem Sog und ganz alleine fortschwebten und niedersanken, der Wind nahm jeden noch ein Stückchen mit und trug ihn weiter, als kleinen, glühenden Punkt, tot und lebendig zugleich, bevor er ihn irgendwo langsam zu Boden schweben ließ.

Wir waren nicht die Einzigen, die das Schauspiel verfolgten. Dirk fuhr uns in die Richtung, aus der wir gekommen waren und wo Bernd darauf wartete, dass wir ihm endlich zu Hilfe eilten. Aber bereits nach wenigen Kurven sahen wir durch die Stämme Blaulicht herankommen, und ich glaubte schon, nun seien wir wieder in der Falle, es gab ja keinen Grund, uns noch einmal laufen zu lassen, jetzt, wo kilometerweit zu sehen war, was wir getan hatten. Aber Dirk hupte nur kurz, als Warnung für uns dort oben auf der Leiter, auf jeden Fall erschraken wir und klammerten uns fester an die Holzstreben, und schon bremste er so stark, dass es uns fast vom Dach gerissen hätte, das Fahrzeug brach aus, blieb mit den Vorderrädern auf dem Seitenstreifen stehen, gleichzeitig gingen Martinshorn und Blaulicht an, ich dachte noch, er will doch nicht hier die Straße dichtmachen, da setzte er bereits zurück, ruckte vor und noch einmal rückwärts, kam dann mit den Vorderrädern herum, und schon fuhren wir in die Richtung, in der nun jeder unterwegs war, wir fuhren allen voran, als erster, bester Rettungswagen auf dem Weg zu einem unserer selbstlosen Einsätze, freiwillig und immer vor Ort, bereit zu retten, zu löschen, zu bergen und zu schützen.

Es war eine ziemliche Sauerei. Das Feuer hatte sich ausgebreitet, einer der Strohballen war auseinandergebrochen, er sah aus wie eines dieser dreckigen Eisklümpchen, die auf dem Teppich zurückblieben, wenn ich im Winter meine Kickers auszog und der festgetretene Schnee in den Löchern der Sohlen zu tauen begann. Der Wind wirbelte Asche über die Kreuzung, als flögen dort Schwärme von Fledermäusen, und womöglich waren tatsächlich Fledermäuse darunter, geleitet vom alten Instinkt, in der Nähe des Lichts nach ihrer Beute zu jagen. In den Straßengräben hatten sich kleinere Feuernester gebildet, im Licht des Suchscheinwerfers sah ich, dass der Asphalt schwarz verkohlt war. Hinter uns kamen die ersten Mannschaftswagen zum Stehen, die Polizisten sprangen heraus, aber es war ihnen anzumerken, dass sie für solche Situationen nicht ausgebildet waren. Während sie mit den Stiefeln die Flammen am Rande der Kreuzung austraten, sahen sie sich Hilfe suchend zu uns um.

Hauke war unterdessen vom Dach geklettert und machte sich lautstark an der Rolle mit den aufgewickelten Schläuchen zu schaffen, Dirk stand neben der Fahrertür und forderte über Funk Verstärkung an, Thorsten wirbelte über die Kreuzung und versuchte mit einem Spaten die Brandherde von den Strohballen zu trennen. Anton und ich duckten uns oben auf dem Dach hinter die Leiter und hofften, dass in der Aufregung niemand zu uns hochsah. Es war nur eine Frage der Zeit, bis weitere Wagen mit Suchscheinwerfern kamen, denen die seltsame Fracht nicht länger entgehen würde. Wir wussten, dass Dirk einfach deshalb neben dem Wagen stand, damit niemand auf die Idee kam, zu ihm hineinzusehen, denn irgendwo da drin musste Holger sich versteckt halten. Ich dachte an Bernd und hoffte, die Wunden schmerzten nicht allzu schlimm. Im direkten Vergleich kam es mir vor, als habe er es eigentlich ganz gut getroffen.

Ich hätte mir denken können, dass Holger nur auf den Moment wartete, wenn irgendetwas von ihm ablenkte. Unterdessen hatte Hauke das Durcheinander gelöst und stürzte auf den Strohballen zu, aus dem die höchsten Flammen schlugen, ich sah das helle Band des Schlauches hinter ihm herlaufen, was mich an den Kampf bei der Tankstelle erinnerte, und wirklich hob er, als er das Feuer erreichte, die Spritze zum Angriff wie einen Degen. Die Blicke aller Polizisten waren ihm sicher. Wie sollten sie ahnen, dass der Wassertank leer war? Die Flammen tanzten vor und zurück, und auch Hauke begann um das brennende Rad herumzutänzeln, als suche er die beste Stelle für einen Vorstoß. Wusste er nicht, dass es hoffnungslos war, auf das Feuer einstechen zu wollen? Niemand schien zu bemerken, dass kein Druck auf dem Schlauch war, kraftlos und matt kroch er hinter seinem

Anführer her über die schwarze Fläche der Fahrbahn, und nur wenn Hauke kräftiger daran zog, zuckte und züngelte er wie eine wild gewordene Schlange, die erst in den Händen ihres Puppenspielers zum Leben erwachte. Es fehlte nicht viel, und sie hätte sich in ihm verbissen.

Dann öffnete sich die Beifahrertür, wir sahen einen Schatten herausschleichen, Holger sah zu uns hoch, hob den Arm, und ich wollte schon zurückwinken, als ich merkte, dass es kein Gruß war. Er hielt etwas in der Hand, ein zusammengeknülltes Päckchen, damit holte er aus und warf es uns entgegen, bevor er sich umwandte und in der Dunkelheit hinter dem Wagen verschwand. Das Bündel öffnete sich in der Luft, es schien Flügel auszubreiten, die sich zu den Seiten entfalteten, langsam und weich, als fliege es uns entgegen. Ich wusste gleich, was es war, als ich es in den Armen fing. Ich hatte ihm seine Jacke ja gerade erst zu Hause aus dem Schrank im Keller geholt. Gestern Morgen, beim Aufbruch, als ich in der Dunkelheit unseres Elternhauses schlaftrunken hinauf in Holgers Zimmer gegangen war, um ihm den Anzug zu bringen, hatte ich mein Gesicht in die Samtjacke gedrückt, einfach weil sie so weich war und ich so schrecklich müde, und weil ich mich in dem weichen, grauen Stoff noch einen Moment lang hatte ausruhen wollen, und plötzlich war mir Holger auf der Treppe entgegengekommen und hatte gefragt, ob es heute Kleiderbügel zum Frühstück gebe. Ich hatte rasch den Kopf gehoben und ihm den Anzug hingehalten. Und jetzt, da ich auf einmal schon wieder so müde wurde und vielleicht auch, weil ich mir wünschte, das Streicheln des Samtes würde mich trösten, steckte ich wieder das Gesicht hinein. Noch immer roch es darin nach Lavendel und

Seife und auch, obwohl der Anzug noch gar nicht so alt war, nach Mottenpapier, aber auch jetzt stieß ich mit der Wange gegen etwas Hartes, ich merkte durch den Stoff hindurch, wie kantig und kalt es sich anfühlte, und wusste, diesmal war es kein Kleiderbügel.

35

Wir hatten in der Vorbereitung auf diese Tage immer vom »Ernstfall« gesprochen: beim Gewaltfreien Training, bei der Entscheidung zum Mitblockieren, bei den endlosen Planungssitzungen. Am Vortag beim Anziehen hatte Kordel mitten im Bügeln gefragt, ob das Wort Ernstfall eigentlich angemessen sei, immerhin hätten wir doch ziemlich viel Spaß miteinander. Die anderen hatten sie im Durcheinander unseres Verkleidens wohl überhört, mir aber war ihre Frage nicht aus dem Kopf gegangen. Warum war ich mit dabei, war es mir wirklich ernst?

Natürlich machte die ganze Sache Spaß. Immerhin verstanden wir uns ganz gut miteinander, selbst wenn wir als Gruppe jetzt nicht lange zusammengeblieben waren. Und sicherlich gab es den Wunsch, in Antons Nähe zu sein, so schwierig es bisweilen mit ihr war. Wir hatten also Spaß, warum sollten wir es verstecken? Bei den Vorbereitungstreffen hatten wir die alten Kämpfer gesehen und ihre Verbissenheit, wir hatten nicht das Gefühl, weniger zu kämpfen als sie, nur weil wir es uns gleichzeitig gut gehen ließen. Darum ging es doch, Zeichen des Lebens zu setzen.

Aber es gab auch die andere Seite, die ernste, und manchmal hatte ich mir gewünscht, mehr davon zu haben. Am Vorabend im Gasthaus Behr hatte ich zwischen all den großen, lauten Männern eine Bäuerin entdeckt, die in der Menge leicht zu übersehen war. Sie trug einen Pullover aus dicker Wolle und ein Kopftuch. Das Kinn hatte sie im Rollkragen versteckt, sodass von ihrem Gesicht nicht viel zu sehen war, aber in ihrem Blick lag etwas, das mich nicht losließ. Ich konnte nicht entscheiden, ob es Leidenschaft war oder Angst, aber für mich stand fest, dass es ihr um etwas ging. Und auf einmal überfiel mich die Frage, worum es mir eigentlich bei alldem ging, ob ich wirklich etwas zu verlieren hatte oder ob es insgeheim noch immer nichts war als ein Spiel. Das Spiel, das ich erfunden hatte, auch wenn ich nun selbst aufs Spielfeld geraten war.

Die Frau im Gasthaus Behr hatte immerzu geraucht, mit kurzen, schnellen Atemzügen, als schnappe sie nach Luft. Ich hatte die ganze Zeit gedacht, sie wolle eigentlich etwas sagen, und rauche nur, damit es nicht auf einmal aus ihr herausbreche. Ich war neugierig gewesen, was das sein könnte, und wollte es gleichzeitig gar nicht wissen. Und genauso war es mit der Ernsthaftigkeit. Ich wünschte sie mir, um Gewicht zu bekommen im Leben. Insgeheim aber fürchtete ich, genau dieses Gewicht werde mir am Ende zur Last.

Ich landete schlecht. Von dort oben hatte ich die Höhe falsch eingeschätzt und war mit der Außenseite des Fußes zuerst aufgekommen, sodass ich gleich zu Boden ging und mir den Knöchel hielt. Mit gebeugtem Rumpf, ein Knie angezogen und eines ausgestreckt, muss ich ausgesehen haben wie in Demutshaltung vor einem höheren Wesen oder meinetwegen wie ein Läufer vor dem Start, es war ja ohnehin keiner da, der mir zusah, außer Anton, die aber von oben schaute, von wo aus ich eher wie ein Häufchen Elend ausgesehen haben muss. Ich wartete ab, ob sie etwas sagen würde, aber vielleicht wollte sie nur keinen Lärm machen, also stand ich mühsam auf und streckte die Hände nach ihr aus. Sie rutschte vor auf die Kante des Feuerwehrautos, dann stieß sie sich ab und landete in meinen Armen, es kam mir vor, als sei sie schwerer geworden, seit ich sie das letzte Mal gehalten hatte.

Sie flüsterte mir ins Ohr, ob ich mir wehgetan hätte, aber ich schüttelte den Kopf, weil es darauf jetzt nicht ankam, ich war einfach froh, dass sie ihr Gesicht so nah an meines hielt, schon weil sie dadurch merkte, wenn ich den Kopf schüttelte, ohne dass ich etwas sagen musste, ohne ein Geräusch.

Jetzt hatte ich also, was ich die ganze Zeit gewollt hatte. Ich war mit ihr allein. Einer nach dem anderen war verschwunden, nach und nach hatte sich unsere Gruppe aufgelöst, und niemand war mehr übrig als wir beide, wir hätten tun können, wonach immer uns der Sinn stand, nur dass anstelle unserer Freunde nun diese verwickelten Umstände bei uns waren und dafür sorgten, dass wir uns nicht allzu frei fühlten.

Ich legte ihr eine Hand auf den Rücken, um ihr näher zu sein, und sie sah mich an und schob ihrerseits eine Hand auf meinen Rücken, aber nur, um mir einen Schubs zu geben, der wohl sagen sollte, dass wir uns besser auf den Weg machten, bevor uns jemand entdeckte, womit sie ja recht hatte. Dann stockte ihre Hand und strich noch einmal über meinen Rücken. Anton drehte sich zu mir um und schaute mich mit gerunzelter Stirn an.

»Warum hast du denn Holgers Jacke an?«

Ich mochte es, wenn Anton flüsterte, ich hätte alles getan, um sie zum Flüstern zu bringen, auch wenn ich es in diesem Fall nicht darauf angelegt hatte.

Es stimmte, ich hatte mir Holgers Jacke angezogen, über meine eigene. Es war ein Reflex gewesen, mein Bruder hatte sie mir zugeworfen, also musste ich darauf achtgeben, mit allem, was dazugehörte. Es war eine schöne Jacke, das hatte ich schon gedacht, als er sie damals bekam. Für mich vielleicht etwas zu weit, aber was machte das schon. Ob das Braun und das Grau harmonierten, war in der Dämmerung nicht zu erkennen.

Und auch die Pistole hatte ich in der Tasche gelassen, meine Beute, meine Trophäe, die ich hinausbringen musste. Ich überlegte, Anton davon zu erzählen, aber ich wusste nicht, wie sie reagieren würde, und es war nicht der richtige Moment für Grundsatzdiskussionen. Sie würde es nicht verstehen, und womöglich war es auch nicht zu verstehen: Immer war ich derjenige gewesen, dem die Dinge zustießen. In dem Moment, als Holgers Jacke in meinen Armen landete, merkte ich, dass ich zum ersten Mal eine richtige Entscheidung zu fällen hatte. Jetzt hing es an mir.

Ich sagte einfach, mir sei kalt gewesen, immerhin war Holgers Jacke im Gegensatz zu meiner eigenen trocken geblieben, und auch wenn es eigentlich noch immer viel zu warm war, konnte ja niemand vorhersagen, wie lange das alles noch weiterging. Anton strich mir über die Ärmel, um mich zu wärmen, und fuhr mit den Händen über den Samt der Schultern und des Kragens und dann das Revers hinab, und natürlich bemerkte sie die Ausbuchtung.

Bevor ich etwas sagen konnte, hatte sie in die Innentasche von Holgers Jacke gegriffen und hielt die Pistole in der Hand. Ein falsches Bild, es passte nicht zusammen, aber es war das, was ich sah. Anton, die vor mir stand und mich fragend anschaute, die Pistole zu Boden gerichtet, sie hielt sie mit beiden Händen umklammert, mit durchgedrückten Armen. Dann veränderte sich etwas in ihrem Gesicht, in ihren Mundwinkeln, und ganz langsam hob sie die Arme, bis sie in meine Richtung zeigten. Aus Witz, wie ich hoffte, immerhin lachte sie hinter dem Lauf der Waffe, ein gemeines, falsches Lachen, aber es ließ sich nicht leugnen, dass sie auf mich zielte. Ich streckte die Hand nach ihr aus.

»Komm, lass es. Das ist kein Spaß.«

Sie grinste. »Was willst du dann damit? Bisschen Ernst machen? Kannst du haben.«

Sie hob die Arme über den Kopf, es sah aus, als wollte sie sich ergeben, nur dass sie noch immer die Hände am Pistolengriff hatte. Sie kniff die Lippen zusammen und schloss die Augen, dann zog sie den Abzug durch.

Es war lauter, als ich gedacht hätte, und der Knall kam von allen Seiten zurück, ein dumpfes, gebrochenes Echo, als würde jemand über uns lachen. Es gab keinen Grund zur Hoffnung, dass nur wir beide das gehört hatten.

Ich holte aus und stieß Anton an die Brust. Ich hatte nicht darüber nachgedacht, es geschah einfach. Als meine Faust ihre Brust berührte, schoss mir der Gedanke durch den Kopf, sie könnte umstürzen und sich beim Fallen wehtun und liegen bleiben, aber dafür hatte ich nicht fest genug zugeschlagen, eigentlich war es nicht wirklich ein Schlag gewesen, eher ein Knuffen, sie wankte nicht einmal. Aber es verblüffte sie so, dass es mir gelang, ihr die Pistole aus der Hand zu nehmen.

Mit dem Lauf zeigte ich zum Wald hinüber. Wir mussten so schnell wie möglich zusehen, dass wir von der Kreuzung verschwanden, bevor hier Unruhe aufkam. Anton nickte, ich nahm ihre Hand, und wir liefen los.

Hinter einem Polizeibus setzten wir über den Graben und schlichen geduckt über das Stoppelfeld, von dem wir eben noch die Strohballen geholt hatten. Wir liefen leise, hinter mir hörte ich Antons Schritte auf dem sandigen Boden und dazwischen das spitze Knistern der stehen gebliebenen Halme. Die Luft war noch immer trocken, über dem Wald war der Mond aufgegangen und gab uns Licht. Er war fast voll, und ich stellte es mir kühl vor dort oben und ruhig.

Von vorne, von einer Gruppe Büsche zwischen den Feldern, kam das Leuchten von Flammen, erst dachte ich, da sitze jemand am Feuer und lasse es sich gut gehen, ich überlegte noch, warum wir nicht einfach fragten, ob wir uns dazusetzen dürften, aber die Flammen wurden rasch höher und heller, und ich entschied, lieber an einer anderen Stelle in den Wald zu laufen, aber auf einmal war auch bei uns Licht, ein anderes, das viel zu hell war für ein Lagerfeuer, es zuckte über uns her, ohne dass uns davon wärmer wurde, und erst als ich mich nach Anton umschaute, um zu sehen, ob es ihr gut ging, verstand ich, dass es die Suchscheinwerfer der Feuerwehr waren, die uns erfasst hatten.

36

Die raue Rinde der Bäume, wenn ich mit den Händen dagegenstieß und wusste, dort geht es nicht weiter, und ausweichen musste und weiterlief, das Laub unter den Füßen und das Moos und die Wurzeln, die Füße in diesen Wurzeln, das Stolpern und Straucheln und Anton, die mich gerade noch hielt, bevor ich stürzte. Ihr Keuchen, das sich mit meinem mischte. Das Weiterlaufen, erst hielten wir uns noch an der Hand, bis wir losließen, um uns vor den kleinen Zweigen zu schützen, die von allen Seiten auf uns einschlugen, ins Gesicht und gegen die vorgebeugten Schultern, die Blätter noch ganz frisch, längst waren meine Lippen stumpf und verklebt, ich steckte alles, was mir in die Finger kam, in den Mund, um endlich etwas gegen diesen Durst zu tun, und mir kam vieles zwischen die Finger, im Wald war es zu dunkel, um aufrecht zu gehen, ich lief gebückt, dicht am Boden, und tastete mit den Händen darüber, um allem ausweichen zu können und weil meine Füße nicht merkten, wohin sie liefen, ob da Laub war oder Moos oder Wurzeln. Nach alldem schmeckten meine Lippen, außerdem nach Rinde und eben nach diesen kleinen Blättern, die zart waren, und auf einmal hatte ich einen bekannten Geschmack im Mund und leckte mir mit der Zunge über die Lippen, aber sie war so trocken, dass es schon gleich darauf nichts mehr zu schmecken gab.

Wir liefen langsamer, seit wir im Wald waren, das Mondlicht fiel durch die Stämme, aber es war trotzdem viel zu dunkel, um zu wissen, was wir taten. Wir waren zur Seite gelaufen, in den Wald hinein, was sonst hätten wir machen sollen, mit dem Feuer vor uns, den Scheinwerfern im Rücken und drüben die Straße, auf der sie uns bald eingeholt hätten. Von hinten waren undeutlich Stimmen aus einem Megafon zu hören, wie heute Nacht beim Zeltlager oder wie im letzten Sommer beim Sportfest der Schule, im Stadion, auf der großen Sandbahn, und auch dort war ich einfach weitergelaufen und hatte bald schon nicht mehr verstanden, was gerade durchgegeben wurde, eine Zwischenzeit, ein Grußwort, die Suche nach einem Falschparker. Wie damals lief ich auch jetzt einfach weiter, der Wald hatte sich ein wenig gelichtet, und wir kamen besser voran, und irgendwann fiel mir auf, dass ich die Pistole an meine Brust gepresst hielt, sie hatte mich in der Jackentasche beim Laufen gestört, und mir entfuhr ein Lachen oder etwas, das nach Lachen klang, einfach weil es so entsetzlich komisch war, dass ich sie mir so fest an die Brust drückte. Es gab ja keine Verwendung dafür, sie war einfach nur der Grund, warum wir gejagt wurden, das machte sie bedrohlich und wertvoll zugleich, sie war meine Bürde und mein Pfand.

Mir flogen Gedanken durch den Kopf, was man damit alles machen könnte, wenn ich tatsächlich durchkäme, ich erinnerte mich an die Aufforderung im Radio, die Pistole als Kriegsbeute zu behandeln, und musste an Bernd denken, der gesagt hatte, das alles hier würde nur zu einem Ende kommen, wenn man es ihnen so teuer und so skandalös wie möglich machte.

Über uns tauchte auf einmal ein Hubschrauber auf und stand bewegungslos in der Luft, ein fliegendes Untier, das im Mondlicht glitzerte, so dicht über den Bäumen, dass die Kronen der Kiefern zu schwanken begannen, es war nicht zu entscheiden, was uns stärker zu Boden drückte, die Böen des Hubschraubers oder der Lärm seiner Rotoren. Nun drehte er sich in der Luft und kam dabei ins Pendeln, der Lärm schwoll an und ab, wurde heller und dunkler, löste sich auf in einzelne Schläge und verwischte wieder, bis er sich gefangen hatte und in der Luft über uns zur Ruhe kam.

Im Cockpit war jetzt der weiße Helm des Piloten zu erkennen, ganz ruhig saß er da und sah auf uns herab, als seien wir Figuren in einem Spiel, das er mit uns spielte. Ohne nachzudenken, hob ich den Arm, um all das abzuwehren, das Untier, den Piloten und den Lärm, ich war ja nicht allein, ich hatte uns zu schützen, und weil sich in meiner ausgestreckten Hand nun einmal die Pistole befand, zielte ich auf ihn, ich stellte mich hin, wie ich es aus den Filmen in Erinnerung hatte, wie wir es früher gemacht hatten, mit unseren Plastikcolts mit den roten Ringen der Knallmunition, den leuchtend bunten Wasserpistolen oder einfach den zur Waffe gebogenen Fingern einer Hand, als wir noch selbst hatten »Peng« rufen müssen, und jetzt tat ich es wieder, ich flüsterte »Peng, Peng, Peng«, wie drei Wünsche, und wirklich drehte der Hubschrauber ab und blieb auch, als ich weiterrannte, verschwunden.

Anton war unterdessen ein Stück vorgelaufen, bislang war sie hinter mir gewesen, und ich hatte ihr, wo es nötig wurde, einen Weg gebahnt wie damals in der Nacht, als wir uns durchs Unterholz zur Trasse des Panzerzielfelds vorgearbeitet hatten, und tatsächlich war es das erste Mal, dass wir wieder in einem Wald waren, auch damals waren wir von Baum zu Baum gelaufen und hatten ihnen über die Rinde getastet. Nun lief sie vor mir, und ich konnte sehen, wie erschöpft sie war, noch immer rannte sie, aber ihre Schritte wurden kürzer, ich konnte sehen, wie ihre Füße vor jedem Schritt für einen winzigen Augenblick verharrten, auf der Suche nach einem Ort zwischen all den Ästen, den Baumstümpfen und den Wurzeln, an dem Platz wäre für sie. Ich rannte ein Stück hinter ihr, ohne darauf achtzugeben, ob ich mich im Laufen stieß, von außen mochte es aussehen, als würde ich sie jagen, und wirklich kam ich bald näher heran, sie musste mein Keuchen schon hören, wie ich es bisher gehört hatte, dicht hinter mir, und gerade als ich zu ihr aufschloss, um sie zu fragen, ob es noch gehe, stürzte sie.

37

Wie soll man etwas entscheiden, ohne sich einen Eindruck von der Lage zu verschaffen? Denn es war an mir, etwas zu entscheiden, das erkannte ich gleich. Als ich sie zu mir umdrehte, sah Anton mich an wie einen Außerirdischen, wie einen von der anderen Seite. Ihre Augen waren jetzt vollkommen dunkel. Sie wirkte nicht besonders belastbar. Nach dem Sturz war sie auf dem Bauch liegen geblieben, ein Bein angezogen, das Gesicht im Laub, was nicht angenehm gewesen sein kann. Mit beiden Händen hielt sie noch immer ihr Fußgelenk umklammert. Die Pistole hatte ich neben sie gelegt. Irgendwann fiel mir auf, dass ich die ganze Zeit über dieses Sch-sch-sch machte, um sie zu beruhigen oder mich, und vielleicht wartete sie einfach nur darauf, dass ich endlich mal etwas Vernünftiges sagte.

Ich hockte mich neben sie und nahm ihr das Fußgelenk aus der Hand. Warum war mir die ganze Zeit über nicht aufgefallen, dass sie silberne Strümpfe trug, oder war es nur das Mondlicht, das sie silbern leuchten ließ? Durch den dünnen Stoff spürte ich ihren angeschwollenen Knöchel, er war heiß und pochte, aber mir fiel nicht mehr ein, was das bedeutete und was man damit machen sollte. Ich flüsterte, ich müsse ihr den Strumpf ausziehen, um mir ein Bild von der Sache zu machen, und sie flüsterte zurück, das sei eine Strumpfhose. Als ich nichts entgegnete, fuhr sie fort, ich solle sie einfach zerreißen, aber aus irgendeinem Grund brachte ich es nicht übers Herz und half ihr stattdessen, die Hose auszuziehen und die Strumpfhose, ich warf es alles über einen umgestürzten Baumstamm neben uns, und Holgers Jacke gleich mit dazu, die mir viel zu warm geworden war, und dann sah ich mir ihren Fuß an, aber ich konnte die Schwellung ja nicht einfach zurückdrücken.

Ich versuchte mich auf die Zeichnungen im Erste-Hilfe-Kasten meiner Eltern zu besinnen, es gab da ein kleines, zerknittertes Heftchen mit Anleitungen zum Anlegen der Druckverbände und Kompressionen, um das Holger und ich uns auf längeren Autofahrten gerne gestritten hatten. Ich versuchte mich zu erinnern, ob darin ein geschwollener Knöchel behandelt worden war, aber es fiel mir nichts ein, also griff ich einfach nach der Strumpfhose und wickelte sie knapp oberhalb des Knöchels um Antons Fessel und zog sie immer weiter zu, was sinnlos war, aber es war die einzige Anleitung, die mir noch vor Augen stand.

Am Ende strampelte Anton sich los und streifte den Druckverband ab, dann lag sie vor mir, ihre nackten Beine leuchteten in der Dunkelheit. Ich versuchte in ihren Augen zu erkennen, wie es ihr ging, aber es war nichts zu sehen. Auf einmal fuhr sie sich mit der Hand in den Ausschnitt ihrer Bluse. Ich dachte schon, sie wolle sich auch die noch ausziehen, aber dann holte sie die kleine Plastikpfeife hervor, die Dirk ihr bei unserer Besichtigung des Feuerwehrhauses geschenkt hatte, und noch bevor ich dazwischengehen konnte, hatte sie das kleine orangefarbene Ding an den Lippen und blies hinein, ein einzelner heiserer Pfiff, dann riss ich es ihr schon aus den Fingern und schleuderte es hinaus ins Dunkel des Waldes.

Wir hatten uns beide erschrocken, jetzt hielten wir still und lauschten, aber bis auf den Wind in den Kiefern und das Knacken des Waldes war nichts zu hören. Noch immer hielt ich Antons verletzten Knöchel in der Hand und ärgerte mich über ihre Unverfrorenheit. Ich hätte ihr wehtun können. Ich wusste, dass ihr das klar war, aber ich wusste auch, dass sie keine Angst davor hatte, einfach weil sie mir nicht zutraute, wirklich Ernst zu machen.

Erst hörte ich die Schritte gar nicht, ich sah nur in Antons Blick, dass sich etwas verändert hatte, eine Hoffnung oder eine Angst, und dann hörte ich es selbst, schnelle, leise Schritte im Unterholz, es mussten mehrere sein. Ich fragte mich noch, wie weit sie entfernt sein mochten, da richtete sich Anton schon auf und griff nach meinem Arm, ich drehte mich um. Direkt vor mir stand ein Hund.

Es war ein Schäferhund, er hatte schwarze Augen. Die Ohren aufgerichtet, er hechelte, man sah ihm an, dass er schnell gelaufen war. Der Hund musste ebenso durstig sein wie ich. Er kam heran und schnüffelte mit weit vorgebeugtem Kopf an Antons nackten Beinen, dann an mir, ich kannte mich mit Hunden nicht aus, und erst recht nicht mit diesen. Half es bei Polizeihunden auch, ihnen starr in die Augen zu sehen, oder waren ihnen die Demutsrituale in der Ausbildung ausgetrieben worden? Und konnten solche Spielchen mitten in der Nacht überhaupt funktionieren, auf einer mondbeschienenen Waldlichtung? Ohne lange nachzudenken, streckte ich die Hand aus, um den Hund im Nacken zu kraulen, es sollte wieder so sein, wie es damals gewesen war, die Kontrolle am Freibad, die plötzliche, fragwürdige Liebe zum Tier, aber er schnappte danach. Für einen Moment blitzten seine hellen Zähne auf, das Maul glitzerte von Speichel, und ich zog meine Hand zurück.

Vielleicht war das ein Fehler, weil es ihm zeigte, dass ich Angst hatte, aber er war wohl ohnehin darauf abgerichtet, Fremde zu stellen. Und das tat er. Er machte einen Schritt zurück und stellte die Beine zur Seite aus, dann senkte er den Kopf und begann leise zu knurren. Es störte mich nicht, ich war bereit, seine Autorität anzuerkennen. Ich hatte Respekt vor ihm, schon weil ich ihn nicht einschätzen konnte. Aber ich wusste auch, dass er auf keinen Fall anfangen durfte zu bellen.

Anton stand neben mir, ich sah, wie sie sich langsam bückte und nach ihrer Strumpfhose griff. Sie knüllte sie zu einem Ball zusammen, den sie dem Hund hinhielt, ob als Futter oder als Spielzeug wusste sie wohl selbst nicht. Der Hund nahm keine Notiz davon. Er knurrte nur lauter, dann öffnete er die Schnauze und zog die Lefzen zurück, er sah jetzt wirklich furchterregend aus, eine schwarze, wilde Silhouette vor der Stille des Waldes. Es war nicht schwer, den Wolf in ihm zu sehen, und vielleicht fiel ihm selbst gerade seine Abstammung wieder ein. Er hatte uns in der Hand und wusste das. Er schien es zu genießen.

Wer weiß, was passiert wäre, wenn Anton stillgehalten hätte. Wahrscheinlich hätte der Hund ohnehin irgendwann Laut gegeben, wenn keines seiner Herrchen gekommen wäre, um ihn aus seiner Bewachung zu befreien, um ihm die Beute abzunehmen, um ihn endlich zu loben. Wer kennt schon die Gedanken eines Polizeihundes oder auch nur die Regeln seiner Ausbildung. Und wer weiß, warum

Anton nicht stillhielt, ob sie ihn provozieren wollte, ob es als Ablenkung gemeint war oder ob sie wirklich glaubte, ihm etwas anhaben zu können. Wir haben ja nicht mehr darüber reden können. Jedenfalls nahm sie, als der Hund auf ihr Angebot nicht reagierte, die zusammengeknüllte Strumpfhose und warf sie nach ihm. Nicht fest, aber fest genug, dass er nicht ausweichen konnte. Sie traf ihn am Auge.

Der Hund zuckte zurück, für einen Moment schien er wirklich erschrocken. Er jaulte und strich sich mit der Pfote über das geschlossene Lid, was bemitleidenswert aussah, man hätte ihn trösten wollen. Dann aber duckte er sich und stürzte auf Anton zu, er sprang ihr an die Brust, und beide landeten im Laub, Anton auf dem Rücken, ihre weißen Beine standen zur Seite ab, der Hund über ihr, die Schnauze dicht an ihrem Hals, und er bellte und bellte.

Wollte ich Anton retten? Wollte ich einfach nur, dass das Bellen endet? Sie sah mich an mit diesen Augen, in denen jetzt nichts als Entsetzen lag. Ich sah die Pistole auf dem Waldboden liegen, ich sah die Waffe in meiner Hand und dann an der Schläfe des Hundes, er drehte noch den Kopf zu mir um, ich sah seine schwarzen Augen, die hervortraten vom Hass und von der Erregung. Ich spannte die Arme an, und dann schoss ich ihm in den Kopf, er flog zurück und landete neben Anton auf dem Waldboden, ich steckte die Pistole in die Tasche, beugte mich über ihn und sah, dass die Augen ihre Schwärze verloren hatten, sie sahen trüb aus und blind, jedenfalls leer, es war nichts mehr darin zu erkennen.

Als ich mich zu Anton umwandte, saß sie mit angezogenen Knien auf einem Baumstumpf und weinte. Es roch nach Rauch, nach Feuer, wieder hörte ich das vom Wind herübergetragene Krächzen eines Megafons. Ich wollte etwas sagen, aber mein Mund war viel zu ausgetrocknet, staubig und taub. Ich wollte mir mit der Zunge die Lippen befeuchten, aber die Zunge war nicht weniger trocken als die Lippen. Anton hatte den Kopf in die Hände gelegt. Ich hätte bei ihr bleiben können, aber ich lief davon.

38

Ich habe den Tod nicht gesucht. Ich wollte nur fliehen, und auf der Flucht ist es nicht leicht, den Überblick zu behalten. Wie soll man besonnen bleiben, wenn durch die Stämme zu sehen ist, wie draußen auf den Straßen Einsatzfahrzeuge herankommen, aus denen Gruppen von Polizisten springen, um im Laufschritt zum Waldrand zu stürmen, während ihre Wagen zurückbleiben, in langen, einförmigen Reihen, deren einzige Unregelmäßigkeit im wild versetzten Flackern ihrer Blaulichter besteht. Auch wenn ich nachgedacht hätte, wäre mir die Möglichkeit des Entkommens verlockender erschienen als die Gefahr, ihnen in die Hände zu fallen. Aber ich dachte nicht nach, ich rannte einfach weiter.

Nach einer Weile hörte ich von hinten wieder das Geräusch von Motoren herankommen, doch als ich aufschaute, war es kein Hubschrauber, sondern ein Flugzeug, das dicht über den Bäumen über mich hinwegflog, unwirklich langsam und schwer. Im blinkenden Licht der Positionslichter am Ende der Tragflächen sah ich die beiden Propeller wie zwei träge sich drehende Scheiben. Ich sah durch die Äste den dunklen Rumpf verschwinden, und gerade bevor ich das Flugzeug zwischen den Stämmen aus den Augen verlor, sah ich, wie seine Unterseite sich auf einmal rot färbte, und als ich begriff, dass es der Widerschein von Flammen war, öffnete sich auch schon eine Klappe im Boden des

Flugzeugs, und etwas stürzte hinaus, glitzerte im Schein des Feuers und zerriss, eine Wolke aus Wasser, die ganz gemächlich zu Boden sank, ohne dass der rote Schimmer auf dem Flugzeug an Kraft verlor, dann kippte es zur Seite, wendete und flog im leisen Wirbeln seiner Propeller über mir zurück.

Ich sah das Brennen nun selbst, überall flackerte es durch die Bäume, ich bog zur Seite, wo es nicht anders war, lief zurück und sah es dort auch. Ich blieb stehen, die Hände auf die Knie gestützt, und versuchte zu Luft zu kommen und zu einem klaren Gedanken. Dann sah ich mich noch einmal ruhig nach allen Seiten um und rannte einfach dorthin, wo es am dunkelsten war, immer weiter.

Ich sah Tiere, die mir entgegenkamen, Kaninchen, aber auch ein junges Reh, das in einiger Entfernung mit weiten Sprüngen durchs Unterholz brach und hinter den Bäumen verschwand. Ich hörte Vögel schreien, warnend und schrill, ich meinte Waldmäuse zu erkennen, die zwischen den Ästen hervorschossen, dazwischen dicke Käfer, einmal ein Tier mit langem, pelzigem Schwanz und glatten Augen, eine Art Iltis, und alle kamen sie auf mich zu, sie flohen aus dem Wald, wie ich in ihn hineinfloh, aber vielleicht war es auch nur meine Hast, die alles andere bewegte, die Schatten und das Licht, all das strömte an mir vorbei wie Schneeflocken an einer Windschutzscheibe, denn auch die Bäume schienen mir entgegenzukommen, in großer Eile.

Ich lief weiter, und es war mir gleich, worüber ich springen musste, über umgestürzte Stämme, über die kleinen Feuernester im Moos, über die Glut darin. Ich dachte, ich hätte nichts zu befürchten. Die Hosenbeine meines Anzugs waren ja viel zu kurz, als dass die Gefahr bestand, sie könnten versengt werden. Aber der Wind ließ die Feuer aufflackern, die Spitzen der Flammen loderten höher und erreichten endlich auch den Saum meiner Hose. Einmal blieb ich stehen und schaute an mir hinab und sah, dass ich längst brannte. Ich stürzte los, ich wollte fortrennen, dabei kam es ja alles mit. In hohen Sprüngen setzte ich durchs Unterholz wie ein Rumpelstilzchen in glühenden Schuhen, doch es war längst zu spät, und die Bewegung machte alles nur noch schlimmer.

Ich schlug mit den Händen auf meine Hosenbeine, um die Flammen zu ersticken, sie waren ganz kalt an meiner Haut, ich musste mich kurz an einen Baum lehnen und mir die Finger reiben, damit das Gefühl zurückkehrte, aber dann fiel mir ein, dass ich die Hände ja gar nicht mehr brauchte, dass es wichtiger war, die Flammen nicht näher herankommen zu lassen, und ich schlug einfach weiter, bis nichts mehr zu sehen war als Erde und Ruß und die seltsamen Fäden, die der Stoff beim Versengen gezogen hatte. Es fühlte sich an, als hätte sich die Hose in meine Beine gebrannt.

Unterdessen waren die Flammen näher gekommen, ich bückte mich, um einen Stock aufzuheben, mit dem ich mir die brennenden Äste vom Leibe halten könnte, da entdeckte ich im Laub einen Strauß kleiner Pflanzen und erkannte sie wieder vom Etikett meiner Sirupflaschen. Es war Waldmeister, natürlich, ich war ja im Wald. Zwischen den Handballen riss ich ein paar der Blätter heraus und steckte sie mir in den Mund, dann erst griff ich nach dem Stock und bahnte mir damit meinen Weg. Die Blätter schmeckten so bitter, dass ich sie schon ausspucken wollte, aber dann merkte ich, wie mir der Speichel in die Mundhöhle schoss, und ich kaute wie wild darauf herum, dankbar für die Erfrischung, bis ich die Backen voll hatte mit beißender Flüssigkeit, die ich im Weiterlaufen in kleinen Schlucken trank.

Bald darauf endete der Wald, kurz verschnaufte ich bei den letzten Bäumen, die den Rand einer Anhöhe bildeten, unter mir lagen offene Felder, von denen etliche bereits brannten, direkt vor mir aber war eine Schneise noch dunkel, dort hindurch wollte ich und lief weiter, auf einem Ackerweg hinab. Den Stock warf ich quer über den Weg, selbst wenn ich ahnte, dass auch er nichts würde aufhalten können. Weil es so hell war, fiel es leicht, den Unebenheiten auszuweichen, sodass ich gut vorankam, und als am Boden der Senke der Weg abbog in Richtung der Flammen, lief ich einfach voran auf das Schwarz zu, geradeaus, hinaus in die rettende Nacht.

Bergauf zu rennen war anstrengender als bergab, ich merkte, dass ich zu schnell lief, dass es so nicht weiterging, aber hätte ich stehen bleiben und ausruhen sollen, wenn von beiden Seiten das Feuer herankam? Ich lief einfach weiter, mir brannte der Rachen, längst atmete ich nicht mehr, sondern hustete nur noch die Luft hinaus, und auf einmal sah ich im Gras den dürren, eckigen Pfahl in diesen Farben, über die wir immer gelacht hatten, oben schwarz, rot in der Mitte, unten gelb und immer so weiter, in schmalen, schrägen Streifen wie bei einem Karnevalskostüm, fast wäre ich in der Eile dagegengelaufen.

Daneben steckte eine Stange mit diesem weißen Schild, ich wusste, was darauf stand, auch wenn nun keine Zeit mehr zum Lesen blieb, ich musste nicht anhalten, um mir die Schrift vor Augen zu rufen: *Halt, hier Grenze,* da war ich schon daran vorbei und sah auf dem Hügel vor mir, von einer Birkenreihe noch halb verborgen, den Zaun.

Er war höher, als ich ihn von unseren Spaziergängen zu Hause in Erinnerung hatte, aus dunklem Metallgitter, er lief nach beiden Seiten weiter wie eine Linie, die jemand über das Land gezogen hatte, wo er in der Ferne immer winziger wurde, sodass es ein Leichtes hätte sein müssen, ihn dort hinten zu überwinden. Aber hier vor mir erhob er sich starr und übermannsgroß. Wer weiß, ob ich es geschafft hätte, wenn der Zaun nicht da gewesen wäre, und ohne den Minenstreifen, die Sperrzone, ohne die ganze Anlage, ob ich entkommen wäre, wenn ich einfach hätte weiterlaufen können, ich hatte wohl ohnehin ein wenig die Übersicht verloren, unablässig murmelte ich vor mich hin, dass ich nur noch hier hinübermüsse, vielleicht wiederholte ich es aber auch nur in Gedanken.

Tatsächlich versprach ich mir von der Grenze Rettung. Erst jetzt, da ich sie erreicht hatte, wurde mir klar, dass dies ohne nachzudenken die ganze Zeit mein Ziel gewesen war. Wie immer es dahinter weitergehen würde, auf der anderen Seite des Zauns wäre ich erst einmal in Sicherheit. Dahinter folgte das Schussfeld, von dem man mir im Politikunterricht beigebracht hatte, dass sie es mit Unkrautvernichtungsmitteln kahl hielten, da drüben wuchs kein Strauch, kein Busch, kein Grashalm, da konnte nichts brennen. Ich stellte es mir unendlich kühl vor, dort drüben, und friedlich und ruhig.

Durch die eisernen Maschen erkannte ich graue Erde und das Muster aus endlosen, gerade sich hinziehenden Linien, wo sie den Kontrollstreifen gepflügt hatten, hier würde das Feuer keine Nahrung finden, und ich wäre endlich gerettet, ich musste nur noch hinüber. Mit den Fingern griff ich in die winzigen Maschen und versuchte, am Zaun hochzuklettern, aber es war unmöglich, darin Halt zu finden, also klammerte ich mich an eine der Betonstreben, die auf dieser Seite des Zauns die Metallgitter hielten, und schob mich Stück für Stück daran hinauf, bis ich mit den Fingern die Oberseite erreichte, sodass es mir gelang, mich ganz hinaufzuziehen, ich warf ein Bein über den Zaun und stützte mich mit beiden Händen auf die glatte, harte Kante, gerade wollte ich den Kopf auf das Kissen meiner Hände legen, um dort oben für einen Moment zu verschnaufen, da waren auf einmal Stimmen zu hören, und als ich mich zurückwandte, traten eben einige Polizisten zwischen den Bäumen hervor, sie hatten die Helme abgenommen und hielten ihre Dienstpistolen in der Hand, zwei von ihnen führten Hunde an der Leine, aber als sie mich sahen, blieb einer nach dem anderen stehen, was auch daran liegen mochte, dass die ersten Feuerzungen schon dabei waren, sie seitlich zu überholen, rasch sprangen die Flammen über das ausgetrocknete Gras nach vorn, auf den Zaun zu, einzelne Funken stoben auf und flogen in der einsetzenden Dämmerung hinüber auf die andere Seite, wo jetzt ein kleiner Wagen angefahren kam, aus dem Grenzpolizisten sprangen und auf mich zuliefen, auch sie hatten Schusswaffen dabei, aber als sie sahen, dass es den Funken gelang, das trockene Gras hinter ihrer Betonpiste in Brand zu setzen, hielten sie an und standen bewegungslos zwischen den Gefahren, unschlüssig, welcher Bedrohung sie sich zuwenden sollten, mir, dem Grenzverletzer, oder diesem zügellos um sich greifenden Brand und seinem Rauch, dessen Qualmwolken sich nun immer dichter über uns erhoben.

Ich sah über den Feldweg auf unserer Seite ein rotes Fahrzeug heranfahren und hörte ganz leise das Martinshorn, drei Gestalten sprangen heraus und stellten sich vor dem Wagen auf, Thorsten und Hauke und Dirk, endlich trugen sie wieder ihre Feuerwehruniform. Sie sahen wie Kinder darin aus, von hier oben. Dirk rief etwas und zeigte auf mich, und wie auf Befehl zogen sie alle drei etwas hinter ihrem Rücken hervor, es waren Gasmasken, hinter denen ihre Gesichter im Nu verschwanden. Man hätte denken können, es seien Wesen von einem Stern, die gekommen waren, um die Weltherrschaft zu übernehmen, dabei waren sie doch hier, um Rettung zu bringen, für mich oder die Polizisten oder die Grenzer der anderen Seite. Sie machten ein paar zaghafte Schritte auf mich zu, durch die Feuernester, aber selbst ihnen gelang es nicht, zu mir vorzudringen, jedenfalls verschwanden auch sie hinter dem Schleier aus schwarzem Rauch, der sich nun vor alles schob, nur noch die Rufe drangen hindurch, ein fernes Hupen, das Läuten von Kirchenglocken, ganz langsam schwoll der Ton der alten Luftschutzsirenen in den Dörfern ringsum an, die wahrscheinlich seit Jahrzehnten nicht mehr zum Einsatz gekommen waren, vom Himmel fiel Asche in dicken Flocken, ich hörte ein Bellen von unten und das Knistern und Schmatzen der

Flammen und dazwischen ein Flüstern, das beruhigend klang und vertraut und hier gewiss nicht hingehörte, ich merkte, wie sich ganz allmählich ein schrilles Pfeifen vor diese Geräusche schob, das langsam lauter wurde, es schmerzte in meinen Ohren, der Ton zitterte ein wenig, es klang wie das hoffnungslose Jaulen eines Hundes, der alles verloren hat, oder wie das Fiepen eines Radios am Ende aller Frequenzen, wenn man sich eingestehen muss, den gesuchten Sender nicht gefunden zu haben, und trotzdem einfach weiterdreht, ins Pfeifen des leeren Äthers hinein.

Und auf einmal musste ich an Wolf denken, und wo er jetzt stecken mochte. Ob Birte ihn gefunden hatte und ob es ihnen noch gelungen war, eine Gruppe zu finden, der sie sich anschließen konnten, um hier noch etwas zu bewegen, oder ob sie einfach nach Hause gefahren waren und ob das nicht vielleicht das Beste war, was sie hatten tun können. Ich dachte an Kordel und wusste auf einmal nicht mehr, wo wir sie eigentlich aus den Augen verloren hatten und weshalb. Ich fragte mich, warum ich darüber noch nicht nachgedacht hatte, aber dann fiel mir ein, dass ich über so vieles noch nicht nachgedacht hatte. Ich sah Bernd vor mir, wie er lächelnd an seinem Zaunpfosten lehnte, als hätte er alles längst gewusst, und fragte mich, ob er zufrieden sein würde mit dem Verlauf der ganzen Sache. Ich dachte an Holger und ob es ihm besser ergangen war als mir, aber ich konnte mir ohnehin nicht vorstellen, dass er es nicht geschafft hatte, sich irgendwie durchzuschlagen. Er würde sich eine neue Jacke kaufen müssen oder am besten gleich einen neuen Anzug.

Ich musste an Anton denken, die ich zurückgelassen hatte, und hoffte, man hätte sie unterdessen gefunden und sich um ihren Fuß gekümmert. Wenn ich mir etwas hätte wünschen dürfen, wäre mein Wunsch gewesen, sie würden nicht zu streng mit ihr sein, mit ihnen allen nicht. Und als Zweites, dass auch Anton nicht zu streng wäre mit mir, im Nachhinein, dass sie mir nachsah, wenn ich nicht immer genau gewusst hatte, was ich wollte.

Und dann musste ich an den Hund denken, und was ich ihm angetan hatte. Ihm galt mein dritter Wunsch, ich wünschte ihm, dass er es gut hatte in seinem Hundehimmel. Auf einmal konnte ich mir vorstellen, wie es ihm ergangen war am Ende, die plötzliche Hitze, der Unglaube, der unsinnige Durst. Ich sah eine Pfütze vor mir, und der Hund und ich lagen gemeinsam daran und leckten mit den Zungen das Wasser. Danach legte ich meinen Kopf in sein Fell, und wir lagen eine Weile lang einfach da und spürten das alles, den Schwindel, die Leichtigkeit, den unerträglichen Schmerz. Manchmal zuckte sein weicher Körper unter mir, als würde er träumen, und ich stellte mir vor, was er träumte, ich sah, wie er in seinem Traum einen Menschen jagte, und malte mir das große Glück aus, wenn er ihn gestellt hatte. Ich sah, wie er vor ihm stand und die Zähne fletschte, wie er mit sich rang, wie er knurrend innehielt und schnappte, und wie er am Ende dann alles vergaß und sich auf ihn stürzte, um ihn zu fressen. Das also blieb am Ende von der Liebe zu den Menschen. Dann sah ich den Hund erschöpft an einer Pfütze liegen und trinken, in großen Zügen, ich war neidisch auf ihn, weil ich selbst so durstig war wegen dieser entsetzlichen

Hitze in mir, aber ich konnte nicht trinken, ich war ja nicht bei ihm. Ganz allein lag der Hund im Gras, er hatte jetzt aufgehört zu trinken und schlief. Ich war nicht mehr mit dabei.

Zu Boden fiel ich auf der anderen Seite des Zaunes, der Aufprall tat schon nicht mehr weh. Ich lag da, ein wenig verdreht, in meinem zerrissenen, versengten Anzug, und sah mich dort liegen, das Gesicht im sandigen Boden vergraben, ich hörte das Geräusch eines langsam herannahenden Wagens mit schweren Rädern, dann Schritte. Es waren andere, fremde Grenzbeamte in anderen, fremden Uniformen, die mich mit sich nahmen.

FSC
Mix
Produktgruppe aus vorbildlich
bewirtschafteten Wäldern und
anderen kontrollierten Herkünften
Zert.-Nr. GFA-COC-001262
www.fsc.org
© 1996 Forest Stewardship Council

Verlagsgruppe Random House FSC-DEU-0100
Das für dieses Buch verwendete FSC-zertifizierte Papier *EOS*
liefert Salzer, St. Pölten.

1. Auflage

Typografie und Satz: DVA / Müller
Gesetzt aus der Aldus
Druck und Bindung: Friedrich Pustet KG, Regensburg
Printed in Germany

ISBN 978-3-421-04391-7

www.dva.de

Deutschsprachige Literatur bei DVA

JO LENDLE
Die Kosmonautin
Roman

192 Seiten, gebunden
ISBN 978-3-421-04343-6

Hella ist auf dem Weg zum Mond. Ihr Weg führt sie durch die unendliche zentralasiatische Weite, durch Länder, die alles brauchen, aber keine Raumfahrt. Kilometer für Kilometer entfernt sie sich von einem Leben, das ihr nichts mehr bedeutet, und von der Erinnerung an ihren Sohn, der die Sterne liebte und dessen größter Wunsch es war, dem Weltall ein Stückchen näher zu kommen.

Die Geschichte einer ungewöhnlichen Reise – schwerelos, aber niemals abgehoben, poetisch, bildkräftig und faszinierend vom ersten Satz an.

»Ein sehr feines, sehr poetisches Romandebüt. Der Autor hat sein fernes Ziel unter dem Beifall von uns auch manchmal zu den Sternen hochschauenden Lesern erreicht: einen Roman zu schreiben, der trotz seines fernliegenden spektakulären, radikal-romantischen Reiseziels mit leichtem Gepäck auskommt. Wirklich atemberaubend.« *Die Welt*

Deutschsprachige Literatur bei DVA

MICHAEL KLEEBERG
Karlmann
Roman

480 Seiten, gebunden
ISBN 978-3-421-05459-3

Juli 1985. Karlmann »Charly« Renn hat am Vormittag geheiratet und sitzt am Nachmittag vor dem Fernseher. Dort erlebt er mit, wie ein deutscher Tennisspieler auf dem berühmtesten Center Court der Welt beweist, dass man das Unmögliche schaffen kann, wenn man nur will. Auch Karlmann ist heute ein Sieger: Er hat seine Traumfrau geheiratet. Dies ist Charlys Tag – oder er hätte es sein können, wäre da nicht das unerwartete Geschenk seines Vaters, das seine hochfliegenden Träume korrigieren wird.

Michael Kleeberg durchleuchtet Familie und Freunde, das Lieben und Arbeiten seines Helden mit so unerbittlicher Präzision, dass die Banalität des Alltäglichen seine verborgene Faszinationskraft enthüllt. Ein Roman über die Zeit und was sie mit dem Menschen macht.

»*Karlmann* ist ein einzigartiges Buch, ein grandioser Roman.«
Frankfurter Allgemeine Zeitung

»Michael Kleeberg kann Romanszenen ausfalten, die ohne Zweifel zum Besten der deutschen Gegenwartsliteratur gehören. Er konzentriert den Roman auf fünf Szenen, jede ein Meisterstück erzählerischer und sprachlicher Hochauflösung.« *Die Zeit*

Deutschsprachige Literatur bei DVA

ULLA HAHN
Aufbruch
Roman

592 Seiten, gebunden
ISBN 978-3-421-04263-7

Hilla wehrt sich gegen ein vorgezeichnetes Leben: Kinder, Küche, Kirche in einem Dorf am Rhein. Nichts kann dem Kind kleiner Leute die Sehnsucht nach seiner eigenen Freiheit austreiben. Im Vertrauen auf ihre Kraft und durch glückliche Fügungen bietet sich ihr ein neues Leben: Abitur, Studium – ihre selbstgewählte Zukunft. Doch kann die junge Frau eine Heimat wirklich in der von ihr geliebten Sprache finden?

Nach *Das verborgene Wort* hat die Lyrikerin und Bestsellerautorin Ulla Hahn erneut ein imposantes Epos vorgelegt, das feinnervig vom Erwachsenwerden, Wachwerden, Menschwerden erzählt.

»Eine ganze Generation wird sich darin wiederfinden und später Geborene werden verstehen, warum Eltern und Lehrer so sind, wie sie sind.« *Focus* zu *Das verborgene Wort*

Deutschsprachige Literatur bei DVA

PATRICK FINDEIS
Kein schöner Land
Roman

208 Seiten, gebunden
ISBN 978-3-421-04417-4

Ein idyllisches Dorf ist dieses Rottensol, in dem sonntags die Kirchenglocken läuten. Aber in den Ställen stehen schon lange keine Kühe mehr. Den Alten mangelt es an Kraft, und die Jungen haben eigene Vorstellungen. Auch Uwe will weg, nach Afrika, doch dann erkrankt sein Vater. Zurück in der Heimat geht er einen Weg zu Ende, von dem er hoffte, abgekommen zu sein.

In einem schwebenden Ton voller Musikalität entlarvt Patrick Findeis in *Kein schöner Land* die Hölle der Provinz, voller beklemmender Eindringlichkeit.

»*Kein schöner Land* ist eine vollendet komponierte, im schönsten elegischen Ton gehaltene Betrachtung« einer Dorfgemeinschaft. *Frankfurter Allgemeine Zeitung*

»Patrick Findeis lässt Vergangenheit und Zukunft bedrohlich aufeinanderprallen, entwirft mit sparsamen Worten und Geschick ein Endzeitszenario. Seine Prosa ist kunstvoll, sprachlich und atmosphärisch dicht.« *Frankfurter Rundschau*